KATJA HENKEL

# Die Anderen

Roman

Klett-Cotta

Klett-Cotta Originalausgabe

Printed in Germany
Schutzumschlag und Foto: Philippa Walz, Stuttgart
Gesetzt aus der 10 Punkt Meridien von Typomedia, Ostfildern
Auf säure- und holzfreiem Werkdruckpapier gedruckt
und gebunden von Clausen & Bosse, Leck
ISBN 3-608-93736-6

Ihre Mutter eilt ihr voraus wie eine Reiseleiterin. Sie sieht sich halbherzig nach Romy um, offenbar macht sie sich keine Sorgen darüber, daß sie ihr nicht folgen könnte. Nur ist nicht klar, woher sie diese Sicherheit nimmt. Vielleicht, weil die Tochter sich wieder vernünftig benimmt. Weil die fieberhaften, heißen Monate vorbei sind. Aber das kann sie nicht wissen. Mutter und Tochter reden kaum miteinander.



Neben Romy läuft Jack. Eigentlich Jakob. Bei jedem Schritt knicken seine Knie leicht ein, er schlenkert mit den Armen und streckt die Brust heraus. Zumindest hat sie ihn wenigstens einmal in richtigen Schuhen gesehen. Bald wird sie sich von ihm verabschieden.

Deswegen versteht sie nicht, daß ihre Mutter nicht neben ihr geht oder gar hinter ihr, um sie im Auge zu behalten, sie vielleicht sogar an der Hand zu nehmen. Das wäre nicht einmal übertrieben. Aber ihre Mutter hat sie nie sonderlich gerne angefaßt. Um so weniger, je älter sie wurde.

Sie befürchtet nicht, daß Romy einfach umdrehen und weggehen könnte. Daß sie versuchen könnte, zurück an den Strand zu kommen, oder sonstwohin. Sie hat in den letzten Tagen so viele Geschichten über ihre Tochter gehört und jede einzelne geglaubt. Auf jeden Fall müßte sie Romy zutrauen, noch immer nicht aufgeben zu wollen.

Dafür ist Romy viel zu müde.

Wenn Jack recht hat, wäre sie irgendwann in der Lage, alle und alles in ihr Leben zurückzuholen. Milind. Und Jack.

Dann müßte es doch nicht zwangsläufig ein Abschied für immer sein.
Milind – was der Name bedeutet, hat sie erst auf dieser wahnsinnigen Bahnfahrt herausgefunden: Honigbiene. Merkwürdiger Name für einen Jungen. Rob hat ihr das erzählt. Die Bahnfahrt ist zwar schon ein paar Tage her, aber sie kann Rob immer noch spüren.
Sie sieht Jack von der Seite an. Er merkt es und reagiert sofort mit einem bedauernden Schulterzucken, vielleicht auch einem entschuldigenden. Dabei hat sie alles verziehen.
Ohne genau zu wissen, was sie verzeihen muß und was nicht. Es ist heiß. Schweiß kitzelt in ihren Kniekehlen und im Nacken. Unter ihren Achseln entstehen Rinnsale. Die Luft in dem winzigen Flughafen steht.
Jack hat darauf bestanden, sie zum Flughafen zu bringen, Pete hat ihm seinen Jeep geliehen. Die Anderen waren auch gekommen, um an ihrem Abschied teilzunehmen. Zweifellos um sicherzustellen, daß sie auch wirklich verschwindet. Niemand hat sie in den Arm genommen, nicht einmal ihre Hand geschüttelt. Sie hat sich bemüht, nicht in ihren Gesichtern zu lesen. Sie hat es aufgegeben, in Gesichtern zu lesen.
Nur Hanna hat sich genähert, mit einer einzigen, schnellen Bewegung, als könne sie es sich noch einmal anders überlegen, wenn sie sich Zeit ließe.
»*Ryokan* sagt: Geh tief in das Leben hinein, so tief du kannst«, murmelte sie an Romys Ohr. »Dann wirst du fähig, selbst die Blüten sein zu lassen.«
Sie hat immer solche Dinge zu ihr gesagt. Romy hat es nie verstanden. Aber irgendwie fand sie es nett, obwohl Hanna ein wenig zu schnell wieder einen Schritt nach hinten machte.

Dann stiegen sie ein, Jack setzte sich hinters Steuer, ihre Mutter und sie besetzten die Rückbank. Satja hob den rechten Arm. Sie knickte die Finger ein wenig ab, fast war es ein Winken, aber doch nicht ganz, sie erstarrte mitten in der Bewegung und ließ den Arm wieder sinken. Wortlos drehte sie ab und ging an den anderen vorbei. Vielleicht, um den Dialog mit ihren Engeln aufzunehmen.



Wim hob sein Fernglas an die Augen und stapfte zum Wasser, Erwin verzog sich, Hanna wartete unschlüssig und ging dann auch davon. In die andere Richtung.
Nur Jule und ihre Schwester blieben. Reglos. Jule mit gutem Grund, Jules Schwester aus Mitgefühl.
Romy ließ dieses Bild in sich nachwirken. Der Wurm hatte sich geteilt. Wenn es nach ihr ging, für immer.
Den Weg zum Flughafen hat sie kaum mitbekommen, weil sie sich auf Jacks Nacken konzentrierte, auf die kurzen, zitternden Härchen, von denen sie weiß, wie sie sich anfühlen. Als ihre Augen brannten in dem Fahrtwind und der giftigen Sonne, hat sie sie für ein paar Minuten geschlossen. Wann immer sie die Augen wieder öffnete, blickte sie direkt in die von Jack im Rückspiegel. Wachsamkeit lag in ihnen. Vorsicht. Eine Menge Neugier. Kein Anflug von Langeweile.
Ihre Mutter hat ihm gelegentlich Fragen über einen Baum gestellt, der sie interessierte, oder über die Kühe und Hunde und Fußgänger, denen Jack ständig ausweichen mußte, weil sie sich so sorglos mitten auf der Straße bewegten, als ob sie allein auf der Welt wären. Ihre Mutter hat mit gerunzelter Stirn die heruntergekommenen, überladenen Lastwagen betrachtet, die ständig hupen und niemals ausweichen. Sie hat Jack gefragt, was es zu bedeuten habe, wenn die Fahrer die Hand mit der Innenfläche nach unten

aus dem Fenster halten und auf und ab bewegen. Romy hätte ihr das auch beantworten können. Aber auf die Idee ist ihre Mutter gar nicht erst gekommen.

Jack ist ziemlich schnell gefahren. Das wunderte sie, weil sie dachte, er hätte etwas aus den letzten Tagen gelernt.

»Sie haben ja jetzt unsere Adresse, Jack«, hat ihre Mutter im Plauderton gesagt. »Falls Sie mal nach Deutschland kommen, dann melden Sie sich, ja?«

Jack nickte und lächelte.

»Na sicher«, murmelte er. Sicher war, daß er sich nie melden würde und ihre Mutter es auch gar nicht so meinte. Aber man sagt solche Sachen eben, selbst in einer Situation wie dieser. Und weil sie sich auf sicherem Grund wußte, fragte sie: »Kommen Sie denn manchmal nach Deutschland, Jack?«

»Ist schon lange her«, nuschelte er. »Eigentlich kenne ich dort niemanden mehr.«

Ihre Mutter nickte, als wisse sie genau, was er meinte, dabei hat sie Deutschland nie länger verlassen. So weit wie jetzt, um ihre Tochter zu holen, ist sie jedenfalls noch nie geflogen. »Es tut mir leid, was da passiert ist, Jack.« Die Hand, die sie auf seine Schulter legte, war so kühl wie ihre Worte. »Aber ich weiß nicht, wie man es hätte verhindern können.«

Romy hat wieder die Augen geschlossen und gleichmäßig geatmet.

Nach dem Einchecken haben sie noch jede Menge Zeit, Jack ist auf Nummer Sicher gegangen und hat für etwa vierzig Kilometer zwei Stunden Fahrzeit einberechnet. Offenbar will er keinesfalls riskieren, daß sie ihren Flug verpassen. Sie stellt sich vor, wie es wäre, wenn sie wieder zurückkäme an den Strand, und schmunzelt kurz. Ihre Mutter bemerkt es

besorgt. Romys Lächeln verwirrt sie. Jack lädt sie noch zu einem wäßrigen Kaffee ein.
Er hätte auch zurückfahren können. Vielleicht will er einfach mit eigenen Augen sehen, wie sie durch die Paßkontrolle gehen. Romy nimmt seine Hand. Er schaut etwas beschämt, drückt sie aber. Ihre Mutter lächelt ihn ermutigend an. Schon gut, sagt ihr Blick, schadet ja nicht. Und da drückt er noch etwas fester zu und streicht mit dem Daumen immer wieder über ihren Handrücken, bis er brennt.



Und jetzt sind sie dort angekommen, wo er nicht mehr weitergehen darf. Alle drei bleiben stehen. Ihre Mutter streckt ihm die Hand hin. Sie sieht sehr gefaßt und jung aus. Wenn man von der steilen Falte zwischen ihren Augenbrauen absieht. Die läßt sie grimmig wirken. Der Tag ist nicht weit, an dem sie sich ein Schlangengift in die Stirn spritzen läßt.
Die Hitze macht ihr nichts aus, sie ist unterkühlt und frisch wie immer. Sie trägt einen schlichten grauen Rock in Bleistiftform und eine weiße Bluse. Nicht einmal auf die Nylonstrumpfhose hat sie verzichtet, selbst bei über fünfunddreißig Grad in einem indischen Flughafen ist es ihr unmöglich, nacktes Bein zu zeigen. Ihre Frisur sitzt wie ein maßgeschneiderter Hut.
Romy entdeckt einen Anflug von Bewunderung in Jacks Augen. So hat er sie schon einmal angesehen. Vor ein paar Tagen, am Strand. Jack hat seit Jahren nicht mehr so viel Eleganz gesehen. Doch genau wegen solchen Frauen ist er damals aus Deutschland geflüchtet. Wahrscheinlich war seine Mutter so. Oder seine Exfrau. Kurz denkt Romy, daß sie ein passendes Paar abgeben würden. Wenn er mal anständige, seinem Alter entsprechende Klamotten tragen

würde. Lange Hosen, gebügelt womöglich. Und vielleicht einen Trenchcoat und Mütze.
»Ich möchte Ihnen danken, Jack«, sagt Romys Mutter ein wenig steif. »Ohne Sie …« Ihre Hand verharrt in der Luft, doch sie spricht nicht weiter, hat nicht einmal die Absicht gehabt, den Satz zu vollenden. Dabei hätte Romy nur allzu gerne gewußt, wie sie ihn hätte enden lassen.
Ohne Sie wäre all das nicht geschehen.
Ohne Sie hätte eine Katastrophe passieren können.
Ohne Sie hätte ich meine Tochter nicht gefunden.
Er schnappt sich ihre Hand und läßt sie lange nicht los. Romy will ihnen ein paar Minuten allein geben und wendet sich ab. Vielleicht müssen sie sich gegenseitig noch einmal versichern, alles richtig gemacht zu haben.
So hat Romy die Gelegenheit, sich Milinds Gesicht ins Gedächtnis zu rufen, wie sie es zum ersten Mal gesehen hat, und zum letzten Mal, als es regungslos war und nur ein winziger Blutfaden aus seinem Mund lief. Nur der hatte sich noch bewegt. Es kommt ihr vor, als wäre es eine Ewigkeit her. Und nicht ein paar Tage.

Jack dreht sie vorsichtig zu sich und umarmt sie. Das hat sie nicht erwartet. Sie taucht hinein, in die Hitze seines Körpers, in den stechenden Schweißgeruch. Es gelingt ihm, daß sie sekundenlang, nur ein Zwinkern lang, glaubt, Antworten gefunden zu haben, überzogen mit seinem Schweiß, der auf sie tropft und ihr das Gefühl gibt, ihr Körper gehöre nicht ihr, auch nicht ihm, sondern sei einfach nur da.
Mit nagender Erregung wünscht sie, daß er so etwas Unpassendes sagt wie *Bleib hier, ich passe auf dich auf. Mach dir keine Sorgen.*
Für ihren Geschmack kann es gar nicht banal genug sein.

»Mach's gut, Err«, sagt er. Und sie freut sich, daß er sie so nennt, denn damit hat er vor ein paar Tagen aufgehört. Er streichelt ihr sanft übers Haar. Dann drückt er ihr ein kleines Päckchen in die Hand. Dreht sich weg und geht. Sie beobachtet ihn, grinst wegen der Khaki-Shorts und des weißen, verknitterten T-Shirts. Sie hat an ihm nie etwas anderes gesehen, sie ist froh, daß er es auch jetzt anhat. 
Und Romy sieht zum letzten Mal weg.

Erst im Flugzeug öffnet sie das in Zeitungspapier eingewickelte Päckchen. Ihre Mutter bestellt sich gerade das zweite Glas Sekt und trinkt dazwischen Tomatensaft. Ein ungeklärtes Phänomen, daß alle Welt im Flugzeug Tomatensaft trinkt. Es gibt keinen überzeugenden Grund dafür. Um noch etwas Zeit zu schinden, betrachtet sie die Seite der *Navhind Times*. »Mädchen wird mit Hund verheiratet, um Unglück abzuwenden«, steht da als Überschrift. Und weiter: »Ein achtjähriges Mädchen wurde diese Woche in *Dhanbad* mit einem Hund aus der Nachbarschaft verheiratet, um böse Geister abzuwehren. Sogar eine Mitgift war ausgehandelt worden. Der Vater des Mädchens, Mr. Shankar Munda, erklärte, daß dem Mädchen ›Hundezähne‹ im oberen Kiefer gewachsen waren, was ein schlechtes Omen sei. ›Ohne diese Hochzeit wäre die ganze Familie ins Unglück gestürzt worden‹, versicherte er.«
Ihre Mutter beugt sich zu ihr.
»Ein Abschiedsgeschenk?« fragt sie. »Von Jack? Wie nett.« Sie klingt wie eine Kindergärtnerin, und genauso tätschelt sie ihre Hand.
Romy denkt einen Moment lang darüber nach, ob Jack absichtlich diese Zeitungsseite gewählt hat. Ob das eine versteckte Botschaft sein soll, weil es um einen Hund geht. Sie

entscheidet sich dagegen. So viel wird er nicht nachgedacht haben. Wahrscheinlich hat der Verkäufer die Kette darin eingepackt.
»Was ist es denn?«

Romy antwortet nicht. Sie befürchtet, daß dann alles von vorne losgeht. Ihre Seele hat sich zusammengerollt und schlafen gelegt in den letzten Tagen, und sie will, daß das so bleibt.
Sie läßt die Kette in ihrer Hand verschwinden, wo sie genau hineinpaßt. Ihre Mutter greift über die Lehne nach ihr, und sie schließt die Faust noch fester. Ihre Mutter zuckt mit den Schultern.
Romy ist klar, daß es diese Kette, die sie in ihrer verschwitzten Hand hält, an jeder Ecke zu kaufen gibt. Daß es nichts zu bedeuten hat. Sie hadert nicht einmal damit, daß sie es nie wissen wird.

Was soll denn Wahrheit schon sein?

# 1. Kapitel

Es gab keinen Grund für Indien. Ich hätte überall anders hinfliegen können, nur warm sollte es sein und am Meer liegen. Ich kam hierher, weil es der erste Vorschlag der Frau im Reisebüro gewesen war.
»Für den Anfang«, sagte sie, »ist dieser Strand bestimmt das richtige. Er liegt ziemlich weit im Süden, da können Sie sich erst mal akklimatisieren.«
Die Frau hatte weizenblondes Haar mit dunklen Strähnen, stufig geschnitten, gewollt ungekämmt. *Shag* nennt man das inzwischen. Weshalb dringen derart unwichtige Informationen auf wundersamen Wegen in mein Hirn und hinterlassen dort eine ungewollte Pfütze?
Ich muß sie entsprechend lang angeschwiegen haben, denn sie hob ein wenig irritiert eine Augenbraue und öffnete ihre glänzenden Lippen. »Und wenn Sie sich akklimatisiert haben, können Sie immer noch überlegen, wo Sie als nächstes hinreisen wollen.«
Ich wollte nirgends hinreisen. Ich wollte einfach irgendwo sein, sehen was passiert, und wenn nichts passierte, um so besser. Da ich keine Lust darauf hatte, mich zwischen mehreren Zielen zu entscheiden, habe ich sofort gebucht.

Der Taxifahrer hat mich an der Hauptstraße abgesetzt, mir den Rucksack gereicht und empfohlen, mich von jemandem mit einem Roller oder Motorrad zum Strand bringen zu lassen, den man nur über einen ausgetretenen Lehmweg erreicht. Dort gäbe es genug Hütten oder Zimmer zu mieten.

Dann winkte er unbestimmt in eine Richtung. Ich bin die paar hundert Meter zu Fuß gegangen, mein Rucksack war nicht schwer, schwerer war es, einen wildfremden Motorradfahrer anzuhalten und zu bitten, mich aufsteigen zu lassen.

Auch daß ich genau diesen *Shack* betreten habe, war reiner Zufall. Es hätte genug andere gegeben.

Jack saß an einem Tisch mit mehreren Leuten, mein Blick fiel auf ihn und blieb dort haften.

Anderswo hinzuschauen hätte sich nicht besser angefühlt. Also stand ich da, obwohl ich lieber zur Theke gegangen wäre, um mir ein Glas Wasser zu bestellen oder vielleicht ein Bier. Die schreiend rote *Kingfisher*-Werbung, die einzige Erinnerung an die Fahrt vom Flughafen zum Strand, hatte mich darauf gebracht. Eigentlich mag ich kein Bier. Man kann aber nicht einfach in einen *Shack* gehen und nichts bestellen.

Ich konnte aber auch nicht vor diesem Tisch stehen bleiben. Jack könnte locker mein Vater sein und sieht auch so aus. Nicht mehr jung. Noch nicht ganz alt. Irgend etwas dazwischen, wie Männer in seinem Alter heutzutage eben aussehen. Die Haare blond, von der Sonne entfärbt, verändert, in einem kühleren Klima wären sie sicher dunkelblond gewesen. Hellbraun vielleicht.

Nicht, daß ich das jemals werde beweisen können.

Richtig voll sind sie auch nicht mehr, die Haare. Er hat keine kahlen Stellen, das nun nicht, sie sind nur ein wenig dünn. Einfach dünner als in seinen jungen Jahren, obwohl ich nie Fotos von ihm von früher gesehen habe.

An diesem Tag trug er gewöhnliche Khaki-Shorts, ein weißes T-Shirt und die unvermeidlichen Badelatschen.

Er hat mich betrachtet wie alle anderen am Tisch auch,

nicht unfreundlich, nicht interessiert. Einfach darauf wartend, daß ich etwas sagen würde.

Je länger das Schweigen andauerte, desto schwieriger war es zu brechen. Am liebsten hätte ich mich umgedreht und wäre zum Strand gegangen, direkt ins ruhig daliegende glatte Wasser hinein, doch genau dazu war mein Körper nicht in der Lage. Außerdem konnte ich schlecht mein Gepäck zurücklassen. 

Jack lächelte. Dieses Lächeln verfolgte keinen Zweck, löste aber meine Erstarrung. Ich habe nicht zurückgelächelt, womöglich hatte ich es verlernt. Meine Haut fühlte sich zu schwer an, um sich anzuheben. Wenn man sich nämlich lange genug nicht rührt, nimmt man seine eigenen Gesichtsmuskeln gar nicht mehr wahr. Dann hängt die Haut wie auf einer Leine über dem Gesicht.

Meine Mutter behauptete immer, wenn sie sich über meine ernste Miene ärgerte: »Für ein Lächeln braucht man zehn Muskeln. Für ein böses Gesicht fünfundvierzig.«

Ich habe das nachgeprüft. Es ist völliger Quatsch. Um ernst zu schauen, braucht man zwei Muskeln, und zum Lächeln auch. Und je nachdem, wie ernst oder wie fröhlich man nun gucken will, kann man die weiteren fünfzig Gesichtsmuskeln dazu aktivieren. Wenn man es will.

Gut, ich habe also nicht gelächelt, aber wenigstens war ich wieder in der Lage, mich zu bewegen, und ich habe so etwas wie »Verwechslung« gemurmelt. Auf deutsch, obwohl ich nicht wissen konnte, was für ein Landsmann Jack ist. Es spielte aber auch keine Rolle, wichtig war nur, überhaupt etwas zu sagen, um nicht länger verdächtig dazustehen.

Der Typ hinter der Theke strahlte mich an, die weißen Zähne blitzten in seinem dunklen Gesicht.

Ich bestellte ein *Kingfisher*.

Ich hatte fast den ganzen Tag nichts gegessen, ein Bier bei dieser Hitze und auf nüchternen Magen würde mir nicht gut tun, aber das war mir egal.
Der Zustand ist nicht unangenehm, wenn man sich nur möglichst wenig bewegt, körperlich wie geistig, wenn man nur still sein will, nichts fühlen, nichts Schönes, nichts Häßliches, von den Haarspitzen bis zu den Zehen voller Gleichmut. Wenn man sich nicht einmal mehr ärgern kann. Man ist einfach nur da. Egal wo.
Ich schätze, das ist der Zustand, den alle anstreben, Yogis und tibetische Mönche, Kiffer und katholische Priester. Nichts wollen. Der ganze Körper schweigt.
Als sei man sich selbst gegenüber blind und taub.

Ich habe auf meinen Rucksack beim Eingang geschaut und mir vorgestellt, darin befände sich mein Leben. Ich könnte es stehenlassen. Aufstehen und weggehen.
»Bitte«, hat der Kellner gesagt, als er grinsend das Bier vor mich stellte.
Offenbar wartete er auf eine Reaktion auf das deutsche Wort, doch ich nickte nur und nahm einen großen Schluck. Es schmeckte nicht, fühlte sich aber angenehm in der Kehle an. Ich stellte mir einen kalten glitzernden Strahl vor, der von oben nach unten durch meinen Körper gleitet, und da fiel mir ein, daß ich meine Vitamintabletten noch nicht genommen hatte.
Ich erschrak so sehr, daß mein Herz heftig zu pochen begann. Von meiner Gleichgültigkeit und Starre war nichts mehr übrig. Fieberhaft versuchte ich mich daran zu erinnern, ob ich sie überhaupt mitgenommen hatte.
Die Vorstellung, die Vitamintabletten vergessen zu haben, raubte mir fast den Atem. Ich wollte nicht darüber nach-

denken, warum sie mir so wichtig waren, wo mir doch alles andere egal war. Nur ein Gedanke beherrschte mich, und das war der, diese Tabletten zu finden. Ohne sie hätte ich nicht bleiben können, nicht hier sitzen und Bier trinken und still sein. Das funktionierte nicht. 

Ich durchwühlte meine Handtasche. Wenn ich mich auch nicht mehr erinnern konnte, wann und wie ich die Packung eingesteckt hatte, so war ich mir zumindest sicher, daß ich sie niemals in den Rucksack gepackt hatte, denn den hatte ich während des Fluges für Stunden aus den Augen verloren. Mit der rechten Hand kramte ich in der Tasche, fand aber nur meinen Ausweis und die Brieftasche, Lippenstift, ein Vorhängeschloß, eine Plastikwasserflasche und allerlei Kram. Ich spürte einen Druck auf meiner Lunge, etwas stach durch meinen Kopf, mit einer einzigen groben Bewegung leerte ich die Tasche auf dem Tisch aus und begann, den Haufen zu durchsuchen.

Als meine Hand gegen die große, längliche Packung stieß, schloß ich für einen Moment die Augen und wartete, daß mein Pulsschlag sich beruhigte und die Hitze in meinem Körper nachließ.

Jack hatte mich dabei ausdruckslos beobachtet.

Nun, da ich wußte, daß sie da waren, hatte ich es nicht mehr eilig, die Pillen zu schlucken. Sorgfältig räumte ich alles wieder in meine Tasche. Die Schachtel steckte ich in eine Seitentasche, um sie beim nächsten Mal sofort zu finden.

Der Strand war ziemlich leer, ein paar Frauen mit silbernen, bei der kleinsten Bewegung klirrenden Fußkettchen hockten im Sand. Die Tatsache, daß sie nicht mit abgespreizten Gliedmaßen platt auf der Erde lagen und ihr Gesicht mit schwarzen Brillen in die Sonne streckten, deutete darauf hin, daß es sich bei ihnen nicht um gewöhnliche Touristinnen handelte. Sie sahen aus, als würden sie Monate hier verbringen, vielleicht auch immer hier leben. Das herrliche Wetter, den perfekten Blick aufs Meer nahmen sie mit Gelassenheit hin, während sie mit zusammengekniffenen Augen in der gleißenden Sonne saßen.



Sie sahen wie geklont aus, mit ausgebleichten Haaren, die Gesichter durch die permanente Bräune wie Leder gegerbt, helle Blinzelfältchen um die Augen, mit einer Uniform aus bunten Tüchern und Tops, Ketten mit großen Steinen und dicken Silberringen. Bei den Männern war es nicht anders. Jeder von ihnen hätte einen Friseur vertragen, sie trugen zwar keine Fußkettchen, dafür aber Armbänder aus Stoff oder Leder, aus Perlen oder Silber. Und ebenfalls Ketten, meist mit dem Om-Zeichen.

Ich habe mich gefühlt, als wäre ich in eine Zeitmaschine gestiegen und zwanzig oder dreißig Jahre in die Vergangenheit geschleudert worden. Doch ganz stimmt dieser Vergleich nicht, denn die Leute hier sind auch älter geworden, gefangen in einer Zeitschleife.

Ich paßte mit meinen Jeans und Turnschuhen überhaupt nicht hierher. Das Gefühl der Unzugehörigkeit ist mir so vertraut, daß es mich grundsätzlich nicht stört. Es gab also keinen Grund, nachzudenken.

So habe ich auch nicht bemerkt, wie Jack sich erhob und an meinen Tisch kam. Erst als er den Stuhl neben mir durch den Sand nach hinten zog und sich setzte, nahm ich ihn wahr. Widerwillig stellte ich meinen Blick wieder scharf.

»Gerade angekommen?« hat er gefragt, ohne seine Energie auf Höflichkeiten zu verschwenden.

Das war mir recht, und so habe ich nur genickt, statt zu antworten.

»Auf der Suche nach einem Schlafplatz?«
Noch immer sprach er mich nicht direkt an, als wollte er keine Vertraulichkeit aufkommen lassen. Vielleicht hat er auch nur die Regeln verlernt.
Ich nickte erneut.
Ich habe immer wieder die Erfahrung gemacht, daß es das beste ist, sich um nichts zu kümmern. Abzuwarten, bis sich alles von selbst regelt. Wenn einem der Ausgang wirklich egal ist, regelt sich alles irgendwie. Garantiert.
Jack hat nicht weitergesprochen, sondern an mir vorbei auf den Strand geschaut. In seinen grauen Augen habe ich gesehen, daß er dieses Bild viel zu sehr gewöhnt war, um es noch zu betrachten. Er hat einfach nur seinen Blick darauf gelegt wie ein feuchtes Handtuch, achtlos, weil man es eben irgendwo hinlegen muß.
Wir schwiegen. Auf Fremde mußten wir wohl wirken wie ein gut eingespieltes Ehepaar.
Der Gedanke gefiel mir. Sicher beobachtete uns jemand, ohne daß wir es bemerkten. Man wird ständig beobachtet. Glück haben die, die dieses Wissen ausblenden können, um nicht verrückt zu werden. Immer kann ich es nicht. Manchmal trete ich aus meinem Körper heraus und geselle mich zu meinem heimlichen Beobachter, betrachte mich von allen Seiten, von oben und unten, und alles, was mich umgibt.
Doch in diesem Moment habe ich mir nicht vorgestellt, beobachtet zu werden, ich habe es mir geradezu gewünscht, allein die Tatsache, daß ein Mensch vermuten könnte, ich gehörte zu jemandem, tat mir gut.

Am auffälligsten an Jack ist, daß nichts an ihm auffällt, daß alles zusammenpaßt, nichts sticht hervor. Sollte es an ihm

einmal ungewöhnliche Farben oder Formen gegeben haben, so sind die mit der Zeit verschwunden.
Da mir an ihm nichts ins Auge stechen konnte, betrachtete ich aufs Geratewohl seine Hände. Ich versenkte mich in ihren Anblick und hielt mich lange damit auf. Es ist angenehm, einen Menschen anzusehen, an dem nichts ganz besonders schön ist.
Jemanden ein erstes Mal zu sehen, ist, wie zum ersten Mal in einen Raum zu kommen. Es gibt nur dieses erste Mal, danach folgen Wiederholungen. Hinterher weiß man nicht mehr genau, was man am Anfang tatsächlich wahrgenommen hat. Die Wiederholungen sind es, die die Erinnerungen machen.
Das erste, was mir zu seinen Händen einfiel, war: vertrauenerweckend. Als ob Hände eine solche Eigenschaft haben könnten. Auf jeden Fall habe ich das später immer wieder gedacht, und so war es vermutlich auch mein erster Gedanke, als wir da saßen. Gepflegt. Gerade Finger, sanft gerundete Kuppen, sehr kurz geschnittene, helle Fingernägel. Auf dem Handrücken durch die Hitze dick angeschwollene Adern, die grün schimmerten wie Algen, kräftige Handgelenke. Keine Armbänder. Die ausgebleichten Härchen auf seinen Armen sahen so aus, als führten sie ein Eigenleben.

»Du kannst bei mir wohnen«, hat er beiläufig gesagt und träge den Kopf in meine Richtung gedreht. Ich habe nicht gezeigt, wie sehr mich das überraschte, aber ablehnen wollte ich auf keinen Fall.
»Klar«, habe ich gesagt und mich geräuspert. Ich hatte in den Tagen davor so wenig gesprochen, daß meine Stimme klang, als ob sich der Aufwand nicht lohnte.

»Ich kann dir gleich die Hütte zeigen, die frei wird«, fuhr er fort. »Alles sauber. Und günstig. Was Besseres findest du hier nicht. Ich heiße Jack. Eigentlich Jakob.«
Ich nickte.
Er trank einen Schluck von meinem Bier. Mir hat es gefallen, daß er mich nicht erst fragte. Auch wenn ich in seinem grauen Blick keine Anzeichen dafür finden konnte, ob das irgend etwas zu bedeuten hatte.

Ich habe ihn mir nicht ausgesucht. Er hatte nichts an sich, was mich sonst an Männern anzieht oder angezogen hat, als mich Männer interessierten. Als es leichter war. Leichter, nicht leicht. Das ist es ja nie.
Älter zu werden, scheint alle Probleme nur zu verstärken, als ob man ein Fassungsvermögen für eine bestimmte Anzahl an Problemen hat. Irgendwann ist es ausgeschöpft, dann ist kein Platz für neue. Dann kann man entweder aufhören zu leben oder eben nichts Neues mehr beginnen.
Aber als ich in seine Augen sah, habe ich gedacht, daß man vielleicht auch in der Lage ist, etwas davon rauszuwerfen und wieder Platz zu schaffen für neue Schwierigkeiten.
»In zwei Stunden etwa«, hat er genuschelt, als fehlte ihm die Kraft, deutlich zu sprechen. »In zwei Stunden zieht Sam aus, der fliegt heute zurück nach Südafrika.«
Er deutete vage in die Richtung, in der Südafrika womöglich lag.
»Ich lasse das Zimmer machen, das dauert höchstens eine Viertelstunde.«
Das sprach nicht gerade für die Sorgfalt seiner Zimmermädchen, was ihm aber nicht aufzufallen schien. »Dann

kannst du rein. Am besten bleibst du mit deinem Gepäck solange hier und wartest.«

Er betrachtete mich einen Augenblick schweigend. Ich habe versucht, seinen Blick nicht loszulassen.

»Du kannst natürlich auch schwimmen gehen. Aber creme dich bloß gut ein, du weißt schon. Deine Sachen kannst du ruhig hier stehenlassen. Da kommt nichts weg. Außerdem ist sowieso immer einer von uns da.«

Nie hat er etwas Wahreres gesagt. Nur habe ich das in dem Moment nicht gewußt.

Ich spähte zu dem Tisch, an dem er gesessen hatte. Eine Frau um die fünfzig mit tief ausgeschnittenem rotem Oberteil und blutrot lackierten Fingernägeln baute den größten Joint, den ich je gesehen habe.

Schwere war in meinen Gliedern, und ich habe Worte gesucht, eine Frage, die ich stellen könnte, damit er mich nicht hier sitzen ließ. Meine Nerven begannen zu zucken, mein Mund war trocken.

Mein Kopf tat weh.

Jack drückte sich an den Armlehnen hoch und richtete sich auf wie der alte Mann, der er war. Irgendwie. Dann nickte er freundlich und wandte sich ab. Er ging zu seinem Tisch zurück, wo niemand seinetwegen aufblickte, als sei es egal, ob er bei ihnen saß oder nicht. Aber da er nun schon da war, reichte ihm die Frau in Rot den Joint, an dem er zweimal kräftig zog, um ihn dann an ein Mädchen mit Nasenring und trübsinnigem Mund weiterzugeben.

Ich war froh, daß er mich nicht aufgefordert hatte, an ihren Tisch zu kommen.

Die nächsten zwei Stunden blieb ich sitzen, wo ich war. Das Meer zu betrachten war angenehm, die Vorstellung darin zu schwimmen weniger. Vielleicht in ein paar Tagen, wenn ich mich an den Gedanken gewöhnt haben würde und vor allem daran, einen Bikini zu tragen.

Das Meer zog sich immer weiter zurück, es schien keine Lust auf die Menschen am Strand zu haben, weder auf die Frisbee spielenden Touristen noch auf die versonnen mit Bändern tanzenden Langzeiturlauber, auch nicht auf die Fischer, die an ihre Boote gelehnt im Schatten dösten, neben sich zu Knäueln eingerollte Hunde. Weit draußen habe ich die Flosse eines Delphins gesehen. Wenigstens glaubte ich das. 

Es machte mir nichts aus zu warten. Das war besser, als aktiv zu werden, ein Zimmer zu suchen, mit fremden Menschen sprechen zu müssen, ein freundliches Gesicht aufzusetzen. Hier wollte niemand etwas von mir. Gelegentlich habe ich zu Jack hinübergeschaut, nur um sicherzugehen, daß er nicht plötzlich verschwand. Doch er war immer da. Er gehörte genauso hierher wie die gebogenen Palmen und die schwarzgrauen Felsen. Wie die brüllenden Krähen und der Knoblauchgeruch aus den Küchen.

Das Bier war warm und abgestanden, ich habe es in kleinen Schlucken wie Medizin getrunken. Mein Magen knurrte, aber ich wußte nicht, was ich bestellen sollte. Außerdem habe ich befürchtet, daß Jack sich ausgerechnet dann von seinem Stuhl erheben würde, wenn mein Essen kam. Vielleicht würde er nicht auf mich warten wollen, sondern einfach gehen, ohne mir meine Bleibe zu zeigen.

Doch wo hätte er hingehen sollen?

Es hat noch einige Tage gedauert, bis ich mit Bestimmtheit wußte, daß Jack sich nur ganz selten von dem Strandabschnitt wegbewegte, und auch das nur, wenn es sich gar nicht vermeiden ließ. Wenn er etwas im Dorf besorgen mußte, Batterien etwa. Oder sich rasieren ließ. Alles andere lag direkt vor seiner Haustür, der *Shack*, in dem er essen und trinken konnte, das Meer, auf dem er einmal am Tag mit seinem Paddelboot verschwand.



Doch an diesem ersten Tag habe ich nichts davon gewußt und mich nicht getraut, etwas zu essen zu bestellen. Ich habe nur zwei von den Vitamintabletten genommen und mit der Bierbrühe hinuntergeschluckt, wobei ich mir einredete, daß das genauso nahrhaft wie Essen wäre.

Und dann sah ich aus den Augenwinkeln, wie Jack sich erhob.

»Was sind das für Tabletten?« hat er gefragt, als er neben mir stand. Diese Frage fand ich nur einen Moment lang irritierend, ohne genau zu wissen, wieso. Dann erst ging mir auf, daß er glauben könnte, ich nähme Drogen, und hastig habe ich gesagt: »Nur Vitamintabletten.«

Ich bildete mir ein, nie zuvor ein Lachen gehört zu haben, das so sehr nach Lachen klang wie das volle und runde von Jack. Umgehend beneidete ich ihn darum.

»Das letzte, was du hier brauchst, sind Vitamintabletten«, hat er, wieder ernst geworden, gesagt. »Hier gibt es genügend frisches Obst. Und Gemüse.«

Ich nickte.

»Heb dir die Pillen lieber für zu Hause auf.«

Zu Hause.

»Wie lange bleibst du überhaupt?«

Ich zuckte mit den Schultern.

»Verstehe.«

Ich rutschte auf meinem Stuhl herum. Kann ihn denn gar nichts neugierig machen, habe ich mich gefragt.

»Wird schon alles in Ordnung kommen.« Jack sah aus, als glaubte er nicht an seine Worte.
»Wenn du erst mal eine Weile hier bist, wirst du alle möglichen Geschichten hören. Da kommt dir deine eigene dann nicht mehr sonderlich interessant vor.« 
Die Vorstellung hat mir nicht behagt, davon abgesehen, daß ich gar nicht vorhatte, mir Geschichten anzuhören. Was würde aus mir werden, wenn ich meine eigene nicht mehr sonderlich interessant fände? Was bliebe dann von mir übrig?
»Kann schon sein.« Ich weiß nicht, ob er es bemerkt hat, denn er sah schon wieder aufs Meer. Vielleicht war das weniger anstrengend, als mich zu betrachten.
Er rührte sich nicht, sah nicht her, seine Hand lag entspannt auf dem Tisch. Mit dem Zeigefinger fuhr ich die geschwollenen Adern nach. Sie waren weich und heiß, verästelt wie Flußläufe, und ich senkte die Lider und tastete weiter mit meinen Fingerspitzen, hörte Krähen schreien und in der Ferne Hunde jaulen.
»Bevor du mir hier einschläfst, zeige ich dir besser deine Hütte, was?«
Erschrocken setzte ich mich auf. Jacks Stimme klang amüsiert. Seine Hand lag noch immer auf derselben Stelle, während meine reglos auf meinem Knie ruhte.
»Ich heiße Romy«, sagte ich und zwang mich, die Augen offenzuhalten.
»Romy, das paßt nicht zu dir. Irgendwie«, entgegnete er, ohne es genauer zu erklären. Eine Frechheit. Ich habe meinen Namen immer gemocht. Davon abgesehen, daß Jack, eigentlich Jakob, mich gar nicht kannte, also nicht die geringste Ahnung haben konnte, was zu mir paßte und was nicht.

Aber das habe ich nicht sagen wollen, das hätte doch nur Fragen nach sich gezogen. Ich wußte ja noch nicht, daß Fragen zu stellen hier nicht unbedingt hingehörte. Vielleicht stehen andauernde Hitze und mangelndes Interesse  an den Gedanken anderer in einem direkten Zusammenhang.

Jack jedenfalls verkündete, daß er mich mit meinem Anfangsbuchstaben ansprechen wolle. »Willkommen, Err«, hat er gesagt, mir seine Hand entgegengestreckt, und ich habe sie ergriffen.

Sie fühlte sich so an, wie ich es mir vorgestellt hatte.

# 2. Kapitel



Es schafft eine eigenartige Verbindung, wenn ein Fremder einen neuen Namen für einen auswählt, selbst wenn es sich dabei nur um den Anfangsbuchstaben handelt. Niemand hat mich jemals Err genannt. Err bin ich nur für ihn, und würde ich ihm jemals einen Brief schreiben, oder zumindest eine Karte, würde ich so unterschreiben. Mit R oder Err.

Ich zog in eine von Jacks Hütten ein. Er hatte etwa zehn davon direkt am Strand bauen lassen, wo sie in Zweierreihen hintereinander standen wie gelangweilte Soldaten, einfache kleine Bambushütten auf Holzpfählen, zu erreichen über eine mir nicht ganz geheure Leiter. Der Raum maß etwa drei mal drei Meter, in der Mitte lag eine dünne Matratze direkt auf dem Holzboden, über die ein schmutziges Moskitonetz gespannt war. In die krummen Wände waren ein paar Nägel geschlagen, an denen man das Nötigste aufhängen konnte.

»Und, wie findest du's, Err?« fragte Jack.

Ich schwieg lange. Ich konnte mir nicht vorstellen, hier zu schlafen. Vor der Hütte war ein schmaler Balkon mit zwei knallroten Plastikstühlen, einem verschrammten, weißen Plastiktisch und einer staubigbunten Hängematte. Ich hustete verlegen.

»Wo ist die Toilette? Die Dusche?«

»Zeige ich dir gleich«, entgegnete Jack und ließ ächzend meinen Rucksack auf den Boden plumpsen, was ich übertrieben fand, schließlich war er nicht schwer. Mein Unbehagen fiel ihm nicht auf.

»Mit dem Preis – da werden wir uns schon einig. Kommt darauf an, wie lange du bleibst.«
Ich habe mich auf die dünne Matratze gesetzt. Dieser Ort war so gut wie jeder andere.
»Die Toilette finde ich dann schon«, murmelte ich. »Ich würde mich jetzt gerne etwas ausruhen.«
»Klar. Wie du willst. Wenn du Lust hast, zum Sonnenuntergang treffen wir uns alle immer im *Shack*. Und gehen später zusammen essen.« Er stand eine Weile nur herum. Dann sagte er noch mal: »Willkommen, Err.«
Ich nickte. Mein Kopf schmerzte, ich konnte mir nicht vorstellen, dieses grelle Sonnenlicht längere Zeit zu ertragen. Dabei habe ich früher Wärme gemocht, ich liebte es, zu schwitzen, mir gefiel die klebrige Feuchte unter den Achseln und in den Kniekehlen, in der Mulde unter der Kehle. Später ist es einfacher geworden zu frieren. Mein Körper hat begonnen, sich in der Enge des Zitterns wohler zu fühlen.
Ohne hinzusehen merkte ich, daß Jack meine Hütte verließ. Ich konzentrierte mich ganz auf das Hämmern und Toben in meinem Kopf, das im Dunkeln besser zu ertragen ist, tastete mit geschlossenen Augen nach dem Tuch, das mir in nächster Zeit als Bettdecke dienen sollte, und legte es über meine Augen.
Nur die Lider zu schließen hätte nicht ausgereicht.
»Warum machst du nicht einfach die Augen zu? Dann ist es doch dunkel«, fragte Jack mich später einmal.
»Ist es nicht«, antwortete ich. »Ich wünschte, es wäre so.«
Er schwieg eine Weile. »Ich kann es mir nicht vorstellen«, sagte er dann.

Als ich nach ein paar Stunden aufwachte, hatten sich die Kopfschmerzen zurückgezogen, lauerten aber noch immer drohend irgendwo ganz hinten, wo sie sich durch ein dumpfes Pochen bemerkbar machten.

Ich zog mir ein frisches T-Shirt und Shorts an und machte mich auf die Suche nach der Toilette und den Duschen. In zwei abgeteilten Räumen standen große Tonnen, aus denen man mit einer kaputten Plastikschüssel kaltes Wasser schöpfen konnte, um es über sich zu schütten. Ein dunkles Loch im Boden, neben dem ein Wassereimer zum Reinigen und Nachspülen stand. Kein Toilettenpapier. Ich habe nur kurz gezögert, dann nahm ich es so hin und dachte nie mehr darüber nach. Danach habe ich mein Gesicht gewaschen, es kurz in dem staubigen Spiegel gemustert und bin dann zum Strand gelaufen.

Als ich den *Shack* von der Rückseite betrat, hatte ich das Gefühl, daß die Hütte müde war. Dieses Gefühl überkam mich später auch jedes Mal, wenn ich hereinkam. Jetzt weiß ich zwar, daß jeder *Shack* nach der kurzen Saison abgerissen und im folgenden Jahr neu aufgebaut wird. Müde konnte er also eigentlich nicht sein. Es sei denn, das Müdewerden ging hier sehr schnell.

Es war kurz vor achtzehn Uhr, die Sonne stand tief und schimmerte warm. Ob Jack auf mich wartete? Ob er auf seinem Stuhl sitzen würde, so unbewegt, daß keiner ihm etwas anmerkte, in Wahrheit aber mit allen seinen Sinnen auf ein Geräusch lauernd, einen Schatten, der meine Ankunft verriet?

Es irritierte mich, daß ich so etwas dachte. Weil ich doch aus einem anderen Grund hierher gekommen war. Nicht um etwas zu erleben. Auch nicht, um auszuruhen. Vom Ausruhen muß man sich nicht ausruhen.

Und vielleicht ist deswegen mein Blick sofort auf seinen Hinterkopf gefallen, ganz von allein, und einen Moment lang prägte ich mir die Form seiner Schultern ein. Alles war neu.

Ich wünschte mir, daß er meinen Blick spürte und sich umdrehte. Die anderen am Tisch habe ich nicht wahrgenommen, oder höchstens als störende Elemente, ärgerlich wie im Weg stehende Möbelstücke.

Die Sonne schien auf die am Horizont wartenden Schiffe. Sie schienen sich niemals zu bewegen, sie waren einfach immer da, die Schiffe gehörten genauso dazu wie der Sand. Die Luft war trocken und unbewegt, so still wie das Wasser.

Jack drehte sich um. Sein Gesicht lag im Halbdunkel.

Der Typ neben Jack machte mir wortlos Platz, er setzte sich neben eine Frau, die im Lotussitz in ihren Plastikstuhl gequetscht war. Sie starrte in den Sonnenball, die Hände lagen nach oben geöffnet auf ihren spitzen Knien. Alle blickten in diese eine Richtung, also tat ich es auch.

Ich habe versucht, Interesse für die Sonne aufzubringen, die wie ein platt gedrückter dunkelroter Ball aussah. Der Himmel färbte sich orange und lila, eine Postkarte mit diesem Motiv hätte ich kopfschüttelnd weggelegt. Mir war ein wenig langweilig inmitten dieses Schweigens. Aber wie ich später festgestellt habe, handelte es sich um ein allabendliches Ritual. Den Sonnenuntergang zu verpassen kam einer kleinen Katastrophe gleich.

Auch ich bin in der ersten Zeit fast jeden Abend rechtzeitig im *Shack* aufgetaucht, und mit der Zeit habe ich mich daran gewöhnt, schweigend auszuharren. Auch wenn ich immer vergeblich darauf wartete, etwas von der Energie und dem Frieden zu spüren wie die Anderen.

Hanna, die Frau im Lotussitz, atmete mit einem tiefen Keuchen aus, als die Sonne nicht mehr zu sehen war und umgehend die bunten Lichterketten eingeschaltet wurden.

»Herrlich«, stöhnte sie. »So viel Kraft. Da werde ich so ruhig und klar und bin wieder total in meiner *energy*. Nicht?« Sie hat mich durch blinzelnde Lider angesehen, die kein bißchen ruhig wirkten. Niemand am Tisch hat auf sie geachtet, keiner auf ihre Frage reagiert, weder zustimmend noch ironisch, es war, als hätte sie gar nichts gesagt. 

Hanna gehört zu den Menschen, denen es nichts ausmacht, immer wieder dasselbe zu erzählen, dieselben Ansichten vor denselben Menschen zu verkünden. Dabei verrät ihre Stimme die Überzeugung, etwas Wichtiges von sich zu geben.

Sie ist eine Meisterin darin, Selbstverständlichkeiten auszusprechen. Doch ist mir Hanna im Laufe der Zeit ein wenig ans Herz gewachsen.

»Mehr brauche ich nicht«, hat sie gemurmelt, gehustet und sich einen Joint angezündet.

Mir fiel auf, daß Jack mich niemandem vorstellte. Niemand hatte es eilig oder war überhaupt interessiert. In dem Moment gelang es mir, mich zu entspannen. Es genügte, hier zu sitzen. Es wurde nichts von mir erwartet.

Ich rutschte mit dem Stuhl durch den Sand ein wenig nach hinten, um Jack in aller Ruhe unbemerkt betrachten zu können. Obwohl alles an ihm neu für mich war, erschien es mir vertraut, sobald ich es entdeckte.

Die Krümmung, die sein Haar dort machte, wo es den Kragen seines Hemdes berührte. Wie abgeknickt strebten sie plötzlich wieder nach oben, als ob sie sich nicht für eine bestimmte Richtung entscheiden könnten. Ich bin mir immer noch nicht ganz sicher, ob auch vereinzelt graue Haare in dem Sandblond versteckt waren. Davon war auszugehen. In diesem Moment jedenfalls war es zu dunkel, um es sicher festzustellen. Und dann habe ich nicht mehr drauf geachtet.

Hastig setzte ich meine Sonnenbrille ab.
Langsam, geradezu schwerfällig, hat Jack den Kopf zu mir gedreht. Dann erst folgte sein Körper. Er war mir mit einemmal näher, als ich erwartet hatte, doch ich wich nicht zurück. Man konnte sehen, daß seine Brust unter dem nicht ganz weißen Hemd immer noch einigermaßen hart war.
»Du bist so blaß, Err«, hat er gesagt, und vielleicht sah er mich zum ersten Mal wirklich an. »Sieht unschuldig aus.«
Die Gesichter in der Runde, die sich durch ihre tiefe Bräune ähnelten, schienen wie ausgelöscht, Lippen und Nasen und Münder hatten die Konturen verloren.
Da beschloß ich zu lächeln.
Einfach so.
Ich konnte jeden einzelnen Muskel spüren, wie er sich langsam in Bewegung setzte. Meine Mundwinkel hoben sich, immer höher, ich spürte fast ein Strahlen, meine Brust weitete sich, ich atmete ein paarmal tief ein und aus.
Zum ersten Mal zeigte ich ihm mein ganzes Gesicht.
Meine Augen blickten ihn an, meine Lippen teilten sich und offenbarten Zähne, Zahnfleisch, vielleicht sogar einen kleinen Teil meiner Zunge. In dem Moment konnte ich mich an Zeiten erinnern, in denen ich so gelächelt hatte. Ich spürte, daß noch jemand mich beobachtete, und wandte suchend den Kopf.
Ihre Ablehnung traf mich wie ein Schlag, und da ich mein Lächeln nicht unmittelbar abstellen konnte, prallten einen kurzen Augenblick lang so unterschiedliche Energien aufeinander, daß die Luft zwischen uns zu summen begann. Satja war um die fünfzig, hatte sehr langes Haar, das sie mit einem altmodischen Haarreifen straff nach hinten hielt. Der Ansatz war blond gefärbt, der Rest war tiefschwarz und von weißen Strähnen durchzogen. Sie hätte einen

schönen Mund gehabt, auch ungeschminkt hatte er die Farbe von reifen Brombeeren, die Lippen nach vorne gestülpt wie bereit für einen Kuß. Doch die Haut über diesen Lippen war dunkel wie ein Schnurrbart und von strahlenförmigen Falten durchzogen. 

Sie hielt mir ihr Gesicht ohne ein Zeichen von Scham hin, es schien ihr nichts auszumachen, daß ich sie so lange musterte. In diesem Moment war es mir unmöglich zu lächeln. Was Satja wohl sah?

Ich weiß nicht, wie lange wir uns betrachtet haben und ob es jemandem auffiel. Vielleicht waren es nur wenige Sekunden. Dann hat sie sich wortlos weggedreht. Zu Jack. Der hat von alldem nichts mitbekommen und Satja über den Tisch hinweg Feuer gegeben.

Sie legte ihre langen Finger auf seine Hand. Für mich sah das aus wie ein Abschied. So wie es die Frauen in geheimnisvoll dunklen französischen Filmen tun, mit gesenkten Wimpern und diesem schrägen Lächeln. Die nie etwas aussprechen.

## 3. Kapitel



Ich gewöhnte mich schnell an dieses Leben. Es war nicht schwer, ich mußte überhaupt nichts dafür tun. Außer morgens aufzustehen und mir von Sanjay im *Shack* ein Frühstück bringen zu lassen. Am Strand zu liegen. Wenn mir nichts anderes einfiel, ließ ich mich von einer der Frauen massieren, die mit quäkender Stimme riefen: »Hello Madaaaam, like body massaaaaage?«
Ich habe mit von Zecken übersäten Hunden gespielt und mich in die Wellen gestellt. Mir das Salz von der Haut geduscht, um rechtzeitig zum Sonnenuntergang wieder in den *Shack* zu kommen. Und mich danach auf meine harte Matratze gelegt, auf der ich überraschend schnell einschlief.
Niemals hätte ich die Initiative ergriffen. Und wie mir scheint, hatte auch Jack keinen bestimmten Plan. Manchmal stelle ich mir vor, daß wir uns nie näher gekommen wären, wenn Satja nicht von Anfang an durch ihren Verdacht, den sie hegte, die Möglichkeit erst in die Welt gesetzt hätte. Wahrscheinlich hat sie alles ins Rollen gebracht.
Die Idee gefällt mir. Denn ich wollte zwar von Anfang an in seiner Nähe sein. Aber wer weiß? Vielleicht hätte ich nur still vor mich hingeträumt. Womöglich hätte das gereicht.

Es hat bestimmt eine Woche gedauert, vielleicht auch zehn Tage, bis Jack und ich zum ersten Mal allein waren. Zwar sahen wir uns jeden Tag, saßen stundenlang am selben Tisch und betrachteten den Strand und die Menschen und die Bewegungen des Meeres, lasen Zeitung. Doch ständig waren die Anderen um uns, hockten mit uns am Tisch. Menschen,

die er schon länger kannte als mich und die mir allein deshalb unheimlich waren.
Sie teilten so vieles mit ihm, wovon ich nichts wußte, sie verband etwas mit ihm, was ich nicht aufholen konnte. Ich saß wie selbstverständlich mit ihnen zusammen, als wäre es nie anders gewesen. Und doch kannte ich sie nicht. Auch Jack nicht. Wir sprachen nur wenig und vor allem kaum über Persönliches.
Er wollte nie etwas über meine Vergangenheit wissen. Nicht was ich beruflich machte, oder wie alt ich war. Für ein paar Tage gab ich mich der Vorstellung hin, daß ich einfach ein anderes Leben begonnen hatte.
Womöglich, habe ich ein paar Tage lang gedacht, kann man sich selbst einfach neu erschaffen, anders fühlen und denken, anders reagieren, anderen Dingen Aufmerksamkeit schenken. Gerade so. Von einer Sekunde auf die andere. Ohne langwierige Therapien oder endlose Meditationen. So, wie ich plötzlich begonnen hatte, wieder zu lächeln.
Dieses Lächeln gehörte zu einem anderen Menschen. Es machte mir so viel Spaß zu lächeln und zu beobachten, wie die Anderen darauf reagierten, daß mir nachts, wenn ich auf meiner Matratze lag, die Gesichtsmuskeln weh taten. Dann entspannte ich mein Gesicht, bis es erstarrte, und stellte mir vor, daß Jack es in der Dunkelheit in seine Hände nahm.

An dem Tag, an dem wir also zum ersten Mal allein waren, glitzerte und funkelte das Meer, kleine Blitze zuckten auf den Wellen, während sich das Wasser unermüdlich auf den Strand wälzte, den Sand und alles Leben darunter durcheinanderwirbelte und sich dann wieder zurückzog.
Mit zusammengekniffenen Augen suchte ich durch das grelle Licht nach Jacks Gestalt, und als er auftauchte, er-

kannte ich ihn an seinem Gang und daran, wie er den Kopf von links nach rechts drehte, als befürchtete er, etwas zu verpassen. Und an den geraden, durchgedrückten Schultern. Menschen, die überwiegend barfuß laufen, verändern mit der Zeit ihren Gang. Er wird selbstverständlicher. Und langsamer.



Der Sand brannte unter meinen Fußsohlen, ich hüpfte von einem Bein aufs andere, weil ich meine Sandalen im *Shack* vergessen hatte.

Schnell bin ich aufs Wasser zugerannt, dorthin, wo der Sand dunkler und kühler wird, und habe darauf gewartet, daß er zu mir kam. Ich schob die dunkle Sonnenbrille über meinen verräterischen Blick und neigte den Kopf so, daß es aussah, als ob ich über das Wasser schaute. Die Sonne stach wie mit stumpfen Nadeln in meine Haut, mein Mund war so trocken, daß ich Angst hatte, meine Zunge würde jeden Moment am Gaumen festkleben.

Jack bewegte sich unentschlossen. Ich habe versucht, ihn mit der Kraft meiner Gedanken zu mir zu ziehen und zugleich völlig unbeteiligt zu wirken, indem ich mit dem rechten Fuß im Wasser plätscherte und versonnen lächelte. Wenn er weitergeht, ist das auch egal, redete ich mir ein. Doch als er nur noch wenige Schritte von mir entfernt war, befürchtete ich plötzlich doch, daß er kurz vorher abbiegen und in eine andere Richtung laufen könnte.

Da habe ich es zum ersten Mal gespürt, glaube ich. Daß gar nichts egal ist. Also drehte ich mich um und winkte ihm zu. Er winkte nicht zurück, aber er nickte kurz und kam auf mich zu. Sofort beruhigten sich meine Nerven.

Immer sind die paar Sekunden, bevor etwas geschieht, die besten. Diese kurze Zeitspanne, in der alles möglich ist.

Jack stand mit zusammengekniffenen Augen vor mir, und

ich hätte nicht sicher sein können, daß er mich ansah, hätte ich es nicht von Kopf bis Fuß gespürt.
Ganz unerwartet hat sich plötzlich mein ganzer Körper nach ihm gesehnt, und ich konnte gerade noch verhindern, daß ich mich an ihn lehnte. Meine Augen begannen zu tränen, dagegen konnte ich nichts tun. 
»Paß auf, daß du dich nicht verbrennst, Err.«
Ich habe mehr dem Klang seiner Stimme gelauscht als seinen Worten. Auf einmal ist die Sehnsucht so groß und namenlos geworden, daß ich es nicht verhindern konnte, zu blinzeln, worauf zwei dicke Tränen unter meiner Sonnenbrille hervorkullerten.
Wenn Jack erstaunt war, hat er es nicht gezeigt. Er hat mir nur die Sonnenbrille abgezogen und meine Augenwinkel mit seinen beiden Daumen trockengewischt. Ich hielt ihm mein Gesicht mit geschlossenen Augen hin. Er drückte mir einen flüchtigen Kuß auf die Stirn, genau zwischen die Augenbrauen. Es ist die Stelle, die mein Urgroßvater immer geküßt hat, vom ersten Tag an, als er mich aus meinem Grab hob bis zu dem Morgen, an dem ich mich endgültig von ihm verabschiedete.
Seine alten Lippen waren ausgefranst und weich und feucht, anders als früher, und bei diesem Abschiedskuß konnte ich ihm gegenüber keinen Groll verspüren, so sehr ich es auch versuchte.
Es hat ein paar wenige Männer in meinem Leben gegeben, die instinktiv zu spüren schienen, was eine Berührung dieser Stelle in mir auslöst. Jack war einer von ihnen.
Sehr langsam strich er über meinen Hals. Fast erwartete ich, er würde zudrücken.
»Das sind ja wahre Krokodilstränen«, hat er lächelnd gesagt, ohne nach dem Grund zu fragen.

»Krokodile weinen nicht.«
»Dachte ich mir schon.« Er legte den Kopf ein wenig in den Nacken und betrachtete mich von oben.
Fast alles, was ich weiß, weiß ich von meinem Urgroßvater. Er hat mir als Kind so unendlich viele Geschichten erzählt, die ich dann vergaß, die jedoch in Momenten wie diesem wieder auftauchten. Ein Bilderbuch war es, in dem ein hübsches Krokodil so viele Tränen vergoß. Und mein Urgroßvater sagte: »Davon abgesehen, Romy, daß Krokodile nicht hübsch sind, können sie auch nicht weinen. Denen läuft nur vor lauter Anstrengung Wasser aus den Augen, wenn sie ihre Beute verschlingen. Weil sie so pressen. Das ist alles.«
Obwohl das Krokodil gar keine Beute verschlang, habe ich ihm geglaubt. Jedes Wort. Wie man das bei Urgroßvätern eben tut.
Jack kniff mir freundlich in die Wange und sagte etwas. Was, spielte für mich überhaupt keine Rolle. Ich ließ mich einfach von seiner Stimme einhüllen, solange sie mich umfing, war mir auch das Meer egal, das dalag wie ein blasses Tuch. Um uns hätten genausogut Berge sein können oder vollgestopfte Straßen.
»Ich habe Hunger, und du?« hat er gefragt.
Ich nickte.
Die Anderen werden wieder da herumsitzen, dachte ich, irgend jemand auf jeden Fall. Ich seufzte ein wenig, als Jack einem Bekannten zuwinkte, der so schnell an uns vorbeijoggte, daß seine blonden Rastazöpfe um seinen Kopf schwangen wie ein Heiligenschein.
»See you on the beach«, hat Jack ihm hinterher gebrüllt und wieder gelacht. Das ist es, habe ich gedacht.
See you on the beach.
Mehr sollte nicht sein.

## 4. Kapitel



Es waren makellose Tage. Unendliche Helligkeit, der von der Sonne gesättigte Strand, meine Haut wurde dunkler, meine Haare wurden heller und die Bewegungen weicher.

Ich schaute mir bei den Anderen ab, wie man so einen Tag gliedern konnte. Vormittags ließ ich mich im Schatten mit Kokosnußöl massieren, bis mir meine Arme und Beine mindestens fünf Zentimeter länger vorkamen als vorher und die Wirbel im Rücken nicht mehr knackten. Verspeiste zum Frühstück *Baked Beans* auf Toast, Avocado, Omelette, trank frisch gepreßten Orangen- oder Ananassaft, dicken *Masala-Chai*, mittags gab es Fisch oder Huhn aus dem *Tandoori* und abends Nudeln oder fetttriefende *Currys.*

In Windeseile legte ich ein paar Kilo zu, was ich erfreut am Sitz meines Bikinis feststellte. Ich ließ von Sanjays Frau meine Wäsche waschen, am Wasser beobachtete ich die kleinen Krebse, die in Panik flüchteten, trank literweise Wasser und zwischendurch für den Geschmack *Limca.*

Daß es nicht schwer sein würde, mit ihm ins Bett zu gehen, hat Jack ziemlich schnell, aber wortlos durchblicken lassen, ohne sich darum zu bemühen. Er war nicht bedürftig. Er brauchte keine Frau. Aber ich verstand schnell, daß er es nicht verhindern würde. Auch die Anderen, von Satja abgesehen, schienen sich nicht viele Gedanken darüber zu machen, was zwischen Jack und mir geschehen könnte. Nämlich das, was hier ständig passierte, weil es keinen überzeugenden Grund dafür gab, daß es nicht passierte.

Ich saß meist den halben Tag im *Shack*, allein oder bei den Anderen am Tisch. Es gelang mir nicht, Kontakt zu ihnen herzustellen. Und noch weniger zu Jack. Er war zufrieden. Er suchte nichts. Sie alle suchten nichts.

Das kannte ich ja gut.

Ansonsten habe ich viel geschlafen. Schlafen ist eine herrliche Beschäftigung. Im Schlaf ist alles anders, und ihn hinauszuzögern, darin habe ich eine gewisse Fertigkeit erlangt. Manchmal habe ich so viel geschlafen, daß ich allein davon Kopf- und Gliederschmerzen bekam. Und meine Adern wie von Eisschollen verstopft waren, trotz der Hitze. Ich habe dann immer ganz langsam aufstehen müssen, um wieder ein Gefühl für meine Beine zu bekommen.

Eines Morgens beeilte ich mich, als hätte ich einen Termin. Ich hatte das Gefühl, nun doch einmal aktiv werden zu müssen, zu erkunden, wo Jack lebte, mehr zu sehen als nur diesen Strandabschnitt und die klebrigen Stühle in unserem *Shack*. Tatsächlich war ich in den Wochen, die ich bereits hier verbracht hatte, noch nicht weit gekommen. Nur abends in die Restaurants im Dorf, ein paarmal hatte ich mit den Anderen den Markt, der etwa zehn Kilometer entfernt lag, besucht. Doch nie war ich den Strand entlanggelaufen, und deswegen hat es mir Unbehagen bereitet, mich so weit von dem zu entfernen, was ich kannte, ohne einen Menschen an meiner Seite.

Ich zog hastig ein Trägerkleid über, schlüpfte in meine Sandalen und rollte, während ich mein störrisches Haar kämmte, heftig mit den Augen, von rechts unten nach links oben und umgekehrt, um die Müdigkeit daraus zu ver-

treiben. Dann bin ich die Leiter mehr hinuntergerutscht als -geklettert und habe die Sandalen wieder ausgezogen, um schneller durch den Sand rennen zu können.
Der war wie immer hell und heiß. Die Sonne fiel fast senkrecht auf den Strand. Ich beschloß, erst noch etwas zu trinken, bevor ich loszog.

Atemlos kam ich beim *Shack* an. Zwei cremeweiße Hunde sprangen an mir hoch. Mit wilden Armbewegungen scheuchte ich sie fort, bevor ich von hinten, wo sich die Küche befand, den müden *Shack* betrat. Sanjay hatte es sich in der Küche auf einem Sack bequem gemacht. Ich räusperte mich, und er wandte langsam den Kopf um und grinste mich ermutigend an.
»Ich hätte gern einen Ananassaft«, sagte ich. »Und hast du Jack gesehen?«
Sanjay nickte und zeigte mit dem Kinn Richtung Meer. Ich wußte, was das bedeutete. Ich lief aus der Küche, in der Sanjay noch immer saß und offenbar nicht vorhatte, sich sofort um meine Bestellung zu kümmern.
Da ich alle Zeit der Welt hatte, schlenderte ich hinunter zum Strand. Es hat eine Weile gedauert, bis ich ihn entdeckte, er war nicht viel mehr als ein kleiner, zappelnder Punkt auf dem riesigen Blau, aber es gab keinen Zweifel daran, daß er es war. Jack in seinem Boot. Er war bereits weit aus der Bucht gepaddelt.
Ein Junge kniete in der prallen Sonne im Sand, die dünnen Beine gespreizt, und schlug mit einer Machete auf eine Kokosnuß ein. Er hat sich nicht sehr geschickt angestellt, vielleicht hatte er auch einfach nicht genug Kraft.
Ich setzte mich in den *Shack* und beobachtete sein Treiben, er kam und verschwand, manchmal vergrub er die Machete und den blauen Sack mit den Kokosnüssen im Sand, spur-

tete los und versteckte sich hinter den Büschen. Fasziniert und verständnislos wartete ich ab, bis ich zwei dickliche Polizisten entdeckte, die gemütlich unten am Wasser entlangschlenderten, den Schlagstock in der rechten Hand tanzen ließen, aufmerksam von links nach rechts schauten, während die Strandmasseure respektvoll ihre Arbeit ruhen ließen, bis sie weitergegangen waren. Ich reimte mir zusammen, daß die, die ruhig sitzen blieben, vermutlich ihr wöchentliches Bakschisch an die Polizei gezahlt hatten, die anderen nicht. Und zu denen gehörte wohl der Junge.

Etwa eine halbe Stunde später tauchte der Junge wieder auf, suchte im Sand seine Sachen zusammen, schulterte den schweren Plastiksack und machte sich wieder auf die Suche nach Kunden. Ich beschloß, ihm in den nächsten Tagen auf jeden Fall eine Kokosnuß abzukaufen.

Weit und breit war immer noch nichts von dem Ananassaft, den ich bestellt hatte, zu sehen.

Ich habe einige Male laut gehustet, um Sanjay auf mich aufmerksam zu machen, und tatsächlich hat sich ein paar Sekunden später etwas in der Küche geregt. Und noch etwas später lärmte der elektrische Mixer. Doch selbst nachdem es wieder ruhig war, dauerte es noch zehn Minuten, bis Sanjay auftauchte und das klebrige Glas vor mir abstellte. Ich konnte mir beim besten Willen nicht vorstellen, wofür er so lange gebraucht hatte. Der Saft war bereits warm. Ich schüttete ihn hinunter. Dann bin ich am Wasser entlang gelaufen. Im Grunde hat am Strand alles gleich ausgesehen. Im Abstand von etwa fünfzig Metern stand ein *Shack* neben dem anderen, davor Hängematten und Liegestühle. Ich ging schnell, um einmal nicht über Jack und die Anderen nachzudenken, ich habe es genossen, wie meine Lungen heftiger zu arbeiten anfingen, mein Atem lauter wurde, ich nach einiger Zeit sogar anfing, nach Luft zu ringen. Das Blut zog heiße Spuren durch mein Hirn und meine Augen brannten, weil ich bei meinem überstürzten Aufbruch die Sonnenbrille liegengelassen hatte. Mit zusammengekniffenen Augen ging ich auf die Sonne zu, selbst das Wissen, daß die Kopfschmerzen folgen würden, hielt mich nicht ab, es spornte mich eher noch an. Diese Kopfschmerzen würden so vollkommen sein, daß sie alles andere ausschalteten.

Zuerst war es nur wie ein Beben, alles schien sich plötzlich in eine einzige Richtung zu bewegen, selbst der Sand.
Menschen eilten an ihr vorbei, den Blick starr nach vorne gerichtet, manche rannten, als würden sie verfolgt. Erschrocken drehte sie sich um. Es hätte sie nicht gewundert, wenn hinter ihr ein Monster aufgetaucht wäre. Doch da waren nur noch mehr laufende Menschen.
Auch aus den *Shack*s strömten Menschen, und aus dem Dorf kamen Inder gerannt, ganze Familien tauchten auf, wild diskutierend, manche schreiend, mit den Kindern auf den Schultern, dazwischen Touristen mit fragendem Blick, was ist denn los, was ist geschehen, rief eine Frau auf deutsch immer wieder.
Die Menschenmasse wälzte sich weiter den Strand entlang auf das Ereignis zu, von dem vermutlich niemand Genaueres wußte, der die Landessprache nicht beherrschte. Umzudrehen war unmöglich, sie konnte ihre Beine nicht dazu bewegen, stehenzubleiben, geschweige denn umzukehren. Sie wurde zugleich mitgerissen und hingezogen wie alle anderen. Sich dagegen zu wehren wäre sinnlos gewesen.
So liefen sie gemeinsam weiter, auch sie wurde immer schneller, rannte beinahe, sie überkam ein angenehmes Gefühl der Zugehörigkeit. Alle hatten ein gemeinsames Ziel,

wenn sie auch nichts darüber wußten. Sie hätte ewig so weiterlaufen können, eingebettet in unverständliches, lautes Geplapper und schwitzende Körper und heftiges Atmen. Sie watete ein kleines Stück ins Wasser hinein, um besser sehen zu können, was sich weiter vorne abspielte, aber auch von der anderen Seite strömten Menschen dazu. Nur noch ein paar Meter, und alle würden aufeinandertreffen.



Aus der Menschenmenge löste sich ein schweres Fischerboot, sechs Männer schoben es schwitzend über die Rundhölzer, die sie in den Sand gelegt hatten. Es kamen noch ein paar mehr und drückten und schoben von hinten. Nur widerwillig bewegte sich das Boot, wälzte sich langsam über den Strand aufs Wasser zu, dann endlich war es geschafft.

Währenddessen dachte sie, egal, was sie vorhaben, es ist garantiert zu spät, es hat zu lange gedauert, etwas Dringendes darf einfach nicht so lange dauern.

Als das Boot im Wasser aufsetzte, versuchte einer der Männer, den Motor zu starten, aber mit einem Knall starb er wieder ab. Zwei Halbwüchsige begannen hektisch zu rudern.

Aufgeregte Inder drückten sich von hinten an sie, plötzlich war sie allein zwischen ihnen, die anderen Touristen hielten sich abseits, wo sie mit einiger Anstrengung trotzdem alles sehen konnten.

Nachdem der Motor endlich angesprungen war, fuhr das Boot nicht mehr weit, und dann beugten sich zwei Fischer über den Rand und versuchten etwas zu fassen. Wieder dauerte es lange, sie stocherten wild mit den Paddeln im Wasser herum, die Männer am Strand brüllten Ratschläge, endlich zogen sie etwas heraus, etwas Dunkles mit einem breiten, weißen Streifen. Sie kniff die Augen zusammen und erkannte, daß es sich um einen Menschen handelte.

Sie packten ihn an einer Hand und einem Fuß, kurz hing er

in der Luft wie gekreuzigt, das weiße T-Shirt war hochgerutscht, dann zerrten sie ihn ins Boot. Noch zweimal soff der Motor ab, bis sie zurück an Land waren. Dort reichten sie den Jungen heraus wie einen Sack Getreide. Zwei Männer nahmen ihn in Empfang und legten ihn in den heißen Sand. Während über das weitere Vorgehen diskutiert wurde, konnte sie ihn in Ruhe betrachten. Er war vielleicht neunzehn.



Sie zweifelte nicht eine Sekunde daran, daß er tot war, zu lange hatte die Rettung gedauert, und keiner wußte, wie lange er schon im Wasser lag, bevor ihn überhaupt jemand bemerkt hat.

Sie kniete sich neben ihn und nahm seine nasse, runzlige Hand. »Ich weiß, wie es sich angefühlt hat«, sagte sie leise. Sein Gesicht war ruhig. Der Kampf hatte keine Spuren hinterlassen. Vielleicht ist er betrunken gewesen oder sein Herz hat ausgesetzt. Oder er ist von einem Felsen ins Wasser gesprungen und mit dem Kopf gegen einen Stein geknallt. Sie wünschte es ihm und versuchte, während die anderen brüllten, ihm auf seinem letzten Weg zu helfen.

Vorsichtig legte sie eine Hand an seine Wange. Noch nie zuvor war sie einer Leiche so nahe gewesen.

Von ihrem Urgroßvater wußte sie, wie beispielsweise die Tibeter mit Toten umgingen, die glaubten, die Seele eines Menschen nach seinem Tod irre zwischen zwanzig und neunundvierzig Tage herum, bis sie, wie eine Feder im Wind, ganz langsam fortgetrieben würde. Die Hinterbliebenen flüstern den Leichen Texte aus dem Totenbuch ins Ohr, damit die Toten auch wissen, wie sie sich in ihrem Zwischenzustand, bis sie wiedergeboren werden, zu verhalten haben.

Aborigines in Australien brechen in wilde Wut aus, die

Frauen werfen sich zu Boden und schreien und heulen die ganze Zeit, die Männer verletzen sich selbst mit Messern und Äxten. Und ein Mann beschimpft die Angehörigen, weil sie den Toten ungerecht behandelt haben.



Bisher waren zwei Menschen aus ihrer Familie gestorben, ihre Großmutter und ihr Urgroßvater. Bei ihrer Großmutter war alles sehr schnell und nüchtern abgelaufen, die starb im Krankenhaus, und sie hatte sie kurz davor noch einmal gesehen. Der Sarg war bei der Beerdigung verschlossen gewesen.

An den Tod ihres Urgroßvaters konnte sie sich nicht mehr erinnern. Mit seinem Tod hatte sie sich nicht auseinandergesetzt. Vielleicht, weil sie kurz zuvor erfahren hatte, wer er wirklich war. Deshalb wußte sie nicht, um wen sie eigentlich trauern sollte.

Plötzlich wurde sie von dem toten Inder zurückgerissen, Männer stürzten sich auf ihn wie Fliegen auf ein Stück Fleisch. Sie versuchten, ihn wiederzubeleben. Luft in seine Lungen zu pumpen, sein Herz zu massieren. Genau konnte sie es nicht sehen, sie wurde immer weiter weggedrängt. Sie hätten ihn in Ruhe lassen sollen.

An Händen und Beinen trugen sie ihn fort, die Gasse aus Leibern schloß sich hinter ihm. Sie hatte einen Toten berührt, dessen Namen sie nie erfahren würde und auch nicht, warum er gestorben war. Sie blieb noch einen Moment stehen. Die Menge löste sich auf. Väter nahmen wieder ihre Söhne auf die Schultern, Mütter zogen ihre Töchter hinter sich her, links von ihr begannen drei Jungs, sich einen Ball zuzukicken, jemand lachte.

Nichts hatte sich verändert. Es war vorbei. Nur die Touristen blieben noch etwas, schüttelten bedauernd die Köpfe. Eine Frau hatte Tränen in den Augen.

Obwohl ich ja nur den Strand entlanggehen mußte, fürchtete ich, unseren *Shack* nicht mehr zu finden. Ich hatte kein Gefühl dafür, wie weit ich mich entfernt hatte. Nach einiger Zeit ist mir ziemlich mulmig geworden, die Strandhütten sahen sich alle so ähnlich, ich war mir nicht sicher, ob ich unsere nicht schon verpaßt hatte. Ich ärgerte mich darüber, daß ein Weg mir angst machte, den ich gar nicht falsch gehen konnte, im schlimmsten Fall mußte ich eben umdrehen.



Aber diese Angst wurde ich nicht los. Ich spürte, wie meine Stirn unter der Sonne anschwoll.

Ich beschloß, mir beim nächsten Mal Anhaltspunkte zu merken, Felsen etwa oder eine besonders auffällige Wurzel. Wenn es ein nächstes Mal geben würde. Welchen Grund hatte ich schon, so weit zu laufen.

Mit trockenem Mund ging ich weiter, bis ich unseren *Shack* sah, natürlich habe ich ihn sofort erkannt. Ich war noch etwa hundert Meter entfernt. Ohne lange suchen zu müssen, fiel mein Blick auf Jacks T-Shirt, und es wurde ganz still in mir. Ich beeilte mich, weil ich von seinen Augen angesehen und in die richtige Perspektive gerückt werden wollte. Er war wieder von den Anderen umgeben.

Satja saß neben ihm, Hanna schwieg im Lotussitz, Jette und Daniel beugten sich über Zigarettenpapier und Tabak, Erwin saß da mit einer Hand auf dem Rucksack, in dem sich sein Schmuck befand, und schielte mich an. Vielleicht hatte er auf dem Wochenmarkt ein paar Stücke verkauft. Pete war da, ausnahmsweise ohne Frau und quengelnde Kinder.

So einmütig und zufrieden saßen sie zusammen, so selbstverständlich, daß meine Nerven vibriert und meine Hände gezuckt haben.

Ich war der geborene Eindringling.

Jeden Blick, der bei meinem Eintreten auf mich fiel, habe ich gedeutet und jeweils einen Schimmer von Ablehnung entdeckt, ein Glitzern der Antipathie. Ich hatte den Eindruck, daß sich die Körper versteiften, als ich näher kam, die Atmosphäre anders wurde, angespannter und mit einem Schlag kühler.

Unsicher habe ich Satja angeblickt, und ihre Gedanken lagen vor mir, offen und unheimlich, ich konnte sie sehen, und sie sagten mir, daß ich einfach weitergehen sollte, kurz winken vielleicht und weitergehen, in meine Hütte oder in einen anderen *Shack*.

Daniels Augen waren ausdruckslos, ihm schien egal zu sein, was ich tat, aber Pete, der mit dem Rücken zu mir saß, hatte die Schulterblätter feindselig zusammengezogen, wahrscheinlich hatte Hanna ihn auf mein Kommen aufmerksam gemacht.

Hanna allerdings schaute mich sanft an, alles andere hätte auch kaum zu ihrer Weltanschauung gepaßt. Doch das Mitgefühl, das sie ausstrahlte, hat mich nicht weniger ausgeschlossen.

Schnell habe ich Jacks Blick gesucht. Und der ruhte dann eine Weile auf mir. Alles verschwamm vor meinen Augen, und Jack umfaßte meinen linken Arm und drückte mich auf einen Stuhl. Die Freude, ihn zu sehen, die Ablehnung der Anderen und die Scham darüber, daß ich hier in Tränen aufgelöst saß, das alles vermischte sich, bis ich nicht mehr wußte, was ich denken sollte.

Deswegen habe ich einfach abgewartet. Darauf gewartet, was diese Gruppe Mensch, die mir wie ein einziges feindliches Wesen vorkam, wie ein fetter, selbstgefälliger Wurm, als nächstes tun würde. Vorher wollte ich nicht aufschauen.

Satja legte einen Arm um mich. Ausgerechnet Satja. Ich schaute in ihre umschatteten schwarzen Augen.
»Sag mal, weinst du?« fragte sie mit kratziger Stimme und zündete sich eine Zigarette an.
Niemand außer mir fand die Frage überflüssig. Alle sahen mich an. Ich konnte ihnen schlecht erklären, wie sehr sie mich von Jack fernhielten. Und daß mein Körper von ihrer unterdrückten Abneigung durchgeschüttelt wurde. 
Ohne nachzudenken, sagte ich leise: »Ich habe gesehen, wie jemand ertrunken ist.«
Danach fühlte ich mich richtig gut. Weil das eine absolut glaubwürdige Erklärung für mein Verhalten war, etwas, was jeder nachvollziehen kann und vielleicht eine Verbindung schaffen konnte.
Plötzlich haben alle durcheinandergeredet und mir Fragen gestellt, bis auf Jette und Daniel, die aber zumindest kurz aufhörten, das Stück Manali zu zerbröseln, und ungefähr in meine Richtung schauten.
Ich erzählte, was ich gesehen hatte. Womöglich sogar ein wenig mehr, als ich tatsächlich gesehen hatte, denn während ich sprach, war ich mir nicht mehr sicher, ob der junge Inder nicht noch im Wasser gezappelt und um Hilfe geschrien hatte, direkt mich um Hilfe angeschrien hatte, während ich am Strand stand. Und hatte er nicht doch noch gelebt, als ich neben ihm kniete, hatte er nicht die Augen kurz geöffnet und dann zum letzten Mal geschlossen, und hatte ich nicht gespürt, wie seine Seele mich streifte, als sie ihn verließ?
Ich sprach länger als je zuvor in Anwesenheit so vieler Menschen, und hinterher habe ich um mich so etwas wie ein elektrisches Kraftfeld gespürt, alle haben sich mir zugewandt.

Satjas Arm um meine Schulter und Hannas Hand auf meinem Knie.

»Die Welt ist Illusion, nur Brahman ist wichtig. Die Welt ist Brahman.«

Ich starrte Hanna an. »Was sagst du da?«

»Nur das reine, bewußte Sein ist wirklich.«

»Brahman, was soll das denn jetzt?« fragte Jack.

»Es gibt allein Brahman, das Eine ohne ein Zweites. Sein und Nichtsein sind seine Formen, und es ist auch jenseits von Sein und Nichtsein.«

Ich habe ihre Worte abgeschüttelt, obwohl sie noch eine Weile weitersprach, sie sind einfach durch mich hindurchgegangen. Einen kurzen Moment fühlte ich mich angekommen.

Jack bestellte mir eine Flasche Wasser.

»Du siehst ganz verdurstet aus«, sagte er und streichelte mir über die Wange.

Pete richtete sich kerzengerade auf. »Also ich glaube an ein Leben nach dem Tod. Auf jeden Fall. Keine Frage. Alle diese Leute, die wieder zurückkommen, die so ein Erlebnis hatten, wie heißt das?«

»Nahtoderlebnis«, half ihm Satja aus.

»Genau. Die sehen doch immer einen Tunnel und Licht und so was. Alle sehen das gleiche. Das ist doch kein Zufall.«

»Der Tod gibt. Das Leben nimmt. Beides gehört zu einem Kreis.« Hanna lächelte versonnen, obwohl niemand auf sie achtete.

»Im Westen«, sagte Jack. Seine Stimme klang gelangweilt »Bei den Japanern ist das ganz anders. Die erzählen von düsteren Flüssen und nebelverhangenen Teichen. Keine Spur von Licht. Tut mir leid.«

»Du wieder«, murmelte Satja.

»Was immer im Universum ist, das ist allein Brahman, allein Brahman«, sagte Hanna.
Dann drückte Daniel seinen Joint aus und rief: »Warum gehen diese verdammten Inder auch ins Wasser, wenn sie nicht schwimmen können?«

# 5. Kapitel



Es ist an der Zeit, über die Anderen zu sprechen. Zwar verbrachte ich die meiste Zeit mit dem Versuch, durch reine Willenskraft zu verhindern, daß die Anderen den *Shack* bevölkerten und sich mit ihrem Gequatsche zwischen mich und Jack drängten. Gelungen ist es mir nur selten.

Die Touristen haben mich nicht gestört, die blieben immer unter sich. Die bräunten ihre Körper und kamen höchstens zu uns, um ein Bier zu trinken. Zum Essen zogen sie sich in ihre Hotelanlagen zurück, wo sie sich abends von Folkloregruppen und Feuerschluckern unterhalten ließen, während sie am Büffet die Teller füllten. Sie hatten mit unserem Leben, Jacks und meinem, nichts zu tun.

Gestört haben nur Hanna und Satja und Erwin und Pete und Jette und Daniel und Mona und Wim, die hier lebten, entweder das ganze Jahr oder zumindest den deutschen Winter über, die eine Gemeinschaft bildeten, die mir zwar ungeheuer unverbindlich und oberflächlich vorkam, die aber trotzdem eine Kraft hatte, die mich ausschloß.

Jack war es, der das Ganze zusammenhielt. Jede Menschengruppe braucht einen Führer, und so war das auch hier der Fall. Daß Jack die Rolle zukam, hat sich vielleicht einfach ergeben, weil er am längsten hier lebte, oder weil er eine natürliche Dominanz hatte, keine Ahnung. Er bestimmte jedenfalls jeden Tag aufs neue, wo sie essen gingen, wann, wie lange und was.

Ich habe mich mit ihnen arrangiert, so kann man das wohl nennen, sie waren seine Familie, sie waren die Menschen, mit denen er seine Zeit teilte. Er hatte Pärchen entstehen und sich trennen, Kinder zur Welt kommen und Träume scheitern sehen. Sie alle blieben oder kamen immer wieder, Jahr für Jahr, als ob dieser kleine Abschnitt Strand sie nicht mehr freigäbe.



Da war Erwin, ein Schreiner aus Süddeutschland, der von Jack ein niedriges indisches Haus gemietet hatte, zwei dunkle kleine Zimmer mit gestampftem Boden, einem Gaskocher und einem Plumpsklo hinterm Haus. Er hatte einen seltsam schielenden Blick, weshalb ich es immer vorzog, einen Punkt zwischen seinen Augenbrauen zu fixieren, wenn er mit mir sprach. Zumindest bis zu dem Zeitpunkt, als er sein linkes Auge in seine Handfläche plumpsen ließ. Dafür hatte er das schönste Haar, das ich je bei einem Mann sah, lockig und glänzend. Er wußte das auch, weil er es selbst so gerne anfaßte.
Er stellte Schmuck aus polierten Kokosnußschalen, Muscheln und Wurzeln her. Gelegentlich schwatzte er einer Urlauberin mit violetten Bermudashorts und violetten Krampfadern eine seiner Ketten auf, die er am Strand auf einem bunten Tuch auslegte wie Früchte zum Trocknen. Meist packte er abends alle wieder ein, manchmal waren es mehr geworden, weil er in den Momenten, in denen er nicht rauchte, unverdrossen an seinen Schalen herumpolierte und -schnitzte.
Jette und Daniel reisten jedes Jahr für sechs Monate mit ihren drei Katzen an und drehten von morgens bis abends wechselweise Joints, lächelten sich durch halb geschlossene Augen an und schienen ansonsten nicht viel miteinander zu tun zu haben. Außer daß sie seit siebenundzwanzig Jahren verheiratet waren und auf Sylt einen Fahrradverleih

führten. Seit siebenundzwanzig Jahren mieteten sie sich in den Monaten, in denen auf Sylt kein Mensch ein Fahrrad brauchen konnte, immer das gleiche Häuschen.

Pete und Karoline waren seit sechs Jahren verheiratet, Pete war Inder, und zusammen hatten sie ein kleines Restaurant gepachtet, in dem es italienisches Essen gab, obwohl keiner dort Italiener war, schon gar nicht der Koch. Zu ihnen gingen wir mindestens einmal pro Woche zum Essen. Wir saßen immer am gleichen Tisch, einem langen Tisch, an dem wir alle Platz hatten.

Sie hatten in den sechs Jahren vier Kinder bekommen, der Jüngste schien an Karolines Hüfte festgewachsen zu sein. Mal schlief er, mal brüllte er, mal quietschte er, aber er war immer da, zu jeder Tages- und Nachtzeit. Da ich Karoline nicht anders kannte als mit dem Säugling und dieser vorgeschobenen Hüfte, auf der er Halt fand, hat sie sich in meiner Erinnerung eingebrannt, als sei sie krumm gewachsen oder habe ein verkürztes Bein. Die drei anderen Kinder lungerten ebenfalls in dem Lokal herum, lagen je nach Alter schlafend auf dem klebrigen Boden unter einem Tisch oder turnten auf den Plastikstühlen herum, während sie sich lauthals in einem Gemisch aus Englisch, Deutsch und *Konkani* unterhielten. Niemals hatte ich hübschere Kinder gesehen als diese, und es tat mir ein wenig leid, daß sie nie in eine Schule gehen würden. Ich konnte mir beim besten Willen nicht vorstellen, was für eine Zukunft vor ihnen lag.

Dann war da noch Wim, ein ältlicher Holländer, der meist ohne Hemd dasaß und seine weiblich geformten Brüste vor sich hertrug. Er sprach nur selten und hatte immer ein Fernglas um den Hals hängen. Er war früher im Außendienst, verkaufte Hemden. Vielleicht trug er deshalb keine mehr. Seine Frau starb vor sieben Jahren an Krebs, seitdem kam er jeden Winter für fünf Monate allein hierher. »Ich will ja meinen Kindern nicht zur Last fallen«, erklärte er. Den Zusammenhang begriff ich nicht.

Mona fiel vor allem dadurch auf, daß sie schön und ständig betrunken war. In dieser Reihenfolge. Nicht ein einziges Mal habe ich sie nüchtern erlebt und nie gehört, wie ihre Stimme klingt, wenn sie nicht vom Alkohol in hysterische Höhen getrieben wird. Sie legte ungeheuren Wert auf ihr Aussehen, sie trug teure Hüte und große Sonnenbrillen, eng anliegende Kleider und mit glitzernden Steinen verzierte Sandalen. Lange Ohrringe baumelten und wippten unter ihrem rotblonden Haar hervor, daß ich immer befürchtete, sie würden sich verheddern. Bauchkettchen und Fußkettchen und Armkettchen klimperten. Sie war perfekt geschminkt, die Finger- und Fußnägel lackierte sie fast täglich in einer anderen Farbe. Wenn sie gelegentlich das Kleid auszog, um für ein paar Minuten im Bikini so zu tun, als genieße sie die Sonne, dann kam ein derart makelloser Körper zum Vorschein, daß ich jedes Mal meinen Augen nicht traute. Sie war sehr anschmiegsam. Und widerlegte mit ihrem strahlenden Gesicht, den klaren Augen und diesem gesunden Körper alles, was ich über Alkoholiker wußte.

Von den Anderen wurde sie wie ein Kind umhegt, nicht nur, weil sie die jüngste war. Ich schätze, es war einfach praktisch, sie betrunken bei sich zu wissen. Die Versuche, sie vom Trinken abzuhalten, kamen regelmäßig und halbherzig. Zugleich leerten sie ihre eigenen Gläser und rauchten ihre Joints und nahmen Mona in den Arm, die mit steigendem Alkoholpegel noch beschmuster wurde, sich an Satja drückte oder in einer langen Umarmung Daniel festhielt, Pete auf den Mund küßte und die Hand von Karoline dabei

umklammerte, und keine Frau wurde jemals eifersüchtig auf sie.
Das lag vermutlich daran, daß ihre Suche nach Nähe so unschuldig wirkte wie die eines kleinen Tieres. Selbst wenn sie sich zunehmend obszön benahm, wirkte es nie ernst. Immer nur so als ob. Die Anderen kümmerten sich um sie, schleppten sie in ihr Zimmer, wenn sie nicht mehr laufen konnte, zogen sie aus, legten sie ins Bett und sich selbst nicht selten dazu.
Wie es dann weiterging, habe ich nie herausgefunden. Niemand weiß es. Da es immer so offensichtlich geschah, ohne Heimlichtuerei, und jeder einmal an die Reihe kam, egal ob Mann oder Frau, hat auch nie jemand nachgefragt. Womöglich ist nie etwas passiert. Oder nur manchmal. Und wenn, dann wußte Mona wahrscheinlich nichts mehr davon, wenn sie morgens aus ihrer Bewußtlosigkeit erwachte und irgendwelche Arme sie festhielten. Und somit spielte es auch keine Rolle.
Und dann gab es da noch Jule, die sich allmählich in eine lebende Statue verwandelte. Ihre Arme waren in einer Position eingefroren, als würde sie die Hände ständig zum Gebet falten. Hanna hat mir erzählt, daß sie als Fünfjährige eines Nachts einen steifen Hals bekam. Dann steife Schultergelenke. Steife Ellbogen. Die Versteinerung wanderte weiter und machte vor zwei Jahren ihr linkes Bein unbeweglich. Muskeln, Bänder und Sehnen waren zu Knochen geworden. Sie bewegte sich mittels Krücken vorwärts, setzen konnte sie sich nicht mehr, und seit drei Jahren hatte sie keine feste Nahrung mehr zu sich genommen. Weil irgendwann ihr Kiefergelenk eingefroren ist.
Ihre Schwester war immer um sie herum. Half ihr, sich im Schatten auf eine Liege zu legen, egal, wie lange es dauerte,

und manchmal gingen sie sogar zusammen ins Wasser. Jules Vertrauen in ihre Schwester mußte grenzenlos sein. Irgendwann, hat Hanna gesagt, würde ihr ein komplettes zweites Skelett gewachsen sein, dann wäre sie endgültig und vollkommen von innen heraus versteinert.



Nach meinem ersten aufregenden Strandspaziergang gehörte ich etwas mehr dazu. Das war nur ein Gefühl, und es tat mir leid, daß ein Inder dafür hatte ertrinken müssen.
Wir hatten noch eine Weile über das Unglück gesprochen, dann sind alle wieder zu ihren üblichen Themen zurückgekehrt. Jack hat sich sein Boot geschnappt und ist weggerudert. Ich sah ihn auch wieder zurückkommen, doch er ging vom Strand aus direkt nach Hause. Oder sonstwohin.
Abends trafen wir uns zum Sonnenunterganggucken im *Shack*. Wir haben gegessen und getrunken, und danach bin ich nicht zurück in meine Hütte gegangen. Jack hat mich nicht an der Hand genommen, das brauchte er auch nicht, womöglich hat er mich nicht mal aufgefordert, ihm zu folgen – jedenfalls tat ich es. Wir setzten uns auf seinen Balkon, zwei Streifenhörnchen brüllten sich an, als sie sich in der Mitte des Baumes trafen und keines von beiden Platz machen wollte.
Jack legte seine Füße aufs Balkongeländer, seine geraden, braunen Beine hingen ganz selbstverständlich in der Luft, und ich wickelte sie in meinem Blick ein. Ich hatte das Gefühl, das alles schon zu kennen. Er drehte sich einen Joint, inhalierte dreimal tief und schweigend, mit langen Pausen zwischen den Zügen, und reichte ihn dann an mich weiter. Weil ich weder einen vernünftigen Grund fand, zuzustimmen, noch einen, abzulehnen, tat ich das nächstbeste, zog ebenfalls dreimal, sah Richtung Meer, das man von hier aus

besser hören als sehen konnte, trank ein paar Schlucke Rotwein aus der Flasche, und dann ist mir schlecht und schwindlig geworden.



»Das mit dem Inder, das war bestimmt ein Schock für dich«, sagte Jack.

»Mit dem Inder?« Ich mußte tatsächlich eine Sekunde nachdenken, was er meinte. Ich hatte den ertrunkenen Jungen aus meinem Gedächtnis gestrichen.

»Ich habe mich mal umgehört. Wer er war und so. Aber keiner wußte was davon.«

»Wie meinst du das?«

»Das meiste erfährt man von den Indern einfach nicht. Damit muß man sich abfinden, wenn man hier lebt.« Er grinste. »Vielleicht nehmen sie es auch einfach nicht so schwer, wenn einer geht?«

»Das müßtest du doch wissen. Du bist schon so lange hier.«

»Ja.«

»An der Palme neben meiner Hütte ist eine tote Krähe festgenagelt«, habe ich gesagt. Mir ist nichts besseres eingefallen. Irgendwie wollte ich mich von der Übelkeit ablenken. Und von dem Inder.

»Ach so, das. Ja.« Jack hat mir den Joint aus der Hand genommen. »Das ist Sanjays Lieblingspalme. Manchmal hängt er ein totes Tier dran. Oder ein zerfetztes T-Shirt. Oder schmutzige Plastikflaschen.«

»Aha.«

»Wegen des bösen Blicks. Er ist der Auffassung, daß die Kokosnüsse verfaulen, wenn ein anderer sie neidisch anschaut. Zum Beispiel ein Nachbar. Und deswegen will er den Blick ablenken. In dem Fall auf die tote Krähe. Was ja funktioniert.« Jack lachte mal wieder.

Obwohl ich es besser wußte, nahm ich noch einen Zug.

»Deswegen malen Eltern ihren Kindern auch häßliche schwarze Punkte ins Gesicht.«

Ich konnte mich nicht auf seine Stimme konzentrieren. »Ich muß mich hinlegen«, habe ich gesagt. Er hat nicht mal überrascht geschaut. »Mir ist schwindlig.«



Er nickte. »Kommt vom Rotwein. Du solltest nicht trinken und rauchen.«

Ich bin in sein Schlafzimmer gegangen, habe mich bis auf Slip und BH ausgezogen, auf den Bettrand gesetzt und versucht, den Großteil des Sands von meinen Füßen zu wischen, und mich dann hingelegt. Durch die offene Tür konnte ich Jack atmen und rauchen und sich räuspern hören. Nach wie vor wußte ich nicht, warum es Jack sein mußte. Ich denke, die Zeit war reif, und es hätte jeder andere Mann sein können, auf den mein Blick in diesem Land als erstes gefallen wäre.

Das Verlangen läßt sich so lange zudecken. Und dann bricht es in unscheinbaren Situationen auf.

Mein Verlangen hat eben Jack getroffen.

Im Liegen habe ich mich besser gefühlt, der Schwindel ließ nach, aber schlecht war mir immer noch. Ich machte mir keine Vorstellung davon, wie es weitergehen würde. Da gab es nichts, was ich wollte oder nicht wollte. Ich habe einfach abgewartet. Seelenruhig. Meine Seele hat geschwiegen und mich daran erinnert, wie mein Urgroßvater mir erzählte, das Wort Seele käme von See. Weil die Germanen glaubten, daß vor der Geburt und nach dem Tod die Seelen in ruhigen, nebelverhangenen Seen ruhen. Und manchmal, habe ich gedacht, auch in den Zeiten dazwischen, wie jetzt.

Keiner von uns hatte es eilig.

Irgendwann trat Jack in den Nebel. Zog leise sein T-Shirt aus, legte sich hinter mich und umarmte mich. Mein Körper hat sich sofort an das Gefühl erinnert, gehalten zu werden.

Die Zeit ist vergangen, ohne daß wir uns rührten, und doch geschah in dieser Reglosigkeit bereits alles. Es gab keinen



Zweifel daran, daß unsere Körper fortfahren würden. Sie machten sich miteinander bekannt.

Seine Hände haben etwas gezittert. Dieses Zittern war wie eine Einladung. Ich drehte mich um. Hinter geschlossenen Augen sah ich einen anderen Mann, einen jungen Mann mit festen Muskeln, seine Brust, die sich an meine drückte, war glatt und unbehaart, obwohl sie es nicht war, wie ich wußte.

Er hat sich in meinen Armen in etwas verwandelt, das nichts mit ihm zu tun hatte. In etwas, das mir bekannt vorkam, ohne zu wissen, woher. Als würde seine Seele Gestalt annehmen, und die sähe nun mal anders aus als er.

Auch mein Körper hat sich unter seinen Händen verwandelt, meine Brüste und Hüften fühlten sich voller an, und deswegen war es, als begännen sich zwei Menschen zu lieben, die nicht wir waren, und ich lag irgendwo dazwischen.

Das Lieben verlernt man nicht. Ohne Anstrengung haben meine Hände wieder gewußt, was zu tun ist, ich ließ die Augen geschlossen, nicht nur, weil ich mich nicht von dem unermüdlich über uns die Luft zerschneidenden Ventilator oder den grauen Mondstrahlen auf der kratzigen Decke ablenken lassen wollte. Ich wollte auch nicht sehen, was die Lust aus seinem Gesicht machte. Welche Grimassen sie erzeugte.

Es war auch nicht nötig, seinen Körper anzusehen, solange er sich an mich drückte, auf mir lag oder vor mir kniete, alles verschwamm hinter meinen fest verschlossenen Lidern in dunklen, süßklebrigen Farben.

Bis Jack plötzlich aufhörte.
»Was ist los?« habe ich gefragt.
»Nichts.« Er lag hinter mir und drückte sein Gesicht in meinen Nacken. »Wir haben doch Zeit, oder?« Er hat sich aufgesetzt und eine Kerze angezündet. »Ich habe es mir abgewöhnt, es eilig zu haben. Ich will mit dir schlafen, wenn der Zeitpunkt gekommen ist.« 
»Und wann ist das?« fragte ich irritiert, aber keineswegs unglücklich.
Er schwieg.
Ich habe das dünne Leintuch über mich gezogen. Meine Muskeln haben gezuckt und sich erst beruhigt, als er wieder bei mir lag und mich lange küßte.
Und dann ist alles von vorne losgegangen. Wieder wollte ich die Augen in seinem Haar schließen. Seine Hände waren überall, seine Lippen auch, Liebesseufzer, aber seine Shorts blieben an Ort und Stelle. Sobald ich daran etwas ändern wollte, hielt er meine Hand fest und legte sie sich auf die Brust.
Das Ziehen zwischen den Beinen hat höllisch weh getan.
Doch er lag wie eine launische Geliebte in meinen Armen, reizte mich bis zur Unerträglichkeit und zog sich dann abrupt zurück. So ging es die halbe Nacht.
Wenn er mich ansah, dann nicht etwa durchdringend, nicht forschend, bohrend, intensiv oder was man sich sonst noch so alles einredet.
Wenn er mich ansah, sah er mich einfach nur an.
Erst als er irgendwann eingeschlafen war, den Rücken an meinen Bauch geschmiegt, bin ich ein paar Zentimeter von ihm abgerückt, um über seinen Rücken zu tasten, die Schulterblätter mit den Lippen zu berühren, aber vorsichtig, damit er nicht aufwachte. Sein Körper war so heiß, daß es fast

unangenehm war, so eng bei ihm zu liegen, Tag für Tag aufgeheizt von der Sonne, seit Jahren. Trotzdem bin ich dageblieben und habe zugelassen, daß sich der Schweiß zwischen meinen Brüsten und Schenkeln sammelte. Ich habe ihn nicht weggewischt, mich überhaupt wenig bewegt und versucht, wach zu bleiben und mir die Beschaffenheit seiner Haut einzuprägen und seinen ungewöhnlich süßlichen Geruch.

Wann erlebt man das schon mal, daß ein Mann darauf besteht, zu warten. Natürlich habe ich auch gegrübelt, ob das Ganze nun rührend, beunruhigend oder einfach nur ungeheuer clever von ihm war.

Aber ich bin glücklich gewesen. So richtig. Seine Weigerung, mit mir zu schlafen, war ein Versprechen für die Zukunft. Mit dem ungestillten Verlangen konnte ich gut leben. Mir ausmalen, wie es sein würde. So wie er mit seinen Händen und seiner Zunge umgehen konnte, mußte es unglaublich werden.

Zwar wollte ich es nicht, konnte aber nicht verhindern, daß ich doch irgendwann in den frühen Morgenstunden kurz einschlief. Als ich wenige Stunden später aufwachte, weil der Himmel hinter dem Batikvorhang sich langsam gelb färbte, lag ich am äußersten Rand des Bettes mit dem Rücken zu ihm. Ich mußte nicht lange warten, bis Jack mit geschlossenen Augen zu mir herüberrollte, mich in die Arme nahm und an sich drückte. Seine Bewegungen blieben ruhig, traumwandlerisch, und ich bewegte mich genauso, die Lust stellte sich umgehend ein, und im Geiste habe ich ihn gebeten, mit mir zu schlafen, wie ein Mantra hat das geklungen, komm schon, komm schon, komm schon.

Er hat es nicht getan und ist wieder eingeschlafen.

Ich habe sein Zimmer verlassen und über die Schulter noch einen Blick auf sein schlafendes Gesicht geworfen. Er lag völlig friedlich da, als würde niemals ein Zweifel seine Träume streifen.

Dann ging ich durch das noch fahle Morgenlicht in meine Hütte und legte mich auf meine harte Matratze. Es gelang mir aber nicht, noch einmal einzuschlafen.

# 6. Kapitel

Nach etwa einer Stunde bin ich aufgestanden, gerade rechtzeitig, um auf meinem Balkon stehend den Sonnenaufgang zu betrachten. Doch dieses umgekehrte Schauspiel hat mich genausowenig berührt, wie das abendliche, mein Blick fiel immer wieder auf das kleine Haus, das geduckt vor einem Felsen kauerte und aus dessen Tür irgendwann Jack treten würde.

Ich habe mich gefragt, ob er anders aussehen würde, ob die Nacht ihn verändert hatte. Ich bin zurück in die Hütte gegangen und habe mich angezogen, ohne weiter darüber nachzudenken. Unendlich viele Stunden sparte man in einem solchen Klima, in dem es keine Rolle spielte, was man anzog, solange es bequem war. Shorts, T-Shirt, ein Rock, ein Kleid, Sandalen – mehr Auswahl hatte ich nicht, und irgendwie paßte alles immer mehr oder weniger zusammen. Auch meine Haare kosteten mich keine Zeit, denn egal, was ich mit ihnen anstellte, nach wenigen Minuten in der feuchtheißen Luft begannen sie sich sowieso wieder zu kringeln.

Also habe ich mir an diesem Morgen nur die Zähne an dem Waschbecken geputzt, das im Freien auf dem kleinen Platz zwischen den Hütten aufgestellt war, gleich ein paar Vitamintabletten mit viel abgekochtem Wasser, das ich in eine Plastikflasche gefüllt hatte, hinuntergespült und mich in den *Shack* gesetzt, der um diese Uhrzeit noch völlig verwaist war.

Ich bestellte bei dem müden Sanjay, der mich mit verquollenen Augen fragend und vorwurfsvoll zugleich anschaute,

eine halbe Papaya und löffelte mir das seltsam geschmacklose Fruchtfleisch in den Mund.
Dann machte ich es mir bequem für das, was ich in den folgenden Wochen überwiegend tat.
Warten. 
Auf Jack.

Eine Stunde später war ich noch immer der einzige Gast. Kein Mensch war zu sehen, keiner von den Anderen und auch sonst niemand. Ich schaute in den blauen Himmel und wünschte mir eine Wolke herbei, nur eine einzige, winzige Wolke.
Am Strand brieten gespreizte Körper in der Sonne, so bewegungslos, als klebten sie durch die Hitze am Boden fest. Hunde dösten erschöpft im Schatten, zwei Kühe hatten sich aneinandergelehnt in den Sand gelegt. Am Horizont warteten die großen Schiffe, die wirkten wie eine Kriegsflotte.
Ich habe mich gefragt, wo sie wohl waren. Ob sie alle gemeinsam irgendwo waren, nur nicht hier. Diese Vorstellung von den Anderen als ein einziger dicker Wurm, der sich windet und schlängelt, dessen Kopf Jack war und die Richtung bestimmte, verfestigte sich immer mehr.
Ich war kein Teil dieses Wurmes. Ich hätte nur gerne gewußt, wo er sich gerade aufhielt und wann er zurückkommen würde, der Wurm.
Ich wunderte mich, daß ich noch immer der einzige Gast im *Shack* war, habe dann aber beschlossen, diese seltene Situation auszunutzen und bei Sanjay eine Kanne *Masala-Chai* zu bestellen, in der Hoffnung, daß es einmal schnell gehen würde. Dann schlug ich das hellblaue Buch auf, das ich in dem Karton gefunden hatte, der in einer Ecke im *Shack* stand und aus dem sich jeder nehmen konnte, was ein an-

derer dagelassen hatte. Auf dem Cover tauchte eine Frau gerade ins Wasser. Das Taschenbuch war abgegriffen, die Seiten wellten sich und fühlten sich hart an, ich versuchte, mir vorzustellen, wer es wohl vor mir in den nassen Händen gehalten und dann zum Trocknen in die Sonne gelegt hatte.

Ich hätte es schön gefunden, wenn die Frau, die es vor mir gelesen hat, glücklich gewesen wäre. Eine Touristin, die nur zwei Wochen hier war, zusammen mit ihrem Freund oder Mann. Gemeinsame Tage in der Sonne und mit gutem Essen, unbehelligt von Zweifeln, einander ganz sicher. Ein perfektes Paar, bei dem alles paßte, Alter, Größe, Haarfarbe und sämtliche Wünsche.

Ich habe mir vorgestellt, daß sie alles gemeinsam taten, und mich gefragt, wie sich das wohl anfühlte. Bestimmt ruhte seine Hand irgendwo auf ihr, auf ihrer Schulter vielleicht oder in ihrem Nacken, selbst wenn er am Strand döste und sie las. Wenn er die Augen öffnete, fiel sein Blick zuerst auf sie, und er war zufrieden. Nichts wurde in Frage gestellt. Da war nur das ruhige Gefühl, noch einmal Glück gehabt zu haben.

Ich konnte genau sehen, wie weit sie gelesen hatte, denn ungefähr ab der Hälfte waren die Seiten mit einemmal wieder glatt und weich. Ich habe überlegt, wie es mir wohl gehen würde, wenn ich so weit gelesen hatte wie sie, wie mein Leben dann aussehen würde. Was bis dahin aus Jack und mir geworden wäre, wie weit wir gekommen wären. Ob ich mit ihm einmal das sichere Gefühl hätte, daß die Kämpfe ausgetragen waren und nichts zu tun war, als zusammenzubleiben.

Ich habe ziemlich schnell gelesen. Nach zwanzig Minuten klappte ich das Buch zu, stand auf und stapfte durch den

Sand in die Küche, um nach Sanjay Ausschau zu halten. Niemand war zu sehen. Hinter der Hütte konnte ich Gelächter und Geschrei hören und immer wieder einen dumpfen Schlag. Ich trat durch den Hinterausgang ins Freie. Sanjay spielte mit sieben oder acht seiner Arbeiter Fußball. Leere, in den Sand gesteckte Plastikflaschen markierten das Tor. Der Ball war schlaff und nicht mehr rund. Erst als er vor meine Füße rollte, oder vielmehr eierte, und ich meinen rechten Flipflop daraufstellte, haben sie mich angesehen. 

»*Masala-Chai*?« habe ich gefragt. »Remember?«

»Yes, yes«, hat Sanjay behauptet.

Ich sagte, daß ich seit zwanzig Minuten wartete. Ich wollte nicht so zickig klingen. Irgendwie hat es mir leid getan, daß sie meinetwegen ihr Spiel unterbrechen mußten.

»Yes, yes. *Masala-Chai*. Coming.«

Sanjay stand direkt vor mir und holte den Ball unter meinem Fuß hervor. Er schien kurz zu überlegen. Dann erklärte er, daß er jemanden zum Supermarkt geschickt habe, um Tee zu kaufen.

Ich glaubte ihm kein Wort, nickte aber und fragte, wann er zurückkäme.

»Yes, yes. Coming. Soon.«

Er hat den Ball ins Spielfeld geschossen. Alle haben mich angelächelt. Eine Armee aus weißen Zähnen.

Ich ging wieder an meinen Platz.

Vielleicht sind sie ja nicht immer alle zusammen, habe ich gedacht. Wahrscheinlich verbringen sie die Mittage jeder für sich, mit Muscheln sammeln, Kokosnußschalen polieren, mit der Herstellung von gigantischen Joints, Bilder malen, Mantras singen oder einfach schlafen.

Kurz darauf sah ich Jette über den Sand schleichen, durchaus angemessen bei der Hitze, aber für einen deutschen Körper irgendwie unpassend. Sie schwang ihre Hüften, so daß ihr bunter *Lunghi* wackelte, ihr rot gefärbtes Haar flatterte im Wind.



Sie hat mich erst entdeckt, als sie schon die Treppe zum *Shack* hinaufkletterte. Sie verharrte kurz auf der obersten Stufe, als wisse sie nicht, was sie als nächstes tun sollte. Da ich vorgab, angestrengt in meinem Buch zu lesen, hätte sie auch einfach weitergehen können. Sie entschied sich aber dafür, mich anzusprechen.

»Romy, schön, dich zu sehen.«

Sie strahlte und zeigte mir viel zuviel von ihrem Zahnfleisch. Vor ein paar tausend Jahren hätte man das noch als Provokation empfunden, als Kriegserklärung, so die Zähne zu blecken. Ohne zu fragen setzte sie sich neben mich.

»Was liest du da?« fragte sie mäßig interessiert, weshalb ich auch nur mit einem Schulterzucken reagierte und ihr das Buch unter die Nase hielt. Dann schauten wir schweigend auf das unermüdlich Wellen schlagende Wasser. Direkt in meinem Blickfeld war ein Mann, der den Sonnengruß übte. Das Kuhpärchen sah ihm gelassen zu. Ein freundlich lächelnder Inder mit sehr langem, sehr weißem Bart ließ sich am Nebentisch nieder, gefolgt von etwa zehn Frauen und Männern, die an seinen Lippen hingen mit runden, erstaunten Augen. Offenbar vernahmen sie hier etwas, was sie noch nie zuvor gehört hatten.

Etwa zehn Minuten später kam mein *Masala-Chai*. Sanjay stellte ihn wortlos vor mich hin und ignorierte mein übertriebenes Dankeschön. Jette bestellte sich eine viertel Papaya, die prompt serviert wurde.

»Wo sind die anderen?« habe ich gefragt.

»Weiß nicht.« Jette kaute auf den schwarzen Kernen, die eklig schmeckten, aber gesund sein sollten.



»Weißt du nicht? Was macht ihr denn so, wenn ihr nicht hier seid?« Ich kam mir blöd vor, eine solche Frage zu stellen, wie ein Schulmädchen, das sich für eine Clique interessiert, zu der es nicht gehört.

»Wie meinst du das?« Sie hat kurz den Löffel weggelegt. »Was sollen wir denn machen?«

War es nicht normal, daß man sich dafür interessierte, womit sich andere Menschen beschäftigen? »Also, ich meine nur. Ihr ... arbeitet ja nicht oder so was.«

»Natürlich nicht. *Shanti, shanti.*« Jette aß weiter. »Jeder macht halt irgendwas, wieso?«

Also, habe ich gedacht, teilt der Wurm sich doch regelmäßig in kleine Stücke auf. Wie beruhigend.

»Schon, aber was denn? Monat für Monat. Ich kann mir das nicht vorstellen. Satja zum Beispiel, was treibt sie so?«

Jette hat mich einen Augenblick mit schiefem Blick gemustert. Es schien ihr zu mißfallen, daß ich ausgerechnet nach Satja fragte. Dann antwortete sie jedoch: »Sie malt, meistens. Sie hält ihr Haus in Ordnung. Kocht, putzt, wäscht, was weiß denn ich.«

»Und was malt sie?«

»Engel.«

»Engel?«

»Engel.« Jette blieb unbewegt. »Du weißt schon, Engel eben. Sie sagt, die sind ständig um uns herum. Sie kann sie sehen und sich mit ihnen *connecten*. Und wenn sie mit ihnen *connection* aufgenommen hat, malt sie sie. Wie sie aussehen. Im Augenblick ist es überwiegend Erzengel Raphael, glaube ich. Oder Gabriel? Jedenfalls alles smaragdgrün, Heilungsenergie, viel Gold, *you know*. Ich kenne mich damit auch nicht aus. Sie sagt, daß jede Menge Engel auf der Erde umherschwirren, um die Welt zu heilen. Satja meint, die Engel sprechen durch sie.«



»Und was?«

Jette hat mich erstaunt angeschaut. »Was und was?«

»Was sagen sie?«

»Keine Ahnung. Das habe ich nie gefragt.«

Ich schenkte mir eine weitere Tasse *Chai* ein, auf dem sich eine zähe Milchhaut gebildet hatte.

»Und Hanna?«

»Hanna.« Sie sagte das so, als müsse sie sich erst erinnern, um wen es sich handelte. »Hanna war früher Tantralehrerin in Berlin.« Sie rief nach Sanjay und bestellte sich eine *Limesoda*. »Hier hat sie manchmal auch noch Kurse gegeben, aber sie scheint immer mehr davon abzukommen.« Jette kicherte und zog einen bereits gedrehten Joint aus ihrem Rucksack, den sie mit spitzen Fingern anzündete. Dann sah sie mich an, als überlegte sie, ob sie weitererzählen sollte. »Sie macht dauernd irgendwelche Workshops und Kurse und Meditationen und *Satsangs* mit. Sie ist eine echte Suchende, *no*? Fährt zweimal im Jahr in einen Ashram. Und macht Yoga. Sie steht jeden Morgen um fünf auf und meditiert. Und macht diese ganzen Reinigungen, *you know*?«

Ich sah beeindruckt auf ihr enges, tief dekolletiertes Oberteil, in dem die Brüste nach oben zusammengepresst waren, daß die Haut dazwischen ganz runzlig aussah. Ich wunderte mich, daß sie so viel sprach.

»Also, sie trinkt zum Beispiel jeden Morgen auf nüchternen Magen Salzwasser und steckt sich dann den Finger in den Hals«, fuhr Jette ungerührt fort.

»Sie hat Bulimie?«
»Blödsinn. Ich sag doch, daß das ein Reinigungsritual ist, es reinigt den Magen. *Well*, ich finde es ja ein bißchen eklig, wenn ich ehrlich bin. Manchmal tun sie es alle gemeinsam.
So zwanzig Leute sitzen auf einem Feld und kotzen sich die Seele aus dem Leib.«
Ich richtete meinen Blick wieder stur nach vorne.
»Und dann schluckt sie eine fünf Meter lange Mullbinde und zieht sie langsam wieder hinaus.« Sie schien Gefallen an dem Thema zu finden. »*Strange*, oder? Manchmal schiebt sie einen in Wachs getränkten Baumwollfaden durch die Nase und holt ihn dann durch die Kehle wieder raus.« Sie schüttelte sich begeistert und schob sich einen Löffel tropfende Papaya in den Mund.
Ich habe mir Hannas mädchenhaftes Gesicht vorgestellt, ihre kindlichen Rundungen, habe an ihre leise, helle Stimme gedacht und konnte kaum glauben, daß sie ihren Körper derart drakonisch bearbeitete.
»Und jetzt«, fuhr Jette fort, und da wurde mir klar, daß sie Hanna nicht leiden konnte, »hat sie sich verliebt. In einen *Sadhu*.«
Ich habe mich nicht gewundert, sondern an den *Sadhu* gedacht, den ich ein paar Tage zuvor auf dem Markt gesehen hatte, mit dem langen Bart und den wirren, verklebten Haaren. Dieser hielt seit Jahren seinen Arm in die Höhe, so lange schon, daß er ihn nicht mehr hätte senken können, selbst wenn er es gewollt hätte. Eines Tages würde er einfach abfaulen, der Arm. Der war genauso eingefroren wie Jules, nur aus einem anderen Grund. Die Fingernägel waren so gelb und so lang, daß sie ihm vom erhobenen Arm bis an die Schulter reichten, wo sie sich drehten und wie-

der nach oben wuchsen. Durch beide Wangen hatte er sich Stäbe gestochen, genauso wie durch die Zunge, die er aus diesem Grund andauernd herausstreckte.

Jack hatte mir erklärt, daß es sich bei *Sadhus* um Wandermönche handelte, die zu Hunderttausenden als Einzelgänger durchs Land zogen und keinem Orden angehörten. Sie waren fromme Bettler, die das Gelübde abgelegt hatten, arm, heimat- und ehelos von Heiligtum zu Heiligtum zu wandern.

Oder einfach Scharlatane, die Touristen abzockten. Wenn man ihnen ein paar Rupien gab, konnte man sich mit ihnen zusammen fotografieren lassen. Auch wenn sie nicht mit Entrückung belohnt werden, verdienen sie wenigstens ihr Geld.

»Wie kann sie sich in einen *Sadhu* verlieben?« habe ich gefragt. »Reden die überhaupt?«

»Da muß eine gewisse *energy* zwischen den beiden sein, so wie sich das anhört. Hanna erzählt, daß sie sich ganz tief mit ihm verbunden fühlt, auch ohne Worte. Und vor allem ohne Sex.«

»Ausgerechnet als Tantra-Lehrerin«, murmelte ich.

»*That's life.*« Sie kicherte wieder, und so langsam fand ich ihr Kichern ansteckend. Sie warf den Joint auf den Boden in den Sand. Sanjay stellte die *Limesoda* vor sie.

Ihre Erzählungen begannen mir Spaß zu machen. Vielleicht war sie trotz ihrer merkwürdigen Art zu sprechen die normalste hier.

»Was ist mit Wim? Warum hat er immer ein Fernglas bei sich?«

»Er ist ein Vogelfreak. Weiß jeden Namen. Der hat ganz viele dicke Bücher in seinem Zimmer, da kann er dir jeden einzelnen Vogel zeigen. Er zieht immer früh morgens mit dem

Fahrrad los. Was weiß ich, wohin. Der kennt die Gegend hier vermutlich besser als wir alle.«
Nie waren mir besondere Vögel aufgefallen. Nur Strandläufer. Jede Menge Krähen. Gelegentlich ein Eisvogel, manchmal kreiste ein Bussard über dem Wasser. Wenn es einer war. »Gibt es hier überhaupt besondere Vögel?« 
»Muß ja wohl so sein. Sonst würde er sie nicht seit sieben Jahren Tag für Tag beobachten. Frag ihn mal, da freut er sich.«
Wenigstens erklärte sich so das Fernglas. Ich hatte mir schon meine Gedanken gemacht. Schließlich richtete er es regelmäßig in Richtung Strand, wo es außer barbusigen Frauen und Krähen nicht allzuviel zu sehen gab.
»Ja, das mache ich vielleicht einmal«, antwortete ich vage. Eigentlich wollte ich Jette noch mehr Fragen stellen, vor allem über Jack, doch da sagte sie plötzlich: »Dir geht es nicht so gut, wie?«
Zum ersten Mal sah sie mir richtig ins Gesicht, und erst in diesem Moment habe ich den glitzernden Stein entdeckt, den sie sich zwischen die Augenbrauen geklebt hatte. Auf ihr drittes Auge.
»Alles in Ordnung.«
»Ich kann das spüren, Romy, du brauchst mir nichts vorzumachen. Du bist voll in deinen Widerständen.« Sie ließ ihre Augen groß werden. »Wenn ich dich ansehe, ist es, als ob ich vor einem *mirror* stehe. Ich kann mich in dir spiegeln.«
Ich habe ihre verstörende Art, englische Wörter in ihre Sätze einzuflechten, ignoriert, weil ich mich von meinem eigentlichen Ziel nicht ablenken lassen wollte.
»Ist Jack mit seinem Boot unterwegs?« fragte ich.
Sie zuckte mit den Schultern. »Vermutlich. Ist er ja irgendwie immer.«

Mehr war nicht aus ihr herauszubekommen. Also gab ich auf und spielte an dem blauen Buchdeckel herum.

»Das hier ist ein anderes Leben, Romy.« Ihre Stimme klang unnatürlich ernst, fast schon beschwörend. »Wir leben hier. Mehrere Monate im Jahr. Manche auch immer, so wie Jack oder Satja. Wir sind aufeinander angewiesen. Hier gelten andere Regeln, und du kennst sie nicht. Du bist nur ein paar Wochen auf Urlaub hier.«

»Woher willst du das wissen?«

Sie ging auf meine Frage nicht ein. »Du gehst bald dahin zurück, wo du hergekommen bist. Und wir bleiben. Jack. Mona, Satja. Daniel und ich. Karoline und Pete. Wim, Erwin, alle. Du suchst hier irgendwas. Wir suchen nichts, *see*? Wir haben damit aufgehört. Bestimmt schmeichelt es Jack, daß eine junge Frau an ihm interessiert ist.«

Stumm sorgte ich dafür, daß mein Blick mindestens ebenso streng wurde wie ihrer.

»Aber er gehört zu uns. Und er wird nichts tun, was sein Leben hier gefährdet.«

Jette trank einen großen Schluck von der *Limesoda*. Dieses »uns« ärgerte mich wahnsinnig. Aber von einer Sekunde auf die andere änderte sich ihr Gesichtsausdruck, sie war wieder sie selbst, ihre Stimme hatte den üblichen Klang.

»Hey«, hat sie gesagt. »Ich mache nächste Woche ein paar wirklich tolle *bodysessions*. Hast du Lust? Kostet nicht so viel. Bestimmt kann ich dir noch einen Platz besorgen. Na? Glaub mir, das hilft!«

Sie lachte breit. Hob den Kopf und schloß die Augen. Lächelte, als ob sie etwas sehen könnte, was mir immer verborgen bliebe. »Hier, ich hab einen Flyer von dem *Healing-Center* dabei, wo ich hingehe.« Sie streckte mir einen blaßgrünen Zettel hin. *Colon Cleansing. Reiki. Tantsu. Deep*

*Bodywork. Tarot. Active Meditation. Holistic Bodywork. Colour Puncture. Cranio Sacral. Rebalancing.*

Ich schluckte.

Dann habe ich mein blaues Buch aufgeschlagen und auf Jack gewartet.

# 7. Kapitel

Manchmal hat man das Gefühl, daß man eine Episode seines Lebens immer und immer wieder erzählen muß, bis zufällig eines Tages der Mensch vor einem sitzt, für den sie bestimmt ist. Der so zuhört, daß man weiß, künftig nicht mehr darüber reden zu müssen, nur noch dieses eine Mal, und dann ist man sie los. Die Episode. Als ob dieser Mensch sie einem abnimmt, nur dadurch, daß er sie sich anhört. Daß sie von seinen Ohren gehört wird, durch seine Gedanken geht, einmal durchgespült wird von seinen Gefühlen, von seinen Ansichten, von seiner Neugier.
Ich hatte das Gefühl, daß Jack dieser Mensch war und dieser Strandabschnitt der Ort, wo es enden würde.

Er kam ungefähr eine Stunde später in den *Shack*, ungekämmt und unrasiert und mit trübem Blick. Seine Khaki-Shorts waren verknittert und speckig. Dabei muß man nur ein paar Rupien hinlegen, und schmale Inderinnen beugen sich mit geradem Rücken über Kleider, um aus ihnen mit Wasser und Steinen den Schmutz zu prügeln.
Der Blitz, der durch meinen Körper fuhr, hat dafür gesorgt, daß ich mich aufrecht hinsetzte, ich war allein, Jette hatte sich wohin auch immer zurückgezogen. Jack hat Sanjay mit einer schnellen Handbewegung begrüßt und einem noch schnelleren Lächeln, dann hat er mich angesehen und erstaunt die Augenbrauen in die Höhe gezogen, als ob er von meinem Anblick überrascht wäre.
Als wäre er niemals auf den Gedanken gekommen, daß ich hier sitzen könnte.

Dann wünschte er mir einen guten Tag wie einem Gast und nicht wie jemandem, den er vor wenigen Stunden unendlich zärtlich in den Armen gehalten hatte. Er setzte sich neben mich. Bevor ich es mir noch anders überlegen konnte, beugte ich mich nach vorne und nahm seine Hand. Er zog sie nicht weg. Da mußte ich lächeln. 

Wir haben noch mehr *Masala-Chai* getrunken; obwohl ich schon wieder hungrig war, bestellten wir nichts zu essen, und vermutlich hätte ich auch nichts runterbekommen, zu ungeklärt war unsere Situation, da konnte ich mich nicht auch noch um meinen Magen kümmern. Ich brauchte meine ganze Energie, um mich auf ihn zu konzentrieren.

Als ich Jack von meinen ersten Stunden auf der Welt erzählt habe, konnte ich noch nicht wissen, daß ein paar Wochen später meine Mutter persönlich hier auftauchen würde, um mich nach Hause zu holen. Ich konnte auch nicht ahnen, wie er darauf reagieren würde. Sonst hätte ich vielleicht meinen Mund gehalten. Aber als ich ihm davon erzählte, hat alles zwischen uns gerade erst angefangen, er sollte das hören, was schon so viele vor ihm gehört haben, Therapeuten und Freunde und meine Mutter selbst. Dafür habe ich gesorgt. Und deshalb habe ich auch ihm davon erzählt. Davon, wie meine Mutter versuchte, mich zu ermorden.

Romy spürt, wie die Erdklumpen auf sie fallen, fast zart, kühl zuerst, bis sich der Druck auf ihrer Brust, ihrem Hals mehr verstärkt und die Erde ihre Augen verklebt. Wie ihre Lippen sich öffnen, und die Erde in ihre Kehle rutscht, in die Atemwege, die Speiseröhre, wie sie hustet und Schleim erbricht.

Wie der Körper sich verkrampft und zuckt, zu glühen beginnt wie im Fieberwahn, das Herz in dem Versuch rast, Blut zu pumpen, die Lungen wollen platzen, das Gesicht schwillt an, verfärbt sich dunkelviolett, Blut läuft in die Lidfalte, in die Augen, färbt das Weiße tiefrot, das Blut wird immer dunkler, schwarz fast, weil der Sauerstoff fehlt, dann endlich, endlich wird alles langsam und leise, die Krämpfe hören auf, der Puls wird schwächer, unregelmäßiger, die Atmung setzt aus und da ist nichts mehr. Kein Wehren.

Immer wieder erlebt sie diese wenigen Minuten. Vielleicht drei, vielleicht fünf Minuten. Die Minuten kommen zurück in ihr Leben, manchmal nachts, manchmal aber auch völlig unvermutet mitten am Tag, ohne sich vorher anzukündigen, ohne daß sie sich dagegen wehren kann, in allen möglichen Situationen, beim Einkaufen oder im Kino oder wenn sie die Hände eines Mannes hält. Atemnot, Krämpfe, Bewußtlosigkeit. Im Laufe der Jahre hat sie gelernt, daß die Anfälle seltener werden, je weniger sie ihr Leben lebt. Je mehr Regeln sie einhält. Stur.

Dann überfallen sie die Erinnerungen nicht so oft.

»Ich kann es einfach nicht mehr hören«, hat ihre Mutter gesagt, als ihre Tochter sie das letzte Mal darauf ansprach, da war sie vielleicht fünfzehn. »Manchmal glaube ich, daß du einfach spinnst. Oder nimmst du Drogen? Wie kannst du behaupten, dich daran zu erinnern, was direkt nach deiner Geburt geschehen ist?«

Dann hat sie den Kopf geschüttelt. Allerdings nur innerlich, im Geiste, doch das teilte sich deutlicher mit als jede tatsächliche Bewegung.

Sie hat ihre Tochter an sich gezogen, die sich artig auf ihren Schoß setzte, obwohl sie sich für erwachsen hielt. Sie versuchte, sich möglichst leicht zu machen. Ihre Mutter legte

ihr das Kinn auf die Schulter und blies ihr spielerisch in den Nacken. Sie wand sich ein wenig, neigte den Kopf zur Seite und umklammerte mit einer Hand die Stuhllehne, drückte sich unauffällig daran ab, um leichter zu werden.
Keinesfalls wollte sie ihr zur Last fallen.
»Sei doch nicht so steif.«
Ihre Mutter legte ihr die Arme um die Taille und drückte fest zu. Zu fest.
Sie sprang erschrocken auf. Ihre Mutter schwieg. Begann nur wieder mit diesem bewegungslosen Kopfschütteln und schaute woanders hin.
»Hat dir das dein Urgroßvater eingeredet?« fragte sie.

Jack unterbrach mich nicht ein einziges Mal, er hörte schweigend dem Bericht vom Mordversuch meiner Mutter zu. Bequem zurückgelehnt in dem Plastikstuhl, den Kopf ein wenig zur Seite geneigt, hat er mich angesehen, sein Blick, auf den ich mich mindestens so sehr konzentrierte wie auf meine Erzählung, bewegte sich zentimeterweise über mein Gesicht, mal blieb er an meinen Lippen hängen, mal an meinen Augen, aber auch an meinen Wangen, an meiner Stirn oder meinem Kinn, und das hat mich nervös gemacht.
Während ich redete, habe ich mich ständig gefragt, ob ihm gefällt, was er sieht, besser gesagt überlegt, was ihm alles nicht gefallen, ihn vielleicht sogar abstoßen könnte, die leichte Rötung auf meiner Nase oder meine schmalen Lippen.
Insofern war ich froh über die Hitze, die vom Boden aufstieg, weil sie ein guter Grund für den Schweiß war, der mir aus allen Poren brach.
Meine Stimme war zu monoton, oft mußte ich nach Wor-

ten suchen, und beinahe hätte ich meine »Ähs« gezählt. Wenn nicht alles andere unerwünschter gewesen wäre, als mit ihm hier zu sitzen, hätte ich schon nach den ersten Sätzen aufgehört.

Ich weiß nicht, wie lange ich geredet hatte, aber irgendwann hörte ich auf, und Jack bestellte sich ein *Banana-Lassi*. Sagte nichts bis nach dem ersten Schluck. Er legte seine trockenen Lippen um den dicken Strohhalm und zog daran. Ich beobachtete, wie sich das klebrige *Lassi* mit den Bananenstücken durchquetschte, viel lieber hätte ich natürlich seine Augen betrachtet, den Blick, der in ihnen lag, doch er hatte die Lider geschlossen.

Äußerlich vollkommen gefaßt saß ich da und wartete ab. Das konnte ich gut. Mich in Bewegungslosigkeit fallen lassen. Aber meine Gedanken haben getobt. Und Jack hat sich Zeit gelassen. Genüßlich gestöhnt, als er das Bananen-Joghurt-Gemisch schluckte, und dann endlich den Blick gehoben.

»Wahnsinn«, rief er.

Die Erleichterung war so umfassend, daß mir sogar dieses banale Wort egal war. Vielleicht habe ich ihn aus seinem warmen Gelangweiltsein geholt, dachte ich. Seine Augen jedenfalls glänzten wie feuchter Sand.

»Ist das wirklich wahr?« fragte er mit erhobenen Augenbrauen.

Ich nickte.

»Aber du kannst dich unmöglich daran erinnern, unmöglich.«

Ich zuckte mit den Schultern.

»Und wer hat dich aus dem Grab geholt?«

»Mein Urgroßvater.«

»Dein Urgroßvater.« Er schüttelte den Kopf, er war nicht überzeugt. Und dann fragte er: »Aber warum hat sie das getan?«

»Ich bin müde«, sagte ich. »Ein anderes Mal, ja?«
»Natürlich. Verstehe.« Erleichtert ließ er seinen Blick wieder auf halbe Höhe wandern.
Das kannte ich. Jeder war immer irgendwie erleichtert, wenn ich aufhörte zu erzählen. Selbst die Ärzte, so untypisch das in ihrem Fall auch war. Bei Jack aber hat es mich enttäuscht.



»Wollen wir jetzt frühstücken?« fragte er nur. Dabei war schon fast Mittag. Daß er dieses »wir« so selbstverständlich benutzte und für uns beide Spiegeleier, Toast, gegrillte Tomaten und dicke Bohnen bestellte, tröstete mich darüber hinweg, daß ich gegrillte Tomaten nicht ausstehen konnte, noch weniger dicke Bohnen. Doch solche Nebensächlichkeiten durften kein Hindernis sein.
Ich habe eine Tomate nach der anderen in den Mund geschoben, den süßen Saft geschluckt. Ich betete stumm, daß die Anderen noch lange verschwunden bleiben würden. Wir sprachen nicht viel, Jack schien nicht weiter in mich dringen zu wollen, um uns herum füllten sich die Tische mit Leuten, die gerade erst aufgestanden waren, und mit rot glänzenden Touristen, denen es am Strand zu heiß geworden war.
Jack hat eine Schweißperle oberhalb meiner Lippen weggewischt. Und seine feuchte Hand kurz an meine Wange gelegt.
Dann sah ich aus den Augenwinkeln Hanna, die wie immer einen dünnen, bunten Sarong um sich geschlungen hatte. Sie strahlte, als sie uns sah, blind gegenüber der Tatsache, daß ich verärgert aufs Meer starrte. Sie setzte sich auf den wackligen Plastikstuhl, wie immer im Lotussitz.
Am Tag zuvor hatte sie zu mir gesagt, daß ich das auch mal besser tun solle, weil die beiden Fersen zwei wichtige Ener-

gie-Punkte im Bauch aktivieren würden. Das könnte ich doch gut brauchen! Wie sie darauf kam, hat sie nicht näher erläutert.
»Du hättest mitkommen sollen, Jack«, rief sie laut.

Bereitwillig, wenn nicht geradezu eifrig, schob Jack ihr einen Stuhl hin. Das ärgerte mich noch mehr.
»Kein Bedarf. Solchen Mist habe ich mir schon zu oft angehört.« Er küßte sie auf die Stirn. Zwischen die Augenbrauen. Ich schnappte hörbar nach Luft.
»Du wieder!« hat sie gestöhnt und grinsend die Augen verdreht. »Ich frage mich immer wieder, was dich ausgerechnet nach Indien verschlagen hat.«
Jack lachte leise. Ich konnte einfach nicht begreifen, warum Jack sich ausschließlich mit diesen Menschen umgab.
»Wohin denn?« habe ich gefragt, obwohl es mir egal gewesen wäre, wenn es sich nicht um etwas gehandelt hätte, das Jack anging.
»Oh, wir haben gerade auf dem Dach unseres *Guest-House* einen zweistündigen *Satsang* abgehalten.« Sie hat sich ihr Schulmädchenpony aus der Stirn gepustet. »Das war vielleicht heiß da oben.«
Ich fragte mich, warum man bei der Hitze einen *Satsang* auch ausgerechnet auf einem Hausdach abhalten mußte, aber dann fiel mir auf, daß ich gar nicht wußte, was ein *Satsang* überhaupt war.
»Ach, es war phantastisch. Adjashanti ist einfach unglaublich. Er ist …« Sie erschauerte wohlig.
Adjashanti war sogar mir ein Begriff. Es handelte sich um einen gut und sehr verlebt aussehenden Typen aus Bamberg, der in seinem früheren Leben einmal den Namen Walter getragen hatte. Ständig wuselten Frauen um ihn herum, die an seinen Lippen hingen, an seinen Armen zerr-

ten, jedes noch so beiläufig gesprochene Wort tief in sich sinken ließen. Aber meist sprach er nicht beiläufig, sondern voller Absicht. Die älteren Verzweifelten wuschen seine Wäsche und kochten für ihn, die jüngeren kümmerten sich um seine Nächte.



Ich habe gehört, daß er niemals zwei Nächte hintereinander mit derselben Frau verbrachte und jeder das wußte. Und deswegen stellte ich mir vor, daß es sich bei *Satsang* um geheimnisvolle erotische Rituale handelte.

»*Satsang* heißt in Wahrheit sein«, sagte sie. »*Satsang* ist nicht das Egobewußtsein, denn das hat im *Satsang* keinen Platz.«

Ich konnte nicht aufhören, sie stumm zu betrachten. Egobewußtsein. Ich ließ mir das Wort auf der Zunge zergehen.

»In Anwesenheit eines zum Selbst Erwachten lernen wir, unser Leben in Wahrheit und Liebe zu leben. Ich meine, was sind wir schließlich anderes als unendliches Bewußtsein? Die Antworten kommen nicht aus dem Verstand, sondern aus der Quelle allen Seins.«

Ich habe sie weiter angeblickt. »Adjashanti ist erleuchtet?«

Sie nickte vehement. »O ja. Das ist er. Das ist er.«

Offensichtlich gelangweilt von meinen Fragen, drehte sie sich wieder zu Jack um.

»Ich habe beschlossen, mit ihm in einen *Ashram* zu fahren.«

»Wann?« hat Jack gefragt.

»Wenn es hier zu heiß wird. Mal sehen. Nach Puna gehe ich nicht mehr. Das ist einfach nicht mehr so wie früher, ohne Osho.«

»Kann sein«, brummelte Jack. Soweit ich weiß, gehörte er zu den wenigen, die nie in Puna waren. Wie ich.

»Und nächste Woche gebe ich wieder einen Tantrakurs. Drei Tage. Erleuchtung, Liebe und der nicht endende Orgasmus.« Sie war ganz ernst. »Bist du dabei?«

»Natürlich nicht.« Jack stand auf und holte sich von Sanjay die *Navhind Times*.

Mich hat sie erst gar nicht gefragt.

# 8. Kapitel



Ich habe mich schnell daran gewöhnt, wenig zu tun. Es ist mir überhaupt nicht schwergefallen. Was mich wunderte. Deswegen ist Jack für mich so wichtig gewesen. An ihm hat es gelegen, daß das Nichtstun diesmal nicht zu einem Rasen im Kopf führte, an das man sich einfach nicht gewöhnen kann. Bei dem man in der Sekunde, in der es aufhört, schon sicher ist, daß es wiederkommen wird. Wenn sich Wehmut über alle Lücken im Leben legt, die immer unwahrscheinlicher zu füllen sind, über Rufe, die niemand hört.

Vielleicht ging es den Anderen auch so. Womöglich versuchten sie deshalb, Sinn in die Tage zu prügeln, mit *Satsangs* oder Tanzworkshops und Joints. Mit dem allabendlichen Beschauen des Sonnenuntergangs wie die hundertste Wiederholung eines uralten Films. Mit dem Besuch des Markts an jedem Dienstag in der Woche. Es schien wichtig zu sein, zumindest ein paar feste Termine zu haben, an denen man das Leben befestigen konnte, damit es nicht auseinanderfiel.

An Jack lag es, daß ich mich seit langer Zeit wieder wohl fühlte.

Daß er mit mir die Nacht verbracht hatte, kam mir so vor, als hätte er Partei für mich ergriffen. Und man ist doch dankbar, wenn jemand Partei für einen ergreift, oder vielleicht nicht?

Es folgten herrliche Nächte. Seinen Körper habe ich mit meinen Fingern begehrt und mit meinen Gedanken. Nicht so sehr mit meinen Augen. Deswegen habe ich sie meist ge-

schlossen gelassen. Die wenigen Male, in denen ich neugierig genug war, mir das Ausmaß seiner Lust auf seinem Gesicht zu besehen, wurde ich sofort aus meinem ganz persönlichen Film gerissen.
Aber wenn die Augen geschlossen blieben, habe ich mir in seinen Händen eine gewisse Güte vorgestellt, eine Ruhe, die nur das Alter hervorbringt. Man könnte ja denken, daß ein Mensch, dem naturgegeben nicht mehr allzuviel Zeit bleibt, sich immer sputet. Aber so ist es nicht. Vielleicht ist der Wunsch nach Erfüllung einfach nicht mehr so dringend.
Und deswegen machen mir ältere Menschen auch weniger angst. Alles, was ich tun muß, ist einfach jung sein, und dafür brauche ich mich nicht anzustrengen.

Eines Nachts dann war es endlich soweit. Nach langen, zärtlichen Umarmungen, während denen ich mein ureigenes Mantra vor mich hingemurmelt habe, komm schon, komm schon, komm schon. Die Chancen standen gut. Ich hatte nämlich zuvor ein Päckchen Kondome auf seinem Nachttisch entdeckt.
Ich glaube, so bereit, wie ich für Jack war, ist noch nie eine Frau für einen Mann gewesen.
Er griff neben sich, ratschte das Päckchen auf, und dann fiel er regelrecht in mich hinein. Mehr mußte er auch kaum noch tun. Es dauerte wenige Minuten, und ich bäumte mich auf.
Endlich.
Jack stützte sich auf die Ellbogen und betrachtete mich überrascht. Aber nicht unzufrieden.
Und begann sich wieder langsam zu bewegen.
Diesmal dauerte es sehr lange, weil ich mich zusammengerissen habe. Auf ihn warten wollte. Wie ich seine Ausdauer

bewundert habe! Irgendwann klappte das mit dem Herauszögern nicht mehr, ich ergab mich, Jack freute sich. Und bewegte sich weiter.

Bis er auf mir zusammensank.



»Es geht nicht«, sagte er, wobei seine Stimme keineswegs beunruhigt klang. Er setzte sich auf, zog das Kondom, das seinen Zweck nicht erfüllt hatte, achtlos ab, es machte ein schnalzendes, unnatürlich lautes Geräusch. Und dann habe ich auch wieder das Jaulen der Hunde gehört, eine Frau schrie, Gehupe, und irgendwo wurde wie jede Nacht ein Feuerwerk abgefackelt.

Jack lachte und hielt mich fest.

»Macht nichts, Err. Wir haben ja Zeit.« Er ging ins Bad, duschte den Schweiß weg, was ich schade fand, und rief: »Liegt am Rauchen. Oder an meinem Alter. Oder an beidem.«

Später haben wir es erneut versucht. Ich tat mein Bestes, um ihn mitzunehmen auf meine Reise, unterdrückte meine eigene Lust, und immer wieder schienen wir das Ziel zu erreichen, er stöhnte darauf zu, seufzte, wurde schneller und schneller, es war in greifbarer Nähe, fast erreicht, ich atmete schon erleichtert auf … bis es sich wieder entfernte, das Ziel.

»Kümmere dich nicht um mich, Err«, hat er geflüstert. »Jeder ist für sich selbst verantwortlich.«

Zwischen Jack und mir entwickelte sich nichts so, wie es vor einem anderen Hintergrund möglich gewesen wäre. Es war ja nicht einmal nötig, sich zu verabreden, weil man sich sowieso immerzu über den Weg lief. So behielten alle Beziehungen den Beigeschmack von Zufälligkeit und Unverbindlichkeit.

Jeder konnte jederzeit tun, was er wollte, allein sein oder sich zu den anderen an den Tisch setzen, es machte keinen Unterschied, niemand erwartete ein bestimmtes Verhalten. Und so ist wohl auch Jack nicht davon ausgegangen, daß ich all unsere Begegnungen plante, daß ich versuchte, nichts dem Zufall zu überlassen und an unserer Gemeinschaft akribisch herumstrickte wie eine alte Frau an einem Schal, der immer länger wird und den niemand jemals anziehen wird. Bei der Hitze.

Alles in mir hat sich um Jack gedreht, als hätte ich eins durchs andere ersetzt. Die knallblaue oder metalltürkise Farbe des Wassers, in dem Menschen ertranken, den funkelnden Sand oder die schaukelnden Palmen konnte ich nur sehen, wenn er bei mir war. Das Essen schmeckte nur in seiner Gegenwart, und auch nur dann war ich durstig. In seinem Lächelblick ging es mir gut.

In den Stunden, in denen ich ihn nicht sah, zog ich mich in meine Starre zurück, in der ich kein anderes Bedürfnis verspürte als über ihn nachzudenken, ihn zu mir zu holen, ihn in mir zu tragen. Ohne ihn löste sich meine Welt in ihre Bestandteile auf.

Er war die Brücke über meine Abgründe.

Außer für ihn hat es zunächst keinen Platz gegeben, auch nicht für die Zweifel, die bereits da waren, die ich aber nicht zugelassen, sondern mit aller Kraft bekämpft habe, bis sie sich zurückzogen, in einen Teil meines Hirns, an den ich nicht mehr herankam.

Ich habe mich damit beschäftigt. Das menschliche Gehirn enthält etwa einhundert Milliarden Nervenzellen, die wiederum jeweils bis zu zehntausend Synapsen bilden. Die Wissenschaft geht also von etwa einer Billiarde Synapsen im Gehirn aus.

Eine Billiarde. Die Nervenzellen haben fadenförmige Fortsätze, die meterlang werden können. Und in diesem hochkomplexen Netzwerk entsteht dann unser Bewußtsein, jede Wahrnehmung, Interpretation, Kommunikation oder Bewegung.



Und da sollte mir ein *Satsang* weiterhelfen?

# 9. Kapitel

Eine Woche später saßen wir allein am Strand. Die Anderen waren zum Wochenmarkt gefahren. Jack und ich hatten wieder eine Nacht zusammen verbracht, in der er gelegentlich im Halbschlaf mit geschlossenen Augen ein Kondom überzog und sich stumm in mich schob. Danach hatte ich seinem tiefen Atem gelauscht und mich gefragt, ob es an mir lag oder ob er mit Satja dieselben Schwierigkeiten gehabt hatte.
Am Morgen stiegen wir schweigend über einen kleinen Berg Kondome, die vor dem Bett lagen und aussahen wie ein Haufen ausgesaugter Weißwürste.
Wir frühstückten im *Shack*, obwohl ich lieber mal woanders mit ihm hingefahren wäre. Wieder hat er gegrillte Tomaten bestellt. Spiegelei. Toast. *Chai*. Papaya.
Ich habe die ganze Zeit befürchtet, daß Jack plötzlich aufstehen und zum Markt fahren könnte. Selbst davor, ihn zu begleiten, hatte ich Angst. Ich wollte mit ihm allein sein, er sollte neben mir sitzen, einfach so, keine Musik, keine Menschenmenge, keine Essensgerüche, niemand, der einem zur Reinigung Kerzen in die Ohren stopfte, keine bunten Stoffe, keine Räucherstäbchen.
Doch Jack machte keine Anstalten zu gehen. Er blieb bei mir, offenbar zufrieden mit der Situation, dem Wind, der so an seinem Haar zerrte, daß es noch dünner schien. Er begann zu erzählen. Eine unspektakuläre Geschichte über eine vor Jahren in Hamburg gescheiterte Ehe, eine Werbeagentur, die er seiner Ex-Frau überlassen hatte, die ihm das Geld für seine neue Existenz in Indien gab, einen Sohn, der

in New York Musik studierte – ich nickte ermutigend und stellte Fragen, um sicherzustellen, daß er nicht einfach ging. Weil keine Gefahr bestand, solange er sprach.
Als ich wußte, warum er hergekommen war, fragte ich, warum er geblieben war. Das interessierte mich wirklich. 
Und er antwortete, er wisse noch genau, wann er beschlossen habe, nicht mehr zu gehen. Irgend etwas von Neurodermitis hat er erzählt, die er früher hatte.
»Du kannst dir nicht vorstellen, bei wie vielen Ärzten ich war«, sagte er, »alles habe ich ausprobiert, aber es wurde nur immer schlimmer.«
Wenn man richtig verzweifelt wäre, sagte er, würde man alles mögliche tun, und deshalb wäre er zu einem Heiler gegangen. Der schmierte ihn mit Sesamöl und mit Kurkuma ein. Von Kopf bis Fuß knallgelb stiefelte er den Strand entlang, weil er sich erst abends waschen durfte, und dann ging er irgendwann in einen *Shack*, um zu frühstücken. Die Leute schauten ihn an, als wäre es völlig normal, mit gelber Farbe im Gesicht und an den Armen und Beinen zu frühstücken. Niemand wunderte sich, weil man sich hier einfach nicht mehr wunderte, man hatte schon so ziemlich alles gesehen. Dann brachte ihm der Ober das Frühstück und lächelte ihm freundlich in sein gelbes Gesicht.
»Da dachte ich, hier bleibst du.« Jack grinste.
»Und deine Neurodermitis?«
»Geholfen hat es nicht. Ein anderer Heiler sagte, ich solle Erde aus etwa fünf Metern Tiefe nehmen, mit Wasser vermischen und mich damit einreiben. Hast du schon mal versucht, fünf Meter tief zu graben? Ich habe schnell aufgegeben, hatte dann aber die Idee, mir die Erde dort zu holen, wo gerade Straßenarbeiten stattfanden.«
Auch die Arbeiter verzogen keine Miene, als er mit seinem

Eimer und seiner Bitte vor ihnen auftauchte. Und als er in seinem Zimmer vor dem Spiegel stand, die Arme bereits mit dem dunkelroten Dreck beschmiert, fragte er sich plötzlich, was er da eigentlich trieb. Warum ihm diese Erde, direkt an der Hauptstraße eingesammelt, neben einer Müllkippe, helfen sollte.

»Was für ein Quatsch. Daraufhin habe ich es ein für allemal gelassen und gar nichts mehr gemacht. Und irgendwann war es einfach vorbei.«

Wenn er mir einen Film beschrieben hätte, wäre ich genausowenig berührt gewesen. Ich konnte einfach keinen Zusammenhang mit mir oder uns herstellen. Dann begann er zu allem Überfluß, von seiner Exfrau zu erzählen. Ich wollte nichts von anderen Frauen hören.

Jacks Augen haben sich verdunkelt, als er über seinen Sohn sprach, der ein paar Jahre älter als ich war und mit dem er nur per E-Mail und sehr selten Kontakt hatte. Ich drückte seine Hand. Während ich seine Finger durch meine gleiten ließ, überlegte ich die ganze Zeit, wie ich ihn vom Thema ablenken könnte. Wie so oft schaute er aufs Meer, ließ seine Hand in meiner liegen, ohne den Druck zu erwidern.

Wie konnte er mir von diesen Menschen erzählen und ihretwegen vor meinen Augen leiden, wie er vermutlich meinetwegen nie leiden würde?

Mir half es nicht, auf das stille Wasser zu starren. Die Hitze in meinem Kopf hat sich nicht zurückgezogen, sondern sich immer weiter ausgebreitet, Blut pochte in meinen Schläfen bis mir schlecht wurde. Mit einemmal hatte ich wieder den Geschmack von Tomaten im Mund, Speichel sammelte sich in meiner Mundhöhle, doch weder konnte ich ihn ausspucken, noch brachte ich es über mich, ihn runterzuschlucken. Deswegen war ich ganz froh darüber, daß Jack mir seine Aufmerksamkeit entzogen hatte. Ich stand auf, legte ihm kurz die Hand auf die Schulter, und er nickte, ohne aufzublicken.



Vielleicht dachte er, daß ich ihn aus Taktgefühl einen Augenblick allein lassen wollte, was natürlich ein absurder Gedanke war. Ich ließ ihn aber gerne in dem Glauben, stolperte aus dem *Shack* in den heißen Sand und die kleine Anhöhe hinauf, wo ich mich hinter einem verdorrten Busch übergab. Eine Schweinefamilie stob kreischend davon, der Gestank von Kot, über den sie sich zuvor hergemacht hatte, drang dumpf in meine Nase. Das führte dazu, daß ich lange nicht aufhören konnte zu würgen. Ich hielt die Augen geschlossen, konnte mir aber sehr gut das Gemisch aus Ei und Toast und Tomaten und Papaya und *Chai* vorstellen, dazwischen die Vitamintabletten.

Wenigstens hatte Jack diesmal auf die dicken Bohnen verzichtet.

Der Anfall hat ewig gedauert, zumindest lang genug, daß selbst die Schweine sich zurücktrauten und um meine Füße herum zu schnüffeln begannen. Zwar wollte ich bei Jack sein, den ich vielleicht den ganzen Tag für mich allein haben konnte, aber ich schaffte es nicht. Ich mußte mich unbedingt waschen und sehnte mich nach Dunkelheit.

Also überließ ich den Schweinen meinen Mageninhalt und schwankte den Pfad zu den Hütten. Dann kippte ich das ganze warme und abgestandene Wasser aus der Tonne über mich, kletterte mit nassen Klamotten die Leiter zu meiner Hütte hinauf, zog mich hastig aus, ignorierte das Rumoren im Bauch und legte mich vorsichtig auf die harte Matratze. Sonnenstrahlen fielen scharf wie Rasierklingen durch die Ritzen und zerschnitten meinen Kopf.

Ich legte mir ein T-Shirt über die Augen. Endlich war es ein wenig dunkler. Und ganz ruhig. Da bin ich sofort eingeschlafen.

Dann lag Jack hinter mir.

»Ich habe mir Sorgen gemacht«, hat er in meinen Nacken gesprochen. Ich kämpfte darum, wach zu werden, obwohl ich lieber weitergeschlafen hätte.

»Mir geht es nicht so gut«, habe ich gemurmelt und die Augen fest geschlossen. »Es ist so heiß. Und hell.«

»Ich weiß.« Sachte legte er einen Arm um meine Schulter. »Schlaf weiter. Ich bleibe einfach ein wenig hier. Mach dir keine Gedanken.«

Aber ich habe mir Gedanken gemacht. Ich habe an das eierschalenfarbene Häuflein Kondome denken müssen. Vielleicht wollte er es ja mal tagsüber versuchen. Wenn er schon mal da war. Ich wollte endlich mit ihm zum Ziel kommen. Mir war immer noch schlecht, doch ich riß mich zusammen und drehte mich zu ihm um. Sein Gesicht war ganz nah. Ich sah mit zusammengekniffenen Augen die tiefen Falten um seinen Mund an. Das hat mich gerührt. Die Haut, die so ungeheuer weich war, wie sie nur bei alten Männern und Babys sein kann. Von ihm geht keine Gefahr aus, dachte ich und küßte seine Lider.

»Aber nicht zu heiß für das«, habe ich geflüstert.

Ich schloß die Augen wieder, sperrte das Licht aus und seinen Anblick. Die Kopfschmerzen waren nach wie vor da, ich konnte sie nicht ignorieren, auch Jacks Lippen zwischen meinen Augenbrauen haben nichts daran geändert. Ich war ihm nicht böse, daß er mich geweckt hatte. Ich fuhr fort, seinen Bauch zu streicheln, den er immer wieder einzog, als ob ich ihn kitzeln würde, ich wollte keine Zeit verlieren, um möglichst schnell weiterschlafen zu können, mit seinem zufriedenen Atem im Nacken. Ich preßte mich an ihn, und er schob mich wieder fort.

»Nicht, Err«, nuschelte er. »Dreh dich um.«

Ich gehorchte verblüfft, und als ich ihm den Rücken zugedreht hatte und wartete, legte er eine Hand auf meine Hüfte. 

»Schlaf. Ich passe auf dich auf.«

Mein Hals wurde ganz eng. Dann wehrte ich mich nicht mehr gegen den Schlaf, der alles auslöscht, ich konnte ihn schon spüren. Das feuchte Kopfkissen drückte sich tröstlich an meine Wange.

Als ich etwa eine Stunde später wieder aufwachte, spürte ich, daß seine Hand noch immer auf meiner Hüfte lag. Ich bin reglos liegengeblieben und habe seine stumme Anwesenheit genossen, nicht einmal sein Atem war zu hören. Die Hitze seines Körpers fühlte ich nicht, vielleicht war es auch einfach nur zu heiß dafür. Ich hätte ewig so liegen können. Die Hand von Jack auf der Hüfte, die Stille in der Hütte, durch die ein wütender Moskito surrte, das gedämpfte Licht durch das kleine Fenster mit dem schmutzigen Stück Stoff davor. Alles, was danach käme, würde diese Vollkommenheit zerstören.

Es konnte nicht mehr besser werden.

Und so bin ich in meinem Glück liegengeblieben, bis es nicht mehr ging, vielleicht noch eine weitere Stunde, ich weiß es nicht, vielleicht nur zehn Minuten, bis ich mich nicht mehr wehren konnte gegen die Gewißheit. Bis meine Arme und Beine zu zucken begannen, mein ganzer Körper danach schrie, sich endlich umzudrehen.

Aus dem heißen Traum zu erwachen, den ich mit ins Erwachen hinüberretten wollte.

Mit einer einzigen schnellen Bewegung warf ich mich zur

Seite, wie jemand, der heftig erschrickt, und blickte ohne Überraschung auf den leeren Platz neben mir.



Als ich wieder zum Strand ging, waren die Anderen noch immer nicht zurück. Ich sah sofort, daß Jacks Boot nicht mehr da war, und suchte das Wasser ab. Weit entfernt sah ich ihn auf den Wellen tanzen. So weit, wie er bereits gekommen war, hätte er eigentlich schon seit Stunden paddeln müssen.

Ich habe lange auf ihn gewartet an diesem Tag. Unter Einsatz meines ganzen Körpers. Ich fand das nicht so schlimm, schließlich wußte ich ihn sicher allein draußen auf dem Wasser, sicher vor Menschen, die sich mit ihm über mich unterhalten könnten, ihn womöglich gegen mich aufbrachten, ihn abhalten wollten. Es war ein vages Gefühl, das ich nicht ergründen konnte, sobald ich versuchte, dahinterzukommen, wo diese ständige Bedrohung herrührte, bekam ich sie nicht zu fassen, ich konnte den Gedanken nicht weiter verfolgen, er zog einfach ab, wie ein Unwetter, das sich zusammenbraut und dann doch nicht losbricht.

Ich nippte immer wieder an einem Glas Orangensaft, schaute, wartete, und als ich sah, daß Jack umdrehte und zurück in die Bucht paddelte, begann ich zu lesen. Es gefiel mir, im Schatten zu sitzen, die Hitze im Nacken zu spüren, vor mir der helle Sand und das glitzernde Wasser, während ich über andere Hitze und anderen Sand und anderes Wasser las. Und wußte, daß Jack auf dem Weg war.

Noch immer war von den Anderen nichts zu sehen. Ich hatte keine Uhr an, schätzte aber, daß es ungefähr vier Uhr nachmittags sein mußte. Wenn ich Glück hatte, blieben uns noch über zwei Stunden ganz allein.

Nach etwa dreißig Seiten war Jack bei mir. Mit roten Wan-

gen und strahlenden Augen. Zerzaust. Ich habe ihn immer um seine Begeisterung für sein Boot beneidet. Manchmal konnte ich mir fast vorstellen, wie es sich anfühlen mußte, so begeistert zu sein.
Ich lächelte ihn an, irgendwie sorglos, erzählte von dem Buch, das ich las, und wie ich mir die Frau vorstellte, die es mit an den Strand gebracht hatte.
Jack war nicht ganz bei der Sache, er sah immer wieder auf die Uhr, und plötzlich sagte er: »Merkwürdig. Jeden Dienstag schwöre ich mir, nicht mehr auf den Markt zu gehen. Weil es immer dasselbe ist. Dieselben Leute, dieselbe Musik, es ist heiß und laut und das Essen schmeckt nicht. Die Gläser für den *Chai* sind so schmutzig, daß man den Dreck nicht mal abkratzen kann. Mich nerven die Leute, die ich inzwischen fast alle kenne, und gekauft hab ich seit Jahren nichts mehr.« Er zündete sich eine Zigarette an und inhalierte gierig. »Und jetzt habe ich das Gefühl, etwas zu versäumen. Mein Leben ist nicht im Gleichgewicht. Etwas Entscheidendes ist anders. Weißt du, was ich meine?« Er lächelte ungläubig.
Ich nickte zustimmend, ohne zu begreifen, wie er so etwas sagen konnte. Weil es so überhaupt nicht zu meinem Gefühl paßte, ihn hier für mich allein zu haben, Neues zu entdecken, während er sich sein gewohntes Leben wünschte.
»Was ist?« fragte er.
Ich zuckte zusammen, weil mir klar wurde, daß ich zwar genickt hatte, aber mit verkniffenen Lippen. Daß ich nicht aufgepaßt hatte, daß ich kurz davor war, ihm die Laune zu verderben. »Wieso?«
»Du schaust so seltsam.« Er zuckte mit den Schultern. »Also Err, manchmal könnte man direkt Angst vor dir bekommen.«

Ich wollte anders schauen. Ich wollte es unbedingt. Ich habe mich zur Ordnung gerufen, aber manchmal funktioniert es einfach nicht. Dann will mein Gesicht nicht. Dann verweigern über fünfzig Gesichtsmuskeln ihren Dienst.
Um ihm dieses Gesicht nicht länger zuzumuten, rannte ich wieder einmal aus dem *Shack*.

Am Abend saß ich auf meinem schiefen Balkon und hörte dem Jaulen der Hunde und Grunzen der Schweine unter mir zu. Der Brötchenmann fuhr mit seinem klapprigen Fahrrad über die sandigen Wege und hupte ununterbrochen, um auf sich aufmerksam zu machen. Es war ein nervenzerreißendes zweitöniges Hupen, das nur kurz unterbrochen wurde, wenn jemand aus seiner Hütte eilte, um ihm etwas abzukaufen. Außer mir und einem Hund, der im Rhythmus des Hupens mitheulte, schien sich niemand an dem Lärm zu stören.
Die Krähen brüllten, und irgendwo in meiner Nähe keifte sich ein Pärchen auf italienisch an. Hinter mir hörte ich den Verkehrslärm, vor mir das Tosen des Wassers.
In keiner Großstadt der Welt kann es lauter sein.
Mir wurde übel. Schon wieder. Der Schweiß, der sich auf meinem Körper bildete, roch nicht gut und war kalt. Mein Hals kratzte. Dann begannen die Gliederschmerzen. In meinem Kopf hämmerte es. Mir fiel nichts anderes ein, als Aspirin zu schlucken und mich ins Bett zu legen. Ich stand nur auf, um auf die Toilette zu gehen oder mich zu übergeben.
Wie ich später erfuhr, hat es nur drei Tage gedauert. Es hätten auch Jahre sein können.
Mit fiebrigen Schmerzen wälzte ich mich auf meiner Matratze. Immer, wenn ich aufwachte, war jemand von den

Anderen bei mir, flößte mir Tee ein, zwang mich, irgendwelche Tabletten zu schlucken und ein paar Bissen Toast herunterzuwürgen.
Sie haben sich abwechselnd um mich gekümmert, Jack und Hanna und Jette und Pete, vielleicht sogar Satja. Manchmal hatte ich das Gefühl, sie würden versuchen, mir einen Dämon auszutreiben. Und nicht nur einmal fragte ich mich, ob die Pülverchen, die sie mich zu schlucken zwangen, mich vergiften sollten. Aber eigentlich war ich ihnen dankbar. Vor allem Hanna, die immer wieder meine Füße massierte.



Ein Mann saß im Schneidersitz neben ihr auf der Matratze. Er trug einen lilafarbenen Turban, in dem eine lange Feder steckte. Sein dunkler, nackter Oberkörper war muskulös und mager zugleich und glänzte wie geöltes Teakholz. Seine Beine waren dünn, er hatte nur ein weißes Tuch um die Hüften geschlungen. Mit tränenden Augen sah sie ihn an, aus einem Raum zwischen Leben und Tod. Er war der Wächter, der darüber entschied, durch welche Tür sie gehen sollte.
Mit langen dünnen Fingern ergriff er ihren linken Arm und fühlte den Puls. Dabei rollte er wie irre mit den Augen. Den Kopf in den Nacken gelegt, schaukelte er sanft von einer Seite zur anderen, die Bewegungen waren durch die Matratze hindurch zu spüren.
Erst als er sprach, und zwar zu jemandem, der seitlich von ihr stehen mußte, entschied sich, daß sie doch noch unter den Lebenden bliebe. Sie drehte mühsam den Kopf und sah Jack. Er trug Shorts und ein weißes Hemd. Daß der dunkle Mann Englisch sprach, bemerkte man nur an einigen wenigen Worten wie »*stiff neck*« und »*bad memory*«.
Jack nickte, als verriete ihm der Mann nichts Neues. Als

hätte er schon selbst eine Diagnose gestellt und nur einen Kollegen gebeten, sie ihm zu bestätigen.
Ein etwa fünfzehnjähriger Junge reichte dem Redenden eine staubige Plastikdose nach der anderen. Er schüttete mindestens zwanzig verschiedenfarbige Pülverchen auf ein Papier, mischte dann alles mit einem Löffel durcheinander und füllte es in ein kleines Tütchen.
Sie starrte seine verschränkten Beine an und fragte sich, ob seine Füße, die er in dem Bettuch vergraben hatte, wohl sehr schmutzig waren.
Er bedeutete ihr mit vielen Gesten und unverständlichen Worten, daß sie morgens und abends etwas davon in der Hand mit Honig vermischen und ablecken sollte.
»Honey, honey«, sagte er immer wieder und lachte sehr laut. »Twenty days, twenty days. And you healthy. Forever.«
Ihr Herz hämmerte unregelmäßig, in ihrem Magen zuckte und rumorte es, als hätte sie etwas Lebendiges verschluckt.
»Forever«, sagte sie.
»Okay, wait.« Er zog die Stirn in Falten und begann, nachzurechnen. »No. Not forever. But twelve years.«
Sie nickte.

»Was genau hat er gesagt?« habe ich Jack gefragt.
»Keine Ahnung.« Er wollte schon wieder gehen. »Ich habe kein Wort verstanden. Aber das Zeugs wirkt Wunder, glaub mir. In ein paar Tagen fühlst du dich wie neu geboren. Das geht hier jedem mal so. Jetzt gehörst du erst richtig dazu.«
Genaugenommen dauerte es nur noch ein paar Stunden, und der Schrecken war genauso plötzlich vorbei, wie er gekommen war. Was nicht unbedingt an dem übelriechenden Pülverchen lag. Das habe ich aber trotzdem geschluckt, bis

die Tüte leer war, obwohl mir schon der Geruch Brechreiz verursachte. Man wußte ja nie.

Danach beschloß ich, die Vitamintabletten tatsächlich für später aufzuheben. Ich hatte sie sowieso nur noch unregelmäßig genommen. Jack hatte recht. Ich trank den ganzen Tag frische Säfte und *Lassi* und aß Fisch und Gemüse.

# 10. Kapitel



Es dauerte einige Tage, bis ich Jack wieder einmal für mich allein hatte. Ich habe die ganze Zeit auf eine Gelegenheit gewartet, mit ihm zu reden, aber kaum saßen wir mal zu zweit am Tisch, und kaum wollte ich beginnen zu sprechen, da setzte sich garantiert einer von den Anderen unaufgefordert zu uns. Wenn ich dann mit versteinertem Gesicht ausharrte, darauf hoffte, daß derjenige sich bald wieder verabschieden würde, tauchte schon der nächste auf, und manchmal erhob sich Jack auch einfach und fuhr ohne Erklärung mit seinem Boot los oder zog sich in sein Haus zurück.

Dann saß ich da allein mit meiner Wut und den Anderen.

Wenn es mir gutging, habe ich mir gesagt, daß er mich aus Unsicherheit heraus so behandelte. Weil ich ein Eindringling war in seinem Leben, in dem er es sich so bequem gemacht hatte. Daß er nicht in der Lage wäre, vor den Anderen zu mir zu stehen, bevor sich unsere Beziehung nicht gefestigt hatte und eine Zukunft vor uns läge.

Noch war ja nicht einmal klar, wie lange ich bleiben wollte. Außerdem, dachte ich, mußte er Rücksicht auf Satja nehmen. Diese kleine Kolonie existierte schon seit Jahren, und noch viele weitere Jahre müßten diese Menschen miteinander auskommen. Ich war nachsichtig und hatte Geduld und war mir manchmal seiner sicher. Vor allem in den Nächten in seinem Haus.

Wenn es mir allerdings nicht so gutging, tobte blinde Wut in mir. Dann warf ich mich, wenn ich allein auf meiner dünnen Matratze lag, hin und her, bis das T-Shirt an mei-

nem Körper klebte. Ich beschimpfte ihn in Gedanken und machte ihm Vorwürfe, trommelte gegen seine Brust und schlug ihm ins Gesicht. Einmal trat ich ihm sogar in den Bauch.
Es war, als würden Erdklumpen auf mich fallen, ich hörte meinen rasselnden Atem, weil nicht genug Luft da war.
Wenn die Schatten verschwanden, habe ich mir ein T-Shirt über die Augen gelegt und noch ein paar Stunden geschlafen, in denen ich tief atmen konnte und die nur aufhörten, weil es irgendwann zu heiß wurde, weil die Sonne durch den Stoff am Fenster auf mich brannte, bis ich den Kopf hob und nichts anderes übrigblieb, als aufzustehen.

An einem solchen Mittag lief ich mit noch verquollenen Augen zum *Shack*. Ich habe meinen Augen kaum getraut, als ich sah, daß Jack allein am Strand unter einer Palme saß und Zeitung las. Ich zögerte einen Moment, weil ich ihm im Geiste in der Nacht wieder Schlimmes angetan hatte. Auch wenn er nichts davon wußte, erinnerte ich mich daran so deutlich, daß ich dachte, er müsse etwas davon spüren.
Außerdem war es etwas anderes, ob man sich zu jemandem an den Tisch setzt oder sich neben ihn in den Sand legt.
Da ich aber keine Wahl hatte, bin ich zu ihm gegangen.
Mein Blick ruhte auf ihm wie auf einer Landschaft. Alle Wut war verschwunden, und als es genug war, habe ich ihn gerufen: »Jack.«
Er legte den Kopf nach hinten und lächelte mich an. »Err! Ich habe mich schon gefragt –«
Er senkte die Stimme, als ob er einen vollständigen Satz gesagt hätte.
»Was?« Ich löste das Tuch, das ich um die Hüften trug, warf es in den Sand und setzte mich darauf.

»Was mit dir ist. Du warst merkwürdig in den letzten Tagen.«
Ich habe seinen Arm gestreichelt, weil alles in mir so friedlich war.
»Wie gesagt, ich habe mich gefragt, was du so machst.«
Ich habe mich neben ihm ausgestreckt. Wir lagen zusammen. Der Wind rauschte durch die Palmen wie Regen, mein Körper war schlapp, keine Kraft, schon gar nicht zum Reden.
»Gut.« Er legte seine Zeitung weg. »Ich habe mir gedacht, wir könnten mal zusammen einen Ausflug machen, wir lassen uns von einem Fischer in eine Bucht bringen, in eine, wo man nur übers Wasser hinkommt. Wir nehmen was zu Essen mit, Früchte und Nüsse und viel Wasser natürlich. Und dann lassen wir uns nach Sonnenuntergang wieder abholen. Würde dir das gefallen? Hast du Lust?«
Ich rollte mich auf den Bauch. Sein Blick war ernst und meiner auch. Und doch konnte ich mich nicht gegen das Gefühl wehren, daß er diesen Ausflug nur mir zuliebe vorschlug. Um mich ruhig zu halten.
Ich nickte. »Wann?«
»Na, mal sehen. Eilt ja nicht.« Er hat die Zeitung wieder zu sich gezogen, die im Wind kurz aufflatterte.
Und ich hatte wieder ein Ziel.

Deswegen fühlte ich mich an diesem Tag so gut in meinem Körper wie schon lange nicht mehr. Mit Shorts und Bikinioberteil lag ich neben ihm im Schatten. Inzwischen war selbst ich ein wenig braun geworden, obwohl ich für Jack versucht hatte, so lange wie möglich blaß zu bleiben. Ich habe an mir heruntergeschaut, meine gebräunte Haut betrachtet und wie meine Hüftknochen aus den tief geschnittenen Shorts hervorschauten. Ich räkelte mich kurz und forderte Jacks Blick heraus, den ich zwar nicht sehen konnte, aber spüren. Ich rutschte mit geschlossenen Augen an ihn heran. Immer ein kleines Stückchen näher, bis mein Arm an seinem lag, ihn kaum berührte, nur ein bißchen. 

Mit der anderen Hand blätterte er die Zeitung um.

»Ist was passiert?« Meiner Stimme gab ich einen schläfrigen Klang. »In der Welt? Etwas, das ich wissen müßte?« Ich hatte seit Wochen keine Zeitung mehr gelesen oder Nachrichten gehört.

»Nein«, antwortete er.

In den letzten Tagen war es immer heißer geworden. Die Touristenströme ließen nach, der Strand und die *Shacks* wurden leerer, Sanjay hatte bereits die Hälfte seiner Arbeiter wieder zurück nach Nepal geschickt. Tagsüber konnte man es nur im Schatten aushalten oder im kühleren Wasser.

Ich stand auf.

Jack lag noch immer auf dem Bauch und konzentrierte sich auf seine Zeitung, in der nichts stand, das ich wissen mußte. Ich konnte mir nicht vorstellen, mit ihm zusammen zu schwimmen. Oder albern im Wasser herumzutollen.

Ich konnte nur mit ihm schlafen.

»Sei vorsichtig«, sagte er. »Die Wellen sind ganz schön hoch. Du weißt ja.«

Ich sah ihn an. »Du paßt auf mich auf.«

»Klar.« Und er hat weitergelesen.

Als ich versuchte, ins Wasser zu kommen, bereute ich meinen Entschluß fast umgehend. Die Brandung war heftig, die Wellen knallten gegen meinen Körper und warfen mich immer wieder um. Aber es gab kein Zurück, ich mußte nur etwas weiter reinkommen, dahin, wo das Meer ruhiger war. Ich bin durch die Wellen durchgetaucht. Sand wirbelte hoch und drang in meine Nasenlöcher und Augen und unter meinen Bikini. Prustend tauchte ich wieder auf. Und schon war da die nächste Welle.

Nach etwa zehn Minuten hatte ich es geschafft, ich war so weit draußen, daß die Wellen mich nur noch sanft hochhoben. Ich habe mich umgedreht und zurück auf den Strand geschaut. Jack saß aufrecht und spähte angestrengt aufs Wasser. Ich winkte ihm zu. Jack winkte zurück, dann legte er sich wieder hin.

Das Wasser war warm und klar und trug mich wie auf Händen. Ich legte mich auf den Rücken und spielte toter Mann, schaukelte durch meine Gedanken und war so zufrieden, daß ich mein Herz unter Wasser hämmern hörte.

Irgendwann habe ich mich wieder auf den Bauch gedreht, um zurückzuschwimmen. Da sah ich sie.

Jack und Satja saßen nebeneinander. Ich konnte nicht ausmachen, ob sie sich unterhielten. Ich wußte aber sofort, daß es Satja war, ich erkannte es daran, wie sie ihren Kopf hielt, und an den Farben, die sie trug. Weinrot. Mir war augenblicklich klar, daß sie diesen Moment abgepaßt haben mußte, in dem ich nicht bei ihm war und auch nicht unvermutet wieder auftauchen konnte. Sie hatte eine Gelegenheit gesucht, mit ihm allein zu sprechen und mich zugleich im Auge behalten zu können. Sie würde sehen, wenn ich aus dem Wasser kam. Bis ich hinauf zu den Palmen gelaufen war, konnte sie in aller Ruhe das Gespräch beenden. Ich saß in der Falle, konnte nichts tun.

Was sagte sie zu ihm? Wollte sie ihn zurückgewinnen? Ihn gegen mich aufhetzen? Mit aller Kraft kämpfte ich gegen das Wasser. Immer wenn ich von einer Welle hochgehoben wurde, habe ich die beiden angestarrt, sie waren so weit weg, hielten sie sich an der Hand? Dann hat sich wieder Wasser vor meinem Gesicht aufgetürmt, und ich konnte sie nicht mehr sehen.

Nach einer Weile war ich völlig erschöpft. Ich hatte mehrmals Wasser geschluckt, das Salz in meiner Nase zog eine brennende Spur durch meine Stirnhöhlen. Kurz tauchte das Gesicht des jungen Inders vor mir auf. Mir war klar, wie unsinnig ich mich benahm. Alles war zu hell, zu laut, zu viel. Mir blieb nichts anderes übrig, als mich auf den Rücken zu legen, um mich auszuruhen, und wer weiß, was sie ihm gerade erzählte.

Als ich endlich wieder Boden unter den Füßen hatte, war ich so kaputt, daß ich am ganzen Körper zitterte und die Beine unter mir wegknickten. Ich ließ mich in den Sand fallen, beruhigte den Aufruhr, jetzt kam es auf ein paar Minuten auch nicht mehr an. Satja hatte Zeit genug gehabt, zu tun, was sie tun wollte.

Als es mir wieder besserging, habe ich mir schnell den Sand vom Körper gewaschen und bin auf die Palmen zugegangen.

Jack nahm nicht den Arm von Satjas Schulter, als er mich bemerkte.

»Meine Güte, Err. Du warst eine Ewigkeit weg.« Mein brennender Blick stach aus meinem Gesicht. »Du hast dich ja total verausgabt.«

Und ich hätte verrecken können, ohne daß es euch aufgefallen wäre, habe ich gedacht, mich auf mein Tuch geworfen und die Augen geschlossen.

»Alles in Ordnung?« fragte Satja.

»Ja«, antwortete ich.

Nicht denken. Einfach nicht nachdenken. Darüber, wie und

wann er sich eigentlich von ihr getrennt hatte. Was konnte Satja gegen mich ausrichten, mit ihrem zweifarbigen Haar und den Falten um den Mund, die in dem bösen Sonnenlicht um so mehr an einen Schnurrbart erinnerten? Sie konnte mir nicht gefährlich werden. Sie doch nicht, zwanzig Jahre älter als ich. Mindestens. Und hier genauso gestrandet wie alle anderen. Was tat sie überhaupt den ganzen Tag? Außer Engel malen?

Ich nahm mir vor, Jack danach zu fragen. Tagsüber jedenfalls ließ sie sich nicht so oft blicken wie die anderen. Ich wußte nicht einmal, wo sie wohnte.

Ich lag auf dem Bauch, atmete immer noch weitaus schneller als normal und genoß es, wie mein Körper sich hob und senkte, während Tropfen an ihm herabliefen und glitzerten und Jack das alles zu sehen bekam.

Seinetwegen konnte ich so ruhig hier liegen, meinen Körper der Sonne und den Blicken aussetzen. Etwas, das mir noch vor wenigen Wochen undenkbar erschienen war, wo ich möglichst jeden Zentimeter meines Körpers zu bedecken versucht hatte, immer eine Kappe trug und Sonnenbrille und Handschuhe.

Ich stützte mich auf den Ellbogen und hob den Kopf. Satja schien mit dem Gedanken zu spielen, uns endlich wieder allein zu lassen. Ich habe sie betrachtet. Ohne zu lächeln. Aber sie blieb, den Kopf in den Nacken gelegt, neben Jack sitzen, der sich wieder in seine Zeitung vertiefte.

In dem Moment habe ich beschlossen, mich auf meine Art an ihr zu rächen. Ich habe mir vorgenommen, so zu lieben, daß ihm jede Erinnerung an Satja endgültig aus dem Körper getrieben wurde. Und die Kondome endlich ihren Zweck erfüllten. Jeder hatte seine geheimsten, tiefschwarzen Wünsche. Jack mit Sicherheit auch. Ich mußte sie nur

herausfinden und erfüllen. Vielleicht, habe ich gedacht, kennt er sie ja selbst noch gar nicht.
»Was ist?« fragte sie, ohne den Kopf zu drehen. »Ist was?«
Ich zuckte mit den Schultern, obwohl sie das nicht sehen konnte. 
»Wenn es dir nichts ausmacht, Romy, könntest du gelegentlich woanders hinschauen.«
Jack hob irritiert den Kopf.
»Entschuldige bitte«, habe ich gesagt. »Ich wollte dich nicht nervös machen.« Und dann kopfschüttelnd Jack zugezwinkert. Er stieß Satja leicht mit dem Ellbogen in die Seite.
»Was?« rief sie erbost. »Was?« Sie sprang auf, roter Stoff flatterte, und ich grinste. »Ich weiß nicht, was du vorhast, Romy. Was du hier für ein Theater abziehst. Aber ich warne dich.«
Ich war noch immer Jack zugewandt und konnte die Verärgerung in seinem Gesicht sehen. Wenn er eines nicht leiden konnte, dann Dramen.
»Ich verstehe dich nicht, Satja«, habe ich ganz sanft gesagt. »Was meinst du? Was habe ich dir getan?«
»Nichts!« Sie schrie fast. »Ich weiß nicht. Wie du mich ansiehst. Und wie du lächelst. Und überhaupt nie was von dir erzählst. Das ist so absolut *merkwürdig* ...«
Jack runzelte die Stirn. Ich war entzückt. Ich hatte ihn noch nicht wütend erlebt. Und das gefiel mir besser als sein gepflegter Langeweileblick.
»Was habe ich getan?« Es gelang mir, ein Zittern in meine Stimme zu legen. Dabei hätte ich lieber gelacht. Satja war auf dem besten Weg, sich selbst ins Abseits zu stellen. Sie drängte Jack geradezu auf meine Seite. Und tatsächlich schien er einen Entschluß gefaßt zu haben. Ich konnte es kaum erwarten.

»Satja, um Himmels willen, was soll das?« Er schlug die Zeitung zu. »Und Err, ich meine, was hast du denn?«
Satjas wunderschöne müde Augen glühten. »Err, Err. Wenn ich das schon höre. Kapierst du's denn nicht, Jack? Kapierst du wirklich nicht, was hier vor sich geht? Ich kann es nicht fassen!«
Das wäre der perfekte Zeitpunkt gewesen, empört davonzulaufen, aber Satja rührte sich nicht vom Fleck. Ich seufzte.
»Satja, wir haben das doch geklärt, oder nicht?« Er starrte sie beschwörend an. »Wir haben doch *alles* geklärt!«
»Sieh sie doch an, wie sie daliegt. Wie sie mich anschaut. Und dich. Das ist doch nicht zum Aushalten.«
»Schluß damit, Satja.« Jack sprang auf. »Das reicht. Ich will nichts mehr hören. Wir reden, wenn du dich wieder beruhigt hast.«
Endlich wandte sie sich ab. »Du wirst schon sehen, Jack«, murmelte sie. »Du wirst es erleben.«
Als sie weg war, hat Jack eine Hand auf meine Schulter gelegt. »Tut mir leid«, hat er gesagt. »Sie meint das nicht so.«
»Ich kann sie ja verstehen.« Ich hielt seine Hand fest.
»Wirklich?« Jack streichelte meine Wange. »Wirklich?«
Nach Satjas Auftritt war ich also entschlossen, einen besonderen Weg zu finden, um Jack an mich zu binden. So, wie wir uns bisher begegneten, hatte es nichts zu bedeuten. Nicht für ihn. Und auch nicht für die anderen. Ich konnte spüren, daß Satja abwartete. Sicherlich nicht zum ersten Mal.
In dieser Nacht lagen wir müde nebeneinander, ohne uns zu berühren, weil es so heiß war und wir wieder miteinander gerungen hatten – oder vielmehr ich mit ihm, denn nach wie vor schien Jack es nicht besonders beunruhigend zu finden, daß er immer kurz vor dem Ziel schlappmachte. Ich habe mich darüber gewundert, wie unverdrossen er immer

wieder neue Versuche startete, seiner Lust und Erregung tat die ausbleibende Erlösung keinen Abbruch.
Manchmal hat er Dinge gesagt wie, er genieße es ja trotzdem und ich solle nicht auf ihn warten. Die kleinste Berührung von mir sorgte dafür, daß er wieder bereit war, daß alles von vorne losging. Nie hat er die Geduld verloren, er hat sich Zeit gelassen und jedesmal meinen Körper erkundet, als wäre es das erste Mal.
Wenn ich darüber hätte hinwegsehen können, daß er mich zum Schluß immer allein ließ, wäre er der wundervollste Liebhaber gewesen.
Und dann hat er die Frage gestellt. Er hat gefragt, wie es sich angefühlt hätte. Zu ersticken. Er hat gesagt, er müsse immer wieder an diese Geschichte denken.
»Du weißt schon, das, was deine Mutter getan hat. Also, was du glaubst, daß sie getan hat.«
»Sie hat«, habe ich müde geantwortet.
»Ist ja egal. Gehen wir mal davon aus, daß sie es getan hat. Wie fühlt es sich an, zu ersticken?«
»Blöde Frage. Tauch doch mal unter.«
»Ach Err. Komm. Erzähl es mir.«
Also habe ich es versucht und lange gesprochen. Mit leiser Stimme. Spaß hat es nicht gemacht. Ich beschrieb das Zucken, das Rasen, die Raserei, das Pumpen, die Hitze.
Und als ich fast fertig war, rollte er sich über mich, mitten im Satz, seine Augen haben geglüht, das konnte ich gerade noch sehen im Mondlicht, und noch bevor er eindringen konnte, sank er auf mir zusammen.
So schnell.
»Du meine Güte«, hat er hinterher gesagt und laut, aber etwas verlegen gelacht. Ich wischte mir seinen Samen vom Bauch, dann umfing er mich mit einer langen Umarmung

und streichelte mich, aber ich war zu angespannt. Weil er sich so bemühte und ich wußte, er würde nicht eher ruhen, habe ich mich nach einer Weile eben aufgebäumt und ihn dadurch zufrieden gemacht. Der Unterschied fiel ihm gar nicht auf.



Von dem Moment an wußte ich, was zu tun war.

# 11. Kapitel

Einige Abende später gingen wir zu Pete und Karoline. Mindestens zehn Leute saßen um den großen Tisch und aßen Spaghetti mit Meeresfrüchten. Dazu gab es mehrere Karaffen Wein. Obwohl Jack mich wieder auf seinem Motorrad mitgenommen hatte, war es mir in dem allgemeinen Durcheinander des Tischezusammenrückens und Stühleschiebens nicht gelungen, mich neben ihn zu setzen. Aber wenigstens ihm schräg gegenüber, so hatte ich ihn immer im Blickfeld.

Links von mir saß Hanna, die am nächsten Tag mit ihrem Guru abreisen wollte und die, seit ich heulend von dem ertrunkenen Inder erzählt hatte, eine unbestimmte Zuneigung zu mir gefaßt hatte. Sobald sie mich sah, versuchte sie, mich in ein Gespräch zu verwickeln. Am meisten faszinierte mich ihr Talent, an verschiedenen Stellen immer wieder so unerwartet aufzutauchen, als habe sie sich gerade erst materialisiert.

Einmal stand sie am Strand plötzlich vor mir und drückte mir bunte Bänder mit schweren Stoffbällen an den Enden in die Hand. »Raus aus dem Kopf«, hat sie gesagt, »rein in den Körper.« Ich hatte sie schon mehrfach beobachtet, wie sie mit anderen Frauen die Bälle über ihrem Kopf schwang. Es sah ganz hübsch aus. Männer wollten seltener aus dem Kopf raus, ich hatte in der ganzen Zeit nur einen einzigen gesehen, der mit zusammengekniffenen Pobacken versuchte, Hannas Bewegungen nachzuahmen. Aber ich habe ihr die Bänder wortlos zurückgegeben, ich konnte nichts damit anfangen.

Rechts von mir saß Jules Schwester. Wenn sie allein war, ohne ständig eine Hand nach Jule auszustrecken, sie auf ihren versteinerten Rücken zu legen oder die Krücken aufzuheben, die immer umfielen, dann schien sie nicht zu existieren. Vielleicht habe ich mir deswegen ihren Namen nicht merken können. Sie war Jules Schwester. Ich stellte mir vor, wie Jule an diesem Abend allein in ihrer Hütte lag, die Arme reglos in den Himmel gereckt.

Ich könnte nicht sagen, wie oft ich in diesen Wochen Spaghetti mit Meeresfrüchten gegessen hatte. Eigentlich immer, wenn wir bei Pete waren. Wir mußten gar nicht bestellen. Wenn wir lärmend unsere Plätze eingenommen hatten, dauerte es etwa eine halbe Stunde, dann stand eine riesige, dampfende Schüssel in der Mitte des Tisches.

Ich habe Meeresfrüchte noch nie gemocht. Es ist nicht so, daß sie mir nicht schmecken, aber ich würde mir selbst so etwas niemals bestellen. Allerdings hielt ich es auch nicht für angebracht, als einzige einen anderen Wunsch zu äußern, zumal zum Schluß die Rechnung einfach geteilt wurde. Und so aß ich mindestens einmal, manchmal zweimal die Woche etwas, auf das ich lieber verzichtet hätte. Es war wie mit den gegrillten Tomaten zum Frühstück. Und der Kokosnuß, die ich bald jeden Tag trinken sollte.

Satja wiederum hatte einen Platz neben Jack ergattert und schien sich nach unserer Auseinandersetzung am Strand wieder beruhigt zu haben. Doch als ich von der Toilette kam, hat sie mich abgefangen. Ich erschrak ganz schön, wie sie da so plötzlich vor mir stand, direkt vor der Toilettentür.

»Romy, hör mal.« Sie hat mich am Arm festgehalten, ihre Berührung war mir unangenehm, es hat sich angefühlt, als würden ihre dünnen Spinnenfinger an meiner Haut festwachsen. »Wegen unseres Streits, am Strand.«

»Schon gut.«

Ich habe meinen Arm weggezogen und bin zu dem kleinen, schmutzigen Waschbecken gelaufen, das im Freien hing und in dem jede Menge Mückenleichen klebten. Den winzigen Klumpen Seife, der im Abfluß lag, habe ich ignoriert. Es war schon erfreulich genug, daß es überhaupt eine Möglichkeit gab, die Hände zu waschen. 

Satjas Gesicht tauchte hinter mir im Spiegel auf, ihre Augen flackerten in ihrem umschatteten Gesicht, als wären wir in einer Geisterbahn.

Ich habe nach unten geschaut und gemurmelt: »Schon vergessen.«

Ihr Atem ist über meinen Nacken gekrochen.

Es gibt Menschen, die einem ständig zu nahe kommen.

Ihr Geruch war mir unangenehm, obwohl ich nicht hätte sagen können, wieso. Sie roch ja nicht schlecht. Ihren langen, zweifarbigen Haaren mit den grauen Strähnen entfuhr etwas Würziges, an Pfeffer hat es mich erinnert, an Pfeffer und Curry. Ich konnte es keine Sekunde länger ertragen. Ich habe mich gefragt, wie es Jack ergangen war, wenn er sie in seinen Armen hielt, wenn eine Haarsträhne auf sein Gesicht fiel, hat er ihren Geruch gemocht?

»Das geht so nicht.« Sie trat etwas zurück, weiter weg von dem grellen Licht, und ihr Gesicht verwischte im Spiegel. »Wir müssen uns mal unterhalten.«

»Müssen wir nicht.« Ich schüttelte meine nassen Hände aus. »Was Jack wohl davon halten würde …«

Satja verzog den Mund. »Genau das ist es ja. Jack …«

»Entschuldige mich.« Ich wollte ihr nicht zuhören. Aber sie gab einfach nicht nach.

»Jack und ich sind schon länger zusammen, als du dir vorstellen kannst. Natürlich kommt da immer mal wieder

so eine Affäre dazwischen, das ist doch normal. Ist bei mir nicht anders. Aber es bedeutet nichts. Verstehst du das?«
Sie sollte mich einfach in Ruhe lassen.
»Ist das zuviel verlangt?« habe ich gefragt und mich weggedreht.



»Was?«
»Daß du mich einfach in Ruhe läßt.«
Sie seufzte. »Weißt du, mir geht es hier nicht um Moral oder so.«
Das klang, als sei Moral etwas Verwerfliches.
»Jack kann tun und lassen, was er will. Er kommt sowieso zurück. Kommt er immer.« Sie packte meine rechte Hand. »Aber ich habe ständig das Gefühl, daß du etwas vorhast. Und daß du mehr erwartest, als du bekommen kannst.«
Ich konnte nicht darauf antworten. Mir ist nichts eingefallen. Dabei hätte ich ihr so gerne die Meinung gesagt.
»Mensch und überhaupt«, fuhr sie fort. »Was willst du denn von so einem alten Mann? Schau dich doch mal um. Hier gibt's genug Männer in deinem Alter.« Sie warf einen Blick über die Gäste. Blieb mir den Beweis aber schuldig.
Ich habe sie zur Seite geschoben. Vielmehr, ich habe es versucht. Aber sie hat sich nicht gerührt. Erstaunlich standhaft ist sie geblieben, strauchelte nur ein wenig, obwohl sie einen Kopf kleiner war als ich. In ihrer Haltung lag etwas Unwiderrufliches.
Es war ausweglos.
Deshalb und vielleicht, weil ich mich Jack gegenüber immer so zusammengerissen hatte, ist dann diese Wut hochgeschossen, Satja mit ihrem verstörend schönen Gesicht gehörte hierher und ich nicht. Da habe ich den Kopf gebeugt, so nah standen wir voreinander, ihr Geruch drang in meine Nase, Curry und Pfeffer, der kam aus ihren Haaren und den

roten Kleidern. Ich habe meine Lippen auf ihre gepresst, ihren Kopf festgehalten, sie hat sich gewehrt, war aber vielleicht zu überrascht, jedenfalls hatte sie nicht sonderlich viel Kraft.



Ich war es, die sie schließlich zurückstieß. Ein kleiner Blutfaden lief über ihre Lippen.

»Das glaube ich nicht«, sagte sie sehr leise. »Du hast mich gebissen. Das glaube ich nicht.« Immer wieder hat sie das gesagt.

Es war nicht viel Blut. Sie hat in den Spiegel geschaut und es weggewischt. Doch sofort bildete sich ein neuer Blutstropfen. Sie tupfte wieder an ihren Lippen herum.

Als ich schluckte und den Rostgeschmack ihres Blutes schmeckte, ist mir ein wenig schlecht geworden.

Ich ging dann zurück zum Tisch, allein, Satja blieb noch eine Weile auf der Toilette. Jack blickte mir lächelnd entgegen. Ich lächelte zurück.

Als Satja von der Toilette zurückkam, entdeckte ich kleine, hektische Flecken auf ihrem Hals. Jack beugte sich zu ihr und sagte etwas. Sie antwortete nicht, schüttelte nur den Kopf. Ich ließ sie nicht mehr aus den Augen. Ich nahm sie mit einer Klarheit wahr, die über reines Sehen hinausging und alles andere um mich herum ausblendete. Sogar Jack.

Beim Lachen platzte die kleine Wunde wieder auf, ein Blutstropfen hing an Satjas Oberlippe, prall, perfekt, rot wie der Wein, er zitterte. Sie beobachtete ihn, zoomte ihn heran, sah ihn in Nahaufnahme vor sich, er schillerte und bebte, er würde sich jeden Moment lösen oder platzen, Satja merkte es nicht, redete einfach weiter. Sie versuchte, Satja durch die Kraft ihrer Gedanken dazu zu bringen, ihn mit der Zunge aufzufangen oder mit der Hand wegzuwischen. Sie wartete darauf, daß er herabfiel, mit einem dumpfen, lauten Klatschen auf die Tischplatte traf wie Sommerregen, alles andere um sie herum wurde still und unscharf, nur dieser Tropfen pulsierte und sang, bis Satja einen Schluck Wein trank. Als sie das Glas absetzte, war der Tropfen fort.

Der Abend zog sich lange hin. Insekten verbrannten zischend in den Windlichtern. Ich habe viel Wein getrunken. Ich wollte aus meiner Enge heraustreten, den Gedankenkreisel anhalten und einfach nur dasitzen. Den Eisengeschmack wegspülen. Ich zwang mich, mich gut zu fühlen. Es hat funktioniert. Ich habe viel gelacht, einfach so, als würde man ein Licht anknipsen.

Mir fiel auf, daß Daniel durch den Qualm des scheinbar niemals ausgehenden Joints hindurch irgendwie nett lächelte. Sein schielender Blick wirkte auf einmal fast anziehend. Sein Gesicht veränderte sich so sehr, daß ich es kaum wiedererkannte. Es verriet für Sekunden, wer er hätte werden können. Ich sah ihn zum ersten Mal richtig an, und als er es bemerkte, erschrak er und schob seinen Stuhl so weit zurück, daß ich ihn nicht länger betrachten konnte.

Damit war die Sicht auf Hanna frei, und mir kam der Gedanke, daß die anderen sie vielleicht nicht nur ertrugen, sondern tatsächlich mochten, auf ihre mädchenhafte Art war sie ganz hübsch. Und Mona, in ihrer betrunkenen Schönheit, hätte ich gerne angefasst, so, wie es die anderen ständig taten.

Zwar habe ich mich von Satja abgewandt, weil ich spürte, daß sie unter meinem Blick nervös wurde, ich habe zugehört, wie rechts von mir Jules Schwester zum ungezählten Mal von der Krankheit sprach, die ihre Schwester leblos machte und sie offenbar gleich mit, aber ich fühlte Satja mit jeder Faser meines Körpers. Ich lauschte ihren Bewegungen. Das Rascheln des roten Rockes, wenn sie die Beine übereinanderschlug, das Weinglas, das leise gegen ihre Zähne schlug. Der Blutstropfen, der sich mit einem Summen wieder bildete.

Wim saß schweigend da, als brütete er über einem großen Geheimnis, und nahm gelegentlich sein Fernglas hoch.

Als wir aufbrachen, war es sehr spät geworden. Jeder setzte sich auf seinen Roller, und da Jack als einziger Motorrad fuhr, setzte ich mich hinter ihn und schloß die Augen. Ich wollte überhaupt nicht darüber nachdenken, welchen Gefahren wir uns aussetzten.

Die Straßen waren eng und in katastrophalem Zustand, Kühe und Hunde kauerten am Straßenrand und standen oft unvermittelt auf, um auf die andere Seite zu trotten. Vom Linksverkehr, an den ich mich nie gewöhnen konnte, ganz abgesehen.

Mein Urgroßvater hat mir als Kind erklärt, wie das mit dem Links- und Rechtsverkehr war. Seine größte Freude war es, sein immenses Wissen anderen Menschen mitzuteilen. Besser gesagt, mir. Da meine Mutter kaum mit ihm sprach, suchte er meine Nähe, und heute wundere ich mich darüber, wie viel man als Kind versteht und wie oft mir plötzlich Jahre später etwas einfällt, von dem ich gar nicht ahnte, es zu wissen.

Meiner Mutter gefiel es nicht, daß ich so viel Zeit mit meinem Urgroßvater verbrachte, immer wieder schickte sie ihn fort wie einen Hausangestellten oder riß mich von seinem Schoß. Er schaute sie dann mit wundem Blick an, fragend, aber er fragte nie.

Später, als ich zehn oder zwölf war, wurde sie großzügiger,

sie ließ uns öfter allein. Und einmal sagte sie zu ihm: »Nun bist du wirklich alt.« Dabei schaute sie so triumphierend, daß ich es nicht fassen konnte und meine Kinderhand auf seinen Kopf legte, den er traurig schüttelte.



Jedenfalls hat er mir erklärt, daß in Europa lange Zeit in etwa gleich vielen Ländern Links- und Rechtsverkehr herrschte. Daß oft von Linksverkehr auf Rechtsverkehr umgestellt worden war, aber nur ein einziges Mal andersherum, auf der japanischen Insel Okinawa. Sogar den Namen der Insel habe ich mir gemerkt. Und auch, daß es in Österreich besonders verwirrend gewesen war.

Keine Ahnung, ob irgend etwas davon der Wahrheit entsprach. Aber es hat mich offenbar genug beeindruckt, daß ich Jahre später in Indien darüber nachdachte.

Hinter Jack auf dem Motorrad verlor ich regelmäßig die Orientierung, wenn er an einer Kreuzung abbog. Die Augen zu schließen war leichter. Ich preßte meine Knie zusammen, als wir viel zu schnell eine Kuh überholten, so nah, daß ich spürte, wie ihr Schwanz gegen meinen Schenkel peitschte.

Wir fuhren voraus, die Anderen mit ihren Rollern waren langsamer, aber genausowenig nüchtern, und ich stellte mir vor, wie diese Kolonne aus betrunkenen und zugekifften Männern und Frauen über die schlecht beleuchteten Straßen jagte, über Schlaglöcher und Kuhscheiße hinweg, über Scherben und spitze Steine, durch hochwirbelnden Staub und Dieselwolken, wie ein lebensgefährliches, langgestrecktes Ungeheuer mit vielen leuchtenden Augen. Aber Jack versicherte mir, daß noch nie etwas passiert sei, die Tiere wüßten genau, wann sie eine Straße überqueren konnten und wann nicht.

Die letzten Kilometer fuhr Jack noch schneller, die Anderen waren längst nicht mehr zu sehen, und so war es ganz still, als wir endlich vor seinem Haus anhielten. Ich stieg ab, mir war kalt geworden hinten auf seinem Motorrad.

Ich zitterte.

»Kommst du mit rein?« fragte er.

In dieser Nacht wurde es zur Gewißheit. Ich hatte etwas entdeckt, was noch niemand vor mir entdeckt hatte. Ganz zufällig. Es war ja nur das Glühen in seinen Augen, als ich erneut begann, ihm zu erzählen, wie es sich anfühlte. Das Ersticken. Mit geschlossenen Augen lauschte er und drückte mich so fest an seine Brust, daß ich schon glaubte, meine Worte würden wahr werden. Ein wohliger Strom floß durch meinen Körper, und ich machte mir keine Sorgen mehr darüber, daß das Kondom, das ich ihm reichte, nutzlos sein könnte.

»Laß uns morgen unsere Bootstour machen«, sagte er hinterher. »Ich hole dich morgen früh ab.«

Gerne wäre ich lächelnd neben ihm eingeschlafen.

Statt dessen lief ich zu meiner Hütte. Es war so unglaublich dunkel überall. Die Taschenlampe, die ich bei mir trug, war schwach geworden, das orangefarbene Licht flackerte über den Sand und blieb kurz an der toten Krähe mit dem gebrochenen Genick hängen.

Ein Hund rieb sich an meinen Beinen. Ich kletterte die krumme Leiter zu meiner Hütte hinauf, legte mich auf die Matratze und schlief sofort ein.

# 12. Kapitel



Ich saß bereits auf meinem kleinen Balkon und sah ihm dabei zu, wie er von seinem Haus durch den Sand zu mir stapfte, den Kopf gesenkt, als erwartete er nicht, mich zu sehen. Ich kletterte die Leiter hinunter. Erst als er fast vor mir stand, sah er überrascht auf. Dann umarmte er mich. Ich sah an seinem Arm herab auf den Boden. Dort lag der abgebissene Kopf einer Kobra.

»Mungos«, erklärte Jack, »die töten Kobras.«

Wie stark Wissen doch die Realität verändert! Nie hatte ich mir Gedanken über Schlangen gemacht, wenn ich nachts durch die Dünen zu meiner Hütte gelaufen war, und folglich hatte ich auch keine Angst vor ihnen. Nun würde sich das schlagartig ändern.

Hand in Hand sind wir den Strand entlanggelaufen, die Sonne ging gerade auf. Die *Shack*s hatten noch geschlossen, die Arbeiter krochen aus ihren Hütten aus Palmblättern, einer nach dem anderen. Die Boote lagen wie gestrandete Wale da. Ich habe ihn gefragt, warum wir so früh aufbrechen mußten. Inzwischen stand ich selten vor zehn auf, manchmal auch später, trotz der Hitze, weswegen ich nicht nur ziemlich viele Sonnenuntergänge, sondern vor allem jeden Sonnenaufgang verpaßte.

Jack erklärte, daß wir noch mindestens eine Stunde laufen müßten für den richtigen Moment, um mit dem Boot rauszufahren. Dann würden wir auch Delphine sehen. Seine Hand war rauh und trocken, sein Griff locker. Ich bin mehr für feste Griffe, im Nacken, an den Handgelenken, mir gefällt das Gefühl, festgehalten zu werden.

Wir haben wenig gesprochen. Nach ziemlich genau einer Stunde schien Jack endlich sein Ziel, ein schwarzbraunes Fischerboot, erreicht zu haben. Wir waren auf unserem Weg an unzähligen vorbeigekommen, die exakt gleich ausgesehen hatten.
Vier Männer saßen im Schatten des Bootes, so unbewegt, als würden sie schlafen. Beim Näherkommen bemerkte ich, daß ihre Augen offen waren. Sie blieben sitzen, während Jack mit ihnen verhandelte. Nach einigem Hin und Her einigten sie sich auf sechshundert Rupien.
»Wir besorgen uns zu essen und zu trinken, während sie das Boot bereitmachen«, hat Jack gesagt.
Wir liefen den Strand hinauf zu einem *Shack*, vor dem eine Menge Flaggen wehten, so ziemlich alle außer der deutschen. Dort bestellte er Sandwichs mit Ei und Tomate und Hühnchen, *Samosa*, außerdem vier Flaschen Wasser. Es dauerte eine Ewigkeit, bis die Sandwichs fertig waren. Auf dem Weg zurück zum Boot kauften wir noch Cashewnüsse, Bananen und Mandarinen.
Nichts hatte sich verändert. Die vier Männer hatten sich nicht von der Stelle gerührt. Als sie uns kommen sahen, stand einer von ihnen umständlich auf und begann, laut zu rufen. Es war unklar, wen er damit meinte, weil niemand zu sehen war. Doch nach ein paar Minuten erschienen sechs oder sieben junge Männer mit Rundhölzern. Jack hat es sich im Sand bequem gemacht und begonnen, ein Sandwich auszuwickeln. Er reichte mir eine Hälfte. Kauend haben wir den nun sehr hektisch sich bewegenden Männern zugesehen. Sie legten die Rundhölzer vor das Boot in den Sand, zum Wasser hin, heftig diskutierend. Worüber, war nicht ersichtlich, nachdem feststand, was zu tun war.
Als die Hölzer schließlich bis zum Wasser ausgelegt waren,

haben sie das schwere Boot daraufgewuchtet und es dann hinunter zum Wasser gezerrt. Jack rührte sich nicht, obwohl ich den Eindruck hatte, daß es nun losgehen könnte. Das Boot war im Wasser, zwei Männer hielten es fest, die anderen setzten sich in den Sand.



Doch ich habe erst gar nicht gefragt, worauf wir jetzt noch warteten, ich hatte es nicht eilig. Wir hätten meinetwegen auch einfach nur auf dem Boden hocken und ein Sandwich nach dem anderen essen können.

Plötzlich tauchten weitere Männer aus den Dünen auf. Auf ihren Schultern trugen sie den Motor. Jetzt begriff ich auch, worauf wir alle gewartet hatten, allerdings noch lange nicht die Logistik, die dahintersteckte. Als sie den Motor befestigt hatten, winkte uns der Mann, der bereits im Boot saß, ungeduldig zu. Wir packten unseren Proviant zusammen und kletterten hinein. Die anderen Männer schoben das Boot ins Wasser. Der Bootsführer wirkte nicht im geringsten Maße beunruhigt, als der Motor auch nach dem fünften Versuch nicht ansprang.

Ich habe die Augen geschlossen, den Kopf in den Nacken gelegt. Der Himmel war blau, egal, in welche Richtung man blickte. In weniger als einer halben Stunde würde er sich zu einem grellen Weiß verfärben.

Nach vielen geduldigen Versuchen sprang der Motor an, und wir tuckerten aufs offene Meer hinaus.

Es war windig, die Wellen türmten sich vor dem Boot auf, das wenig elegant darüberhüpfte, bis das Wasser nach ein paar Minuten Fahrt ruhig und glatt wurde. Jack saß mir gegenüber. Lieber hätte ich neben ihm gesessen, aber der Bootsführer hatte mir streng diesen Platz zugewiesen. Zumindest konnte ich meine Beine so ausstrecken, daß sich unsere Füße berührten.

Ruhig glitten wir dahin, das schmale Brett, auf dem ich saß, drückte sich in meine Oberschenkel. Plötzlich kam Bewegung in den bis dahin reglosen Fischer, der ausdruckslos auf den Horizont geblickt hatte, als ob es uns nicht gäbe. Er zeigte hektisch aufs Wasser und strahlte und lachte und rief immer wieder: »Dolphin! Dolphin!« Wobei es ziemlich lange dauerte, bis ich überhaupt verstand, was er brüllte. Ich habe mich nur kurz über seine Begeisterung gewundert. Mit weißer Farbe war auf das Boot gepinselt: »No dolphin, no pay.«



Jack schaute uninteressiert in die Richtung, in die der Fischer deutete. Ich stand vorsichtig auf, konnte aber nichts sehen, was ich nicht nun schon seit Wochen gesehen hatte, glitzerndes Wasser und am Horizont verschwommen in diesiger Luft die vielen ausharrenden Schiffe.

Ich habe nur zwei schimmernde Rücken entdeckt, die ein paar Meter links von uns durchs Wasser glitten und wieder verschwanden. Es hätte alles mögliche sein können. Doch allein das Wissen, daß es sich um Delphine handelte, hat in mir überraschend ein prickelndes Gefühl von Freude ausgelöst.

Und dann, als wollten sie dem Fischer dabei helfen, daß er seine Bezahlung auch wirklich bekam, sprangen sie tatsächlich etwas höher, woraufhin er den Motor aufjaulen ließ und auf sie zujagte.

Da sind die Delphine verschwunden und haben sich auch nicht mehr blicken lassen. Enttäuscht setzte ich mich wieder auf das unbequeme Brett.

Nach etwa halbstündiger Fahrt tauchte eine kleine Halbinsel vor uns auf. Das Boot wurde langsamer, und als das Wasser seicht genug war, sind wir mit unseren Taschen aus dem Boot gesprungen. Der Fischer hat keine Miene verzogen, uns nicht einmal zugenickt, sondern einfach abgedreht, als gingen wir ihn nichts mehr an.

»Der kommt auf jeden Fall zurück«, sagte Jack. »Ich habe ihm noch kaum etwas bezahlt. Nicht einmal die Hälfte.«

Jack breitete zwei Tücher auf dem kleinen Strand aus und stellte die Tasche mit Wasser und Essen in den Schatten eines hohen Felsens.

»Wir bleiben ungefähr bis Sonnenuntergang. Ich habe ihm gesagt, daß er uns gegen halb sieben abholen soll. Wenn wir Glück haben, sind wir die ganze Zeit allein. Auf jeden Fall sehen wir rechtzeitig, wenn noch jemand mit dem Boot kommt.«

Er hat sich ausgezogen. Auch die Badehose. Ich bin ein wenig erschrocken. Bisher hatte ich ihn mir noch nicht so genau angeschaut. Tagsüber trug er immer Shorts und Hemd, auch am Strand, und sonst sah ich ihn nur im Halbdunkel. Nun fielen mir zwangsläufig einige weniger schmeichelhafte Details auf, die ich nicht hatte sehen wollen.

Ich habe mich darüber geärgert, daß sie mir überhaupt auffielen. Außerdem fand ich es ziemlich albern, splitternackt auf dieser Insel herumzuturnen. Ich schlüpfte trotzdem aus meinem Bikini. Jack schaute gar nicht richtig hin.

Es war ein ganzer langer Tag, niemand kam, um uns zu stören. Nur einmal stakste ein alter Mann aufrecht mit einem Stock über der Schulter, an dem winzige Fische aufgespießt waren, an uns vorbei. Es mußte also doch noch einen Weg geben, um zu diesem Strand zu gelangen. Er hielt den Blick stur geradeaus gerichtet, als existierten wir gar nicht, als lägen wir nicht nackt am Strand in einem Land, in dem die Frauen, wenn überhaupt, nur komplett bekleidet ins Wasser gingen.

Aufrecht lief er an uns vorbei und verschwand irgendwo hinter dem Felsen.
Nach und nach aßen wir alles auf. Die Bananen, die Nüsse, die Sandwichs und *Samosas*, teilten uns das Wasser ein und benahmen uns so albern, wie sich Menschen benehmen, die sich unbeobachtet fühlen. 

Als es zu heiß wurde, legten sie sich in den Schatten des Felsens. Dann nahm Jack plötzlich ihre Hand und zog sie hoch, so unvermittelt, daß sie sich kurz wehrte. Die Schatten waren länger geworden, die Sonne begann wieder ihr tägliches blutiges Schauspiel.
Jack preßte sie gegen den Felsen, der sich heiß an ihrem Rücken anfühlte, und sie fragte sich, was der Wurm gerade ohne seinen Kopf tat, wo er sich aufhielt, ob er sich geteilt hatte oder in einem Stück auf Jacks Rückkehr wartete.
Sie küßten sich lange, bis Romy mit geschlossenen Augen über die Tücher tastete, die auf dem Boden lagen. Sie nahm, was sie zuerst erwischte.
Ihr Bikinioberteil.
Ihr war in der Nacht ein Film eingefallen, den sie einmal als Teenager gesehen hatte, ein japanischer oder chinesischer, so genau konnte sie sich nicht mehr erinnern. Deswegen hielt sie ihm das Bikinioberteil hin, und als er zögerte, legte sie ihren Kopf in den Nacken. Vielleicht hat sie sogar noch eine Sekunde lang gehofft, daß er es ihr entrüstet aus der Hand schlagen würde.
Oder gar nicht verstehen würde, was sie ihm anbot.
Doch er verstand. Das Entsetzen, als er die elastischen Bänder um ihren Hals zuzog, wich unmittelbar darauf. Jack schob sich wortlos und ohne viel Aufheben in sie. Es war schön, so eingeklemmt zwischen dem aufgeheizten Felsen

und seiner heißen Haut zu liegen. Kurz dachte sie an den Mann mit den aufgespießten Fischen, dann hörte sie auf zu denken. Sie streckte die Arme über den Kopf, überließ ihm ihren Hals und ihren Atem. Es war ein Ziehen, das irgendwo unterhalb der Knie begann, sich hocharbeitete, erst gar nicht so angenehm, doch dann immer dringlicher, unabänderlich, während es seinen Weg nahm in ihren Bauch und dann hinter den Augen zersplitterte, alles Denken zerteilte. Ihre Schläfen begannen zu pochen, ein Schwanken befiel die Welt rings um sie, sein Keuchen breitete sich in ihren Ohren aus, trieb sie weiter, bis es ganz still war und zugleich brannte zwischen den Schenkeln. Da war nur noch Rauschen und Wonne, nur Entladung und Glück. Sie war noch nie zuvor so geliebt worden.

Die Scham kam dann erst.

Wir hatten gerade noch Zeit, uns anzuziehen und den Müll einzusammeln, bis das Boot uns erreichte. Ob der Fischer auf seinem Weg zu uns beobachtet hatte, was geschehen war, war seinem Gesicht nicht anzumerken. Mir tat das Schlucken weh und ich mußte mich mehrmals räuspern.

Jack hat mir höflich ins Boot geholfen. Seine Hände haben meine sehr lange festgehalten, ein wenig unschlüssig oder entschuldigend.

Der Himmel hatte sich nun herzzerreißend verfärbt, die Sonne tauchte weg und kurz darauf erreichten wir den Strand.

Es war, wie wenn man einen Film rückwärts laufen läßt. Wieder tauchten die Männer aus den Dünen auf und legten Rundhölzer in den Sand. Doch diesmal mußten wir uns das Schauspiel nicht bis zum Schluß ansehen, Jack drückte dem Fischer sechshundertfünfzig Rupien in die Hand, immerhin fünfzig Rupien Trinkgeld, und dann haben wir uns schweigend auf den Weg gemacht.

Als wir zu unserem Strandabschnitt kamen, war es bereits stockdunkel. Jack umsteuerte den *Shack*, brachte mich zu meiner Hütte und sagte, er bräuchte jetzt dringend eine Dusche. Er hat kurz meine Schulter gedrückt und ist verschwunden. Oder geflüchtet. 

Ich setzte schon an, ihm hinterherzurennen. Ihn anzuschreien, daß er das nicht tun könne, nach so einem Tag einfach abhauen, ohne Erklärung, wie es weitergehen sollte und warum er tat, was er tat, ich wollte ihm Schmerzen bereiten wie nachts in meinen Träumen, das Lächeln aus seinem Gesicht ohrfeigen, ich war ein einziges Beben, so gewaltig, daß ich nicht von der Stelle kam.

Als ich aufwachte, fiel die Sonne durchs Fenster wie eine Faust. Es war unerträglich heiß. Alles, was in den Stunden zuvor geschehen war, war verschmiert, unklar, schwer zu erkennen. Vor allem, weil ich mich gar nicht erst bemühte. Aber es hatte auch ein Sehnen in mir hinterlassen.

Ich habe mir aus der Fünfliter-Plastikflasche, die neben meinem Bett stand, ein Glas Wasser eingeschenkt. Habe es ausgetrunken, nachgeschenkt. Getrunken und getrunken. Danach bin ich zu dem wackligen Tisch gegangen, auf dem eine Flasche Sonnenmilch und ein paar Postkarten lagen, die ich nicht abzuschicken gedachte, und die Packung mit den Vitamintabletten.

Ich warf alles in den Papierkorb.

Vor dem Spiegel betrachtete ich eine Weile die dunklen Spuren auf meinem Hals. Schließlich band ich mir ein Tuch um.

Als ich Jack später am Strand traf, war er nicht allein. Satja ging neben ihm. Sie strahlten eine merkwürdige Harmonie aus. Sie haben sich leise unterhalten, wie Menschen, die unbegrenzt Zeit haben.
Ich wartete ab, wie Jack sich mir gegenüber verhalten würde.
Es kam mir vor wie beim ersten Mal. Als würde ich sein bleiches Haar nicht kennen und den spöttisch verzogenen Mund. Mir fiel das Atmen schwer. Sie waren nur ein paar Meter entfernt, ihre Hände berührten sich nicht. Ein nicht unerheblicher Abstand war zwischen ihnen, doch ich wußte nicht, ob sie ihn mir zuliebe einhielten. Ich habe in Satjas Augen geforscht, weil ich Jacks Blick nicht trauen konnte. Als sie mich entdeckte, hat sich ihr Gesicht kurz und kaum merklich verändert, dann verschwand der Ausdruck wieder. Doch was ich gesehen hatte, reichte. Ärger vermischt mit Neugier.
Es war Jack, der sich neben mich setzte, mit einer schnellen, etwas unsicheren Begrüßung. Satja ist weitergegangen, hat nur kurz die Hand gehoben und womöglich den Kopf geschüttelt.
»Wegen gestern«, sagte Jack.
Ich schwieg.
»Es tut mir leid, Err. Ich wollte das nicht.«
Ich habe nicht gewußt, was ich sagen sollte. Mein T-Shirt klebte an meinen Brüsten, und er schaute lange hin.
»Ich würde es gern ungeschehen machen, Err.«
»Gut.«
»Gut?«
»Dann ist es eben nicht geschehen.«
»Wie kannst du das sagen?«
Ich habe ihn nicht angesehen. »Vergiß es einfach.«

Jack schwieg lange. »Das geht nicht. Ich muß ständig daran denken.«
»Dann hör auf damit.«
Er fixierte mich, und es dauerte mir zu lang.
»Glaub mir, das Erinnern kann man verlernen.« Ich habe noch gar keine Idee gehabt, was ich eigentlich sagen wollte. 
»Und egal ist es sowieso. Was soll Vergangenheit schon sein?«
Kannst du denn mit Sicherheit sagen, habe ich gedacht, ob deine Erinnerungen wahr sind, oder ob sie sich im Laufe der Jahre nicht soweit verändert haben, daß sie gar nicht mehr stimmen?
»Wir bauen doch alle ständig unsere eigene Geschichte«, habe ich gesagt. »Wir sind nichts anderes als eine lange, lange Erzählung, die fortlaufend in uns selbst entsteht.« Ich habe mich über mich selbst gewundert, aber mir gefielen meine Worte, weil ich sie für das hielt, was er eigentlich hören wollte. Ich habe mich nach vorne gebeugt, die Ellbogen auf die Knie gestützt. »Und man kann komplette Kapitel streichen. Oder umschreiben. Kein Problem.«
Dieses eine Mal hatte ich das Gefühl, daß er es war, der mich brauchte, und nicht umgekehrt.
»Aber ich kann nicht ertragen, daß du denkst ... ich schwöre dir, ich habe so etwas noch nie zuvor getan. Nie. Ich hatte nicht einmal die entfernteste Idee, Err ...« Seine Augen schimmerten. Er war blaß unter seiner Bräune und tat mir leid.
Er hat so alt ausgesehen.
»Laß doch.«
»Verdammt.« Er räusperte sich. »Kannst du nicht verstehen, daß ich darüber reden muß? Ich muß sicher sein, daß

du nicht glaubst ...« Er brach ab. Er konnte es nicht aussprechen. Saß nur so da, daß ich schon dachte, er hätte aufgegeben. Als er mich wieder ansah, tat er es mit ergreifender Bestürzung.
Sanjay hat ihn irgendwie vorwurfsvoll gefragt, ob er etwas trinken wollte. Ich habe für uns Wasser bestellt. Bin immer ruhiger geworden. Habe meine Hand in seinen Nacken gelegt, der ein wenig bebte.
»Als du mir dein Bikinioberteil gegeben hast ... Plötzlich war diese Vorstellung da, ich weiß gar nicht, wo die herkam. Vielleicht habe ich es mal irgendwo gelesen, mein Gott, ich verstehe es nicht. Es ist einfach passiert.«
Er will die Verantwortung abtreten, dachte ich und sprang hastig auf. Jack blieb dicht bei mir. Legte mir die Hände auf die Schultern.
»Ich bin alt, Err«, hat er mir ins Ohr gemurmelt. »Und nie habe ich mich so gehenlassen. Nie hätte ich so etwas vermutet, nicht in meinen schlimmsten Alpträumen. Nimm's mir nicht übel, ich bitte dich ...«
Ich schmiegte mich an ihn.
»Bitte, Err«, flüsterte er.
Meine Nerven vibrierten. Seine Stimme war dunkler und er sprach deutlicher als sonst. Nicht mehr vernuschelt.
»Erzähl niemandem davon. *Bitte*. Versprich es mir. Ich könnte es nicht ertragen.«
Ich ließ meinen Kopf nach hinten fallen, damit er an seiner Brust lag.
»Ich bin nur ein ganz normaler, langweiliger Typ. Ich habe nie etwas Besonderes getan. Ich habe keinen Ehrgeiz, ich will nichts erreichen. Ich möchte einfach nur hier leben und es mir gutgehen lassen, verstehst du? Err? Hörst du?« Er massierte sich die Stirn. »Ab und zu mit einer Frau zu-

sammensein, ohne Verpflichtungen. Mehr will ich nicht, und ich habe nie was versprochen, oder?«

Ich habe den Kopf geschüttelt. Und ihn so unglaublich einfältig gefunden in diesem Moment.



»Und du ja auch nicht. Ich weiß ja überhaupt nichts von dir. Ich lebe mit den Anderen hier. Auf so engem Raum. Es ist mir wichtig, daß sich nichts ändert.«

»Keine Angst«, habe ich gesagt. »Keine Angst. Solange wir zusammen sind.«

Er versteifte sich ein wenig, als würde er bedroht. Und nahm mich dann vorsichtig von hinten in den Arm. Ich wußte, daß ich nur mit diesem dunklen Loch in meinem Kopf mit ihm zusammenbleiben konnte.

Ich habe mich nicht gefragt, warum ich überhaupt mit ihm zusammenbleiben wollte.

Als ich mich zu ihm umdrehte, kostete mich das Lächeln einige Überwindung.

»Ich schwöre dir, es wird nicht wieder geschehen. Das war ein Ausrutscher, ein dummer Zufall. Das war nicht ich, Err. Das war…«

»Ich weiß.«

Ihn nicht weitersprechen zu lassen war Strafe genug. Im Grunde wollte er beichten. Er wollte meine Vergebung.

Ich habe sie ihm nicht gegeben. Außerdem wußte ich, daß er es wieder tun würde.

Die nächsten Tage unterschieden sich kaum von den anderen. Tagsüber saßen wir im *Shack* oder lagen am Strand. Jack fuhr mit seinem Boot hinaus, jeden Tag schien er länger wegzubleiben. Ich sah aber nie auf die Uhr. Las in meinem blauen Buch. Manchmal setzte sich Satja neben mich, sprach mich aber nicht mehr auf Jack an oder auf den Vorfall bei Pete.

Manchmal sah ich eine kleine Kruste an ihrer Lippe, und manchmal nicht.

Ihr Gesicht wurde schmaler und faltiger, wenn sie mich sah, sie preßte die Lippen zusammen, ihre schönen Lippen mit den sternenförmigen Runzeln. Sie setzte sich immer nur widerwillig zu mir, es nicht zu tun schien ihr aber zu meinem Unglück ganz und gar unmöglich zu sein.

Mir kam es so vor, als würde sie mich beobachten, zusehen, wie ich in meinem Buch las oder Jack an der Hand nahm. Das war neu für mich, ihn einfach an der Hand zu nehmen, aber nach diesem Tag glaubte ich, das Recht dazu zu haben. Ich konnte nicht erklären, was genau sich zwischen uns verändert hatte. Es half mir einfach, etwas von ihm zu wissen, was keiner sonst wußte. Ich fühlte mich etwas sicherer, und trotzdem mischte sich Vorsicht darunter. Und da ich nicht entscheiden konnte, was besser war, habe ich abgewartet.

# 13. Kapitel

Sie saß am Wasser, die Füße im nassen Sand vergraben, der unter ihnen weggluckste. Neben ihr lag ein Dobermann, der seine heiße schwarze Seite an sie drückte. Mit wachem Blick starrte er aufs Meer, wo es nichts zu sehen gab.
»Coconut? Coconut?« Der Kokosnußjunge war unbemerkt neben ihr aufgetaucht, warf mit einem Ächzen den Sack vom Rücken, der mit einem dumpfen Aufschlag knapp neben ihrem rechten Fuß landete, und ließ sich auf die Knie fallen. Sein dunkles Gesicht hatte kein Alter, ein kleiner Erwachsener kniete da vor ihr. Er wartete ihre Zustimmung gar nicht erst ab, sondern holte einfach eine der grünen Früchte hervor, hieb ein Stück ab und steckte einen rotweiß gestreiften Strohhalm hinein.
Sie verbot es sich, darüber nachzudenken, ob die Packung neu war, oder ob er nachts am Strand entlangging und die weggeworfenen Strohhalme einfach wieder einsammelte. Verbot sich, zu spekulieren, wie viele Lippen sich schon darum geschlossen und was sie davor getan hatten.
Er schob ihr die Kokosnuß hin und setzte sich im Schneidersitz neben sie.
»Germany?« fragte er.
Sie nickte und probierte einen kleinen Schluck. Der irgendwie süßliche und doch fade Saft drang in ihren Mund, und am liebsten hätte sie ihn gleich ausgespuckt.
Doch sie wollte ihn nicht beleidigen. Sie zählte im Geiste auf, wieviel Gutes darin herumschwamm. Mineralstoffe, Spurenelemente, Vitamine, Kohlenhydrate, Fette und Ami-

nosäuren. Es war eine gute Medizin, und das konnte nie schaden.

»Wie heißt du?«

»Milind.« Er grinste und zeigte dabei einen abgebrochenen Schneidezahn.



»Und wie alt bist du?«

»Fünfzehn.«

»Ich bin Romy.« Sie packte seine klebrige, kühle Hand und schüttelte sie.

»In Deutschland ist es kalt, ja?«

»Jetzt schon, ja.« Dabei mußte sie erst überlegen, welcher Monat überhaupt war. Bereits Januar? Hatte sie Weihnachten und Silvester verpaßt?

»Schnee?«

»Schnee, ja. Gut möglich.«

Sie rüttelte möglichst unauffällig an der Nuß, um herauszufinden, wieviel Flüssigkeit noch drin war. Zu viel. Ihr war bereits leicht übel. Entschlossen zog sie noch einmal kräftig am Strohhalm und schluckte eine große Menge Kokoswasser.

»Wie sieht Schnee aus?« Seine runden Augen blickten unschuldig. Sie machte mit bei seinem Spiel.

»Wie Sand. Nur heller. Und kalt.«

Milind nickte ernsthaft. Er ließ sich nicht anmerken, wie oft er diese Antwort oder eine ähnliche schon bekommen hatte.

Es war das übliche Gespräch. Kinder, die Urlauberinnen mit dieser naiven Frage so anrührten, daß sie ihnen alles abkauften. Bananen, Schmuck, schlecht gefärbte Tücher und viel zu süße kleine Kuchen. Und dann noch mit Begeisterung großzügig Trinkgeld verteilten, an die armen Kleinen, die noch nie im Leben Schnee gesehen hatten.

Schnell zog sie den letzten Schluck durch den Halm und

würgte ihn mit Mühe herunter. Sie wußte, was er als nächstes sagen würde.
»Wenn du wiederkommst nach Indien, bringst du mir dann Schnee mit?«
Er hat eifrig auf ihre Reaktion gewartet. Sie musterte seine braunen, vernarbten Oberschenkel. Und konnte nicht verhindern, daß sie, obwohl sie wußte, wie berechnend seine Frage war, eine gewisse Rührung verspürte. Allein wegen der Tatsache, daß er seine Rolle so überzeugend spielte, daß seine Worte klangen wie neu, beschloß sie, ihm mehr Geld als verlangt für die Kokosnuß zu geben.
»Nein«, sagte sie und schob ihm die Frucht hin. »Ich komme nicht zurück.«
Er runzelte überrascht die Stirn.
»Nicht?« Dann zuckte er mit den Schultern. »Öffnen?« fragte er.
Sie nickte, weil sie nicht wollte, daß er einfach wieder verschwand.
»Ja, öffnen. Bitte.«
Er holte die Machete aus seinem Plastiksack, die fast so groß war wie er selbst. Dann klemmte er die Kokosnuß zwischen die Knie, schwang die Machete über den Kopf und ließ sie nach unten sausen. Sie konnte nicht hinsehen und begriff auf einmal, woher die wulstigen Narben auf seinen Schenkeln kamen.
Er hatte nicht genug Kraft, die Schale mit einem Hieb zu öffnen, vielleicht wandte er auch die falsche Technik an. Um sich von seinem gefährlichen Treiben abzulenken, streichelte sie den Dobermann, dessen Kinn auf ihren Zehen ruhte, während er mit gespitzten Ohren darauf wartete, daß endlich jemand eine Kokosnußhälfte ins Wasser warf, damit er hinterherjagen konnte.

Milind tippte ihr auf die Schulter. »Hier, nimm!«
Er reichte ihr einen Splitter der Schale und deutete an, daß sie ihn als Löffel benutzen sollte, um das Fruchtfleisch auszukratzen. Sie gab ihm sein Geld und begann seufzend, das glibberige weiße Fleisch zu schlürfen, das sie an Quallen erinnerte. Und wenn schon, dachte sie, Chinesen essen Quallen und Japaner auch. Alles nur eine Frage der Einstellung. Mehr nicht, und verglichen mit einer Qualle schmeckte das Fruchtfleisch vermutlich gut.
Milind wischte die Machete an seinem zerrissenen Hosenbein ab und verstaute sie wieder in seinem Sack. Sie hätte gerne noch eine Weile neben ihm gesessen, aber ihr fiel nicht ein, was sie hätte sagen können.



Plötzlich stand Jack vor mir. Lachend schob er seine Sonnenbrille zurück.
»Err«, sagte er, als hätten wir uns schon eine Weile nicht gesehen. Und als würden wir uns flüchtig kennen. »Was machst du?«
Ich habe seine vom Rudern durchtrainierten Oberarme betrachtet, die vor Schweiß oder Sonnenöl glänzten. Er zündete sich eine Zigarette an, setzte sich neben mich und streichelte den Dobermann.
»Du bleibst viel zu lange in der Sonne«, hat er gesagt.

»Sag mal.« Jack hat mich irgendwie vorsichtig betrachtet. »Wie sind eigentlich deine Pläne?«
»Meine Pläne?«
»Ja. Mußt du nicht irgendwann zurück? Arbeiten oder so?«
Arbeiten. Tatsächlich wurde mein Geld langsam knapp. Zum Glück hatte ich von Anfang an darauf geachtet, möglichst günstig essen zu gehen, auf den Märkten hatte ich

kaum eingekauft, keinen Schmuck oder Klamotten, und nur in Ausnahmefällen Alkohol getrunken, bei Pete und Karoline, und da übernahm meist Jack einen Großteil der Rechnung. Ich konnte noch einige Wochen durchkommen, wenn ich mich etwas einschränkte. Mein Urgroßvater hatte gut für uns gesorgt.



»Ich weiß noch nicht.«

Jack drückte die Zigarette im Sand aus. Der Dobermann erhob sich und trottete davon.

»Du kannst die Hütte so lange haben, wie du willst, das weißt du.«

Ich habe ihn lange angesehen.

»Es wäre nur nett, wenn du rechtzeitig Bescheid sagen würdest.«

Er hat dabei gelächelt. Fast ein wenig kalt.

»Bescheid? Inwiefern?« habe ich kühl zurückgefragt.

»Na, so zwei Wochen im voraus. Oder meinetwegen eine. Das reicht dicke.«

Und dann? hätte ich gerne gefragt. Wie geht es dann weiter? Was ist dann? Jack saß neben mir wie ein guter Bekannter. So nett. Und freundlich. Als weigerte er sich anzuerkennen, was er tat.

Ich hätte ihn fragen können, ich wollte es auch immer wieder tun, aber natürlich habe ich befürchtet, daß alles nur schlimmer werden würde, weil das Wissen tief in mir schlummerte. Es ließ sich nicht auslöschen. Ich tat so, als wüßte ich es nicht.

»Was machst du eigentlich so in Deutschland?«

Jack sah halb an mir vorbei, wie meistens. Ich hatte keine Lust auf solche Fragen. Es waren genau diese Fragen, die ich am meisten fürchtete und weswegen ich so froh darüber war, daß sich die Leute hier am Strand so eigentümlich wenig für das Leben von anderen interessierten.

Jacks Haar glänzte in der messinggelben Sonne, den Mund, der sich einmal nicht um einen Zigarettenfilter schloß, hatte er fest zusammengepreßt, wodurch sich tiefe Falten in seine Wangen gruben. Er schien nicht besonders neugierig auf meine Antwort zu sein. Vermutlich wäre es ihm nicht aufgefallen, wenn ich sie schuldig geblieben wäre.

»Nicht viel«, habe ich gesagt.

Jack hat mich verwirrt angeblickt, eine Zigarettenschachtel aus seiner Hemdtasche gekramt und versucht, Zeit zu gewinnen, indem er sie umständlich öffnete, dann eine Weile überlegte und schließlich eine Zigarette wählte, als müßte es genau diese sein.

Ich konnte sehen, daß er nicht mehr wußte, worauf sich meine Worte bezogen. Am liebsten hätte ich ihm die Zigarette aus den Fingern gehauen.

»Bevor ich hierher kam, war ich ziemlich lange außer Gefecht gesetzt.«

»Oh. Tut mir leid.« Jack besann sich darauf, mir einen interessierten Blick zuzuwerfen.

»Und vorher, da habe ich die verschiedensten Jobs gemacht. Was sich gerade so angeboten hat. Viel bedient und so. Und ich habe meinen Urgroßvater gepflegt.«

»Deinen Urgroßvater. Wirklich!« Er hat sich Zeit gelassen, bis er weitersprach. »Urgroßvater. Wahnsinn. Den lernen auch nicht viele Menschen kennen.« Er zog ein paarmal an der Zigarette. »Du erzählst immer nur von ihm. Als ob es keinen anderen Mann in deiner Familie gäbe.«

Ich erhob mich.

Ich saß wirklich schon viel zu lange in der Sonne.

Von Milind war am ganzen Strand nichts zu sehen. Wahrscheinlich hatte er genug Kokosnüsse verkauft und war schon wieder zu Hause, wo immer auch sein Zuhause war.



»Ich lege mich etwas hin.«
»Gute Idee.« Seine grauen Augen flackerten erfreut.
Dieses eine Mal zweifelte ich nicht daran, daß mein Wunsch stark genug war, um ihn in meine Hütte zu holen. Ich nahm das Tuch, auf dem ich gelegen hatte, und knotete es um meine Hüfte. Nachdem ich schon ein paar Schritte gegangen war, drehte ich mich noch einmal um.
»Möchtest du, daß ich zurückgehe?«
»Zurück?« Jack legte verständnislos die Stirn in Falten. »Wie zurück?«
»Nach Deutschland. Bald.«
Er hat nicht geantwortet. Hat nur den Kopf geschüttelt. Ich weiß nicht, ob er damit meine Frage beantwortete oder seiner Verwunderung darüber Ausdruck verlieh.

Als er später kam, sprachen wir nicht. Es war so viel leichter, ohne Worte und Welt drum herum. Er hat seine Hände auf meinen Körper gelegt wie auf eine einzige wunde Stelle. Das Klopfen und Pochen hat aufgehört.
Weil sein Gesicht vor meinen Augen immer wieder verschwamm, jünger und älter wurde in stetigem Wechsel, habe ich sie geschlossen und mich hinüber in den Schlaf geschaukelt, noch während er in mir war.

# 14. Kapitel

Jeden Tag kaufte ich eine Kokosnuß, manchmal, wenn ich mich besonders einsam fühlte, auch zwei. Ich schluckte den Saft, ich schluckte das Fleisch und gewöhnte mich schließlich an den Geschmack. Irgendwie. So wie an Spaghetti mit Meeresfrüchten. Gegrillte Tomaten. Dicke Bohnen. Was man nicht alles tut, um nicht allein am Strand zu sitzen oder beim Abendessen.

Tatsächlich freute ich mich schon morgens beim Aufstehen auf die Kokosnuß wie auf ein Ritual, das den Tag formt, und jedesmal rechnete ich schon damit, daß sie mir plötzlich wirklich schmecken würde.

Ich glaube, wir haben ein komisches Bild am Strand abgegeben. Ich und der Dobermann, den ich Micha taufte. Er gehörte zum *Shack* und hatte mit Sicherheit einen anderen Namen, doch ich traute mich nicht zu fragen.

Micha saß immer nur bei mir, solange ich allein war und in meinem blauen Buch las. Wenn sich Jack zu mir setzte oder, weitaus seltener, Jette oder Erwin oder Jules Schwester, dann erhob sich Micha auf der Stelle, streckte sich, schaute vorwurfsvoll in die Runde und verzog sich hinter den *Shack*. Kaum war ich wieder allein, tauchte er auf, ließ sich neben mir auf meinem Tuch nieder, als wäre es seins, stützte seinen Kopf auf meinem Rücken ab oder legte besitzergreifend eine Pfote über meinen Oberschenkel.

Dabei mochte ich Hunde eigentlich gar nicht, weder sie noch ihren Geruch. Aber Michas glühendheißes Fell habe ich genossen, wenn er sich an mich drückte, und seinen runden, gelassenen Blick und die salzverkrustete Schnauze.

Der junge Kokosnußverkäufer war der einzige, der ihn nicht störte, wenn er neben mir im Sand kniete und jeden Tag ein wenig länger sitzen blieb, bevor er seinen schweren Sack schulterte und weiterzog.



Eines Abends stand Milind dann vor ihrer Hütte.
Sie fragte sich, ob er ihr irgendwann unbemerkt gefolgt war. Sie hat ihn mit nach oben genommen und beobachtet, wie er sich mit großen Augen umschaute. Er betrachtete die Kleider, die an Nägeln an der Wand hingen, ihren großen schwarzen Rucksack, die Stoffe vor den Fenstern und die Postkarten an der Wand.
»Möchtest du etwas trinken?«
Er nickte.
Sie ging hinein und holte die Fünfliterflasche Wasser, die fast leer war, und zwei Plastikbecher, die sie morgens unten am Waschbecken ausgespült hatte. Sie standen auf dem kleinen Tischchen, und ihr Blick fiel wie gewöhnlich auf den Papierkorb daneben. Die Schachtel mit den Vitamintabletten lag noch immer darin.
Sie spürte Erleichterung. Jedesmal, wenn sie den Papierkorb ausleerte, nahm sie die Packung vorher heraus und legte sie später wieder hinein.
»Mußt du nicht nach Hause?« fragte sie ihn und füllte sein Glas, wobei zuviel Wasser aus der Flasche schwappte, über sein rechtes Bein auf den Boden tropfte und etwa einen Meter tiefer im Sand versickerte. Er hat sich nicht gerührt.
»Ich meine, macht sich denn niemand Sorgen um dich?«
Milind hat mit den Schultern gezuckt. »Meine Eltern sind nicht hier«, hat er gesagt. »Sie sind mit meinen Geschwistern zu Hause in Karnataka.«
»Und du? Was machst du hier?«

»Kokosnüsse verkaufen.«
»Ich weiß. Aber wo wohnst du?«
»Bei einem Onkel.«
»Mußt du nicht zur Schule?«

»Manchmal.«
Milind war nicht sonderlich gesprächig, wollte aber auch nicht gehen. Sie saßen schweigend vor ihrer Hütte und schauten dem Sonnenuntergang zu. Sie war froh, daß er bei ihr war. Daß sie nicht in Versuchung kam, hinüber in den *Shack* zu laufen und sich zu den Anderen zu setzen, die nicht gesprächiger waren, aber doch so viel anstrengender. Hier mußte sie ihr Gesicht nicht kontrollieren oder ihre Worte.
Als die Sonne in dem lilafarbenen Schleier über dem Wasser versank, legte sich dicke Schwärze über den Himmel, in der die Sterne funkelten wie immer. Nie funkelten sie einmal nicht.

Ich habe eine Kerze angezündet und mich von Kopf bis Fuß mit *Odomos* gegen die Moskitos eingecremt. Und dann bin ich doch in den *Shack* gegangen, um uns etwas zu essen zu holen.
Jack schob mir gleich einen Stuhl hin, als er mich sah, aber ich sagte nur: »Wir essen bei mir.«
Er zog eine Augenbraue nach oben, aber bevor er noch fragen konnte, rief ich nach Sanjay, der gemütlich aus der Küche geschlurft kam, die Badelatschen klatschten laut gegen seine Fersen. Ich bestellte zwei Portionen *Chicken-Tikka* und *Roti* und zwei Flaschen *Limca* in der Hoffnung, daß es schnell gehen würde. Zum einen, weil ich nicht lange herumstehen wollte, die Blicke der Anderen im Nacken, zum andern, weil ich Angst hatte, es könnte zu lange dauern.

Mit zwei Tellern, die Taschenlampe unters Kinn geklemmt, stolperte ich durch den noch immer warmen Sand, ohne Jack noch einmal anzusehen.



Später fragte sie ihn, ob er bleiben wolle, weil es viel zu spät war für einen Jungen seines Alters, um allein durch die Gegend zu streifen.
Milind schlief ein, ohne zu antworten.
Sie atmete seinen verschwitzten, luftigen Geruch ein und streichelte vorsichtig die knotigen Narben auf seinem Oberschenkel, die sich anfühlten, wie wenn man einer Schildkröte über den aus dem Panzer gereckten Kopf streicht.

Am nächsten Morgen wachte ich davon auf, daß die Leiter meiner Hütte bebte. Erschrocken fuhr ich hoch, die Uhrzeit war ungewöhnlich. Ich starrte auf den Platz neben mir, auf die zerwühlte Bettdecke. Es klopfte dreimal. Jack sah müde aus. Er war offenbar noch nicht lange wach.
Ich fuhr mir durch das zerzauste Haar und lächelte ihn an. »Schön, daß du da bist.«
Er beäugte mich, als wäre er taub und habe meine Worte nicht gehört. Kein Muskel bewegte sich in seinem Gesicht, er ließ einfach seinen Blick bei mir, und ich konnte nichts damit anfangen.
Dann hat er sich kaum merklich aufgerichtet, als müßte er sich wappnen. »Err. Geht es dir gut?«
Ich habe verständnislos genickt. »Natürlich.«
»Ich meine, ist alles in Ordnung bei dir?«
»Sicher.«
Ich habe nicht verstanden, was er meinte. Er machte einen Schritt auf mich zu. Jetzt war ich auf Augenhöhe mit sei-

nen Knien und besah mir die blondgebrannten Härchen darauf. Ich war noch zu verschlafen, um den Kopf in den Nacken zu legen.

»Du bist allein.« Das war eine Feststellung. Keine Frage. Also wartete ich ab. »Hast du nicht gestern zwei Essen im *Shack* geholt?«

»Mhm.« In meiner Brust hämmerte es, weil ich dachte, er ist ja eifersüchtig!

Jack schien nicht weiterzuwissen.

»Aber das war gestern abend.« Ich wollte das Gespräch so lange wie möglich hinausziehen.

»Und jetzt bist du allein?« Er ließ seinen Blick durch die Hütte schweifen, schielte in die Ecken, als ob sich in dem winzigen Raum jemand verstecken könnte. Dann setzte er sich auf die Matratze. Ich rutschte näher an ihn heran, aber er kam mir nicht weiter entgegen.

»Wir machen uns Sorgen um dich, Err.«

»Wir? Was heißt das, wir?«

»Die anderen und ich.«

Wie er mich ausschloß, das hat mich starr werden lassen.

»Ich habe dich gestern gesehen. Ich bin an deiner Hütte vorbeigekommen.«

»Rein zufällig, wie ich vermute.«

»Die Hütten gehören mir, falls du das vergessen hast. Ich muß schließlich nach dem Rechten sehen.«

»Klar. Und?«

»Sag mir nur … warum tust du das?«

Ich habe eine Weile nachgedacht. Hatte er ein Problem damit, daß ich mich mit einem Jungen angefreundet hatte? Wurden in dieser kleinen deutschen Kolonie keine Einheimischen geduldet, sobald sie mehr sein wollten als Strandverkäufer, Masseure oder Bedienungen?

»Das geht dich nichts an«, murmelte ich. »Das ist meine Sache.«
»Sehr richtig. Ich weiß. Aber irgend etwas stimmt da nicht. Du hast das nicht nötig, weißt du? Wenn du reden willst …«
»Ich möchte nicht reden. Ich möchte …«
Ich habe meine Hand auf seinen Bauch gelegt und dort gelassen, habe gespürt, wie seine Bauchmuskeln sich anspannten. Meine Hand rutschte tiefer, doch er erwischte sie.
»Himmel, Err.«
»Was ist? Was hast du denn?«
»Du machst mir angst. Du bist so …«
Er sprang auf und lief zu dem kleinen Tischchen.
»Gut, dann geh.« Ich ließ mich auf den Rücken fallen und legte das Kissen über mein Gesicht. »Verschwinde.«
»Laß uns doch …«
»Hau ab. Kümmert euch um eure eigenen Probleme … du und die anderen.« Das letzte Wort spuckte ich aus, ins Kissen hinein. »Ihr habt genug davon.«
»Wenn du meinst, okay. Dann gehe ich jetzt. Aber ich habe es versucht.«
Ich riß das Kissen herunter und fühlte mich ungeheuer lebendig. Schließlich hatte ich diesen Trumpf in der Hand.
»Du wirst sowieso wiederkommen. Das weißt du doch, nicht wahr? Du kannst es doch nicht lassen.« Ich zeigte auf meinen Hals.
Er schüttelte den Kopf, drehte sich um und zerrte so an der dünnen Tür, daß ich befürchtete, er würde sie aus der Verankerung reißen.
Als er verschwunden war, bin ich nach draußen auf den kleinen Balkon gegangen. Ich hatte es versäumt, die Teller

nachts noch zurückzubringen oder wenigstens abzuwaschen. Ameisen und Mücken und abenteuerlich gemusterte Käfer wuselten auf meinem Teller herum, auf dem das Essen fast unberührt gewesen war. Zumindest Milind hatte alles aufgegessen. Vielleicht auch nur aus reiner Höflichkeit.
Als ich daran dachte, mußte ich lächeln. Ich stapelte die Teller übereinander, balancierte die Leiter hinunter und lief den schmalen Weg entlang auf das dichte Gebüsch zu. Je weiter ich ging, desto unerträglicher wurde der Gestank, ich hörte Rascheln und Grunzen und bog um die Ecke.
Ich habe auf den stinkenden, dampfenden Menschenkot geschaut, in dem die Schweine gewühlt hatten, und dann den Teller mitsamt Mücken und Ameisen und Käfern darüber ausgeleert.

Von da an sah ich Milind jeden Tag. Meistens mehrmals. Natürlich kam er nie in den *Shack*, und er setzte sich am Strand auch nur dann zu mir, wenn ich allein war. Ich wußte, daß ich das nicht ändern konnte. Er hatte zu mir Vertrauen gefaßt, die Anderen, die ihn schon viel länger kennen mußten als ich, kümmerten sich nicht einmal um ihn. Sie kauften ihm nicht ein einziges Mal eine Kokosnuß ab.
Einmal habe ich ihn gefragt, woran das läge, und er hat geantwortet, ohne mich anzusehen, daß er auch so genug Kokosnüsse verkaufen würde an die anderen Touristen, die nur zwei oder drei Wochen Urlaub hier machten. Denen würde er doppelt so viele Rupien abnehmen, und sie würden ihm meistens auch noch Trinkgeld geben.
Ich fragte ihn, ob denn nicht vielleicht einmal etwas vorgefallen wäre zwischen ihm und den Anderen.
Es war spät am Abend, wir hockten auf meiner Matratze und hatten den Sternenhimmel vor der Tür gelassen, der

mich in seiner Pracht immer mehr zu nerven begann. Er hatte seinen Kopf mit den störrischen Haaren auf meine Schulter gelegt.
»Vorgefallen?« Er setzte sich gerade. Das Kerzenlicht warf Schatten auf sein Gesicht, die aussahen wie Falten und einen Erwachsenen aus ihm machten.
»Ja, irgendwas, ich weiß doch auch nicht.« Erschüttert mußte ich feststellen, daß ich mich auf einmal sogar einem Fünfzehnjährigen unterlegen fühlte. »Es muß ja nichts Schlimmes sein. Manchmal sind es ... Kleinigkeiten.« Das letzte Wort verschluckte ich beinahe, weil der Junge mein Gesicht in seine klebrigen Hände nahm und mich ansah wie ein alter Mann.
»Nichts ist passiert«, sagte er, ich roch seinen Schokoladenatem, der so gar nicht zu seiner plötzlich viel dunkleren Stimme paßte. »Du kannst sie ja fragen.«
Natürlich wußte er, daß ich das nicht tun würde, und vor allem wußte ich es.
In einer der Nachbarhütten begann wieder diese Frau zu jammern, es war ein langgezogenes, erschreckendes Jaulen, das fast jede Nacht erklang, nur ein Mal, es konnte alles bedeuten. Vielleicht war sie verrückt, vielleicht hatte sie jeweils den Orgasmus ihres Lebens. Alles war möglich.
Tagsüber schaute ich mir die Frauen, die ich traf, genau an und versuchte zu erraten, welche von ihnen diese merkwürdigen Laute von sich gab. Allerdings bin ich froh, daß ich es nie erfahren habe. Da es unmöglich war, die Quelle dieses Geräusches ausfindig zu machen, war es natürlich durchaus möglich, daß die Anderen mich für die hielten, die nachts dieses Geheul anstimmte. Je nachdem, wie ich mich fühlte, amüsierte mich die Vorstellung.
Oder sie verunsicherte mich.

Die Nächte, in denen ich allein war, waren nicht gut. Ich begann jeweils exakt zur selben Zeit aufzuwachen. Vier Uhr dreiundzwanzig. Nicht vier Uhr zweiundzwanzig. Nicht vier Uhr fünfundzwanzig. Immer wenn ich auf die Ziffern meiner Armbanduhr blickte, sah ich dieselben Zahlen. Die Null. Die Vier. Die Zwei. Die Drei.



Ich gewöhnte mir an, die heißesten Mittagsstunden auf meiner Matratze zu verbringen. Auf dem Markt hatte ich mir schwere, dicke Tücher gekauft und sie doppelt gefaltet vor die Fenster gehängt. So war es zwar tagsüber noch lange nicht dunkel genug in meiner Hütte, aber zumindest auch nicht mehr ganz so hell, und auch die Farben verblaßten. Allein das gab mir das trügerische Gefühl, daß es in meiner Hütte ein paar Grad kühler war als draußen. Gelegentlich spritzte ich mir etwas Wasser aus der Flasche neben dem Bett auf den Körper und lag ansonsten so bewegungs- und gedankenlos wie nur möglich.

Trotz dieser Ruhe oder Starre habe ich immerzu nach draußen gelauscht, dem Bellen und Kindergeschrei und Geschirrklappern zugehört, dem gedämpften Knattern von Motorrädern und ungeduldigen Hupen hinter der Hütte und dem nicht weniger ungeduldigen Tosen des Meeres davor. Ich hörte zu, wie meine Nachbarn sich liebten und stritten, wie sie duschten, Wasser aus dem Eimer über sich schütteten, husteten und spuckten und rotzten. Ich hörte, wie das trockene Holz meiner Hütte knarrte, spürte, wie der Boden vibrierte, und dann war es, als ob eine lange, heiße Nadel sich langsam meinem Herzen näherte, aber noch bevor es soweit war und sie zustechen konnte, wurde mir klar, daß ein Lastwagen auf der ein paar hundert Meter entfernten Hauptstraße für die Erschütterung verantwortlich

war oder ein Nachbar auf dem Weg zum Strand beschlossen hatte, doch noch schnell eine zu rauchen, und sich dafür auf meine Leiter gesetzt hatte.
Daß es nicht Jack war, der in meine Hütte kletterte.
Und im gleichen Maße, in dem das Beben und Ächzen der Leiter nachließ, ließ es auch in mir nach. 
Während draußen unbemerkt das Paradies an meinem Fenster vorbeitrieb, grübelte ich über all diese verlorene Zeit, dieses Schweigen, den Staub, und das Warten fing von vorne an.

Es war genausooft erfolgreich wie vergebens. Eine Regel konnte ich nicht erkennen, obwohl ich es versuchte. Es blieb unklar, wonach er seine Entscheidung richtete. Manchmal kam er drei Tage hintereinander und dann tagelang nicht.
Es war unmöglich vorherzusehen. Die Gewohnheit, das Wissen, daß er irgendwann erscheinen würde, hat sich nie eingestellt. In dieser winzigen Kolonie, in der niemandem etwas verborgen bleiben konnte, aus der Jack nicht einfach verschwinden konnte, weil sie sein Leben war, habe ich trotzdem ständig Angst gehabt, ihn nie mehr zu sehen.
Wenn er kam, dann wurde er also von dem leichten Beben und Knarren beim Klettern auf der Leiter zu meiner Hütte angekündigt. Trotzdem hat er immer angeklopft. Dreimal. Ich glaube, die meisten Menschen klopfen dreimal.
Manchmal hat er frische Früchte mitgebracht oder eine Kanne heißes Ingwerwasser. Oft hat er sich hinter mich gesetzt und meinen Kopf massiert, als habe er eine Idee von den Vorstellungen darin und wolle sie vertreiben. Dann strichen seine Finger über meine Schläfen und Augenbrauen, ruhten auf der Stirn und bedeckten meine Lippen.

Er fuhr durch ihre Haare und zog daran, bis sie das Gefühl hatte, daß die Kopfhaut sich ablösen würde. Der Schmerz löschte alle anderen Schmerzen aus, und sie bat ihn, nicht aufzuhören. Seine Beine links und rechts von ihr spannten sich an und wurden hart. Wenn er von ihren Haaren abließ, dufteten seine Finger nach dem Öl, mit dem sie sie morgens eingerieben hatte.



Und so war da nur ihr eigener Geruch, und alles was blieb war sie.

Er legte seine Hand in ihren Nacken, seine Finger bewegten sich nervös auf ihrem Hals, als hätten sie einen bestimmten Wunsch, sie ganz allein, unabhängig von ihm, losgelöst von seinem Willen, sie tasteten über ihren Puls, kosten und schmeichelten. Lauerten. Hatten eine Absicht. Und doch warteten sie immer auf ihre Erlaubnis. Auf ein Zeichen der Zustimmung. Die Furcht ließ Romy nicht zur Ruhe kommen, trieb sie an, bis sie sich unter seinen Fingern wand.

Die Angst lag zwischen ihnen, wenn er sie umfing und in ihren Mund stöhnte. Sie öffnete sich weit für ihn.

Nie haben wir meine Hütte gemeinsam verlassen. Und oft habe ich seinen Abschied gar nicht bemerkt, weil ich schlief. Die schwülen Nachmittage nahmen eine seltsam träumerische Qualität an, die Stunden klebten aneinander wie ein einziger nicht enden wollender Tag.

Nachts ging ich nur noch selten zu ihm. Tagsüber gehörte er mir mehr. Abends und nachts waren immer die Anderen um ihn. Der Alkohol floß in Strömen, und Satja war nach wie vor viel zu nah.

Doch am Tag, wenn der Schweiß meine Schenkel kühlte, dann konnte ich mir vorstellen, wir wären ganz allein, kein Ort in der Nähe, keine Menschen, so, wie es vielleicht einmal war und gemeint war. Ich konnte albernen Gedanken nachhängen wie, er müsse sich darum kümmern, daß wir zu essen hatten und das Feuer nicht ausging, und mich beschützen. Als es noch keine Worte gab, keine Sprache, die einen trennte, sondern nur Gesten und Blicke. Stumm sein.

## 15. Kapitel



Aber dann wurden auch diese Nachmittage immer seltener. Mein Gefühl für ihn veränderte sich langsam. Ich begann, ihn abzulehnen, ihn lächerlich zu finden mit seinem scheinbar freien Leben und seiner Unfähigkeit, sich festzulegen. Sich auf ihn zu verlassen war ungefähr so klug, wie sich an einer Wolke festhalten zu wollen. Das hinderte mich nicht daran, ihn mit aller Macht herbeizusehnen. Nachts wachte ich nach wie vor um vier Uhr dreiundzwanzig auf, weil ich zu ersticken drohte, weil es so war, als ob Jack seine Hände um meinen Hals gelegt hätte, und trotz meines Schreckens reagierte mein Körper auf seine Art. Es war nicht zu ändern.

Wie abgeschnitten von meinen Gedanken begannen Säfte zu fließen, Schenkel klappten auf wie Taschenmesser und Hände bewegten sich mechanisch, noch bevor ich richtig wach wurde. Ich wünschte mir Jack auf meine Matratze.

Tagsüber war ich voller Energie. Alles hat sich auf einmal schneller bewegt und ich mich mit. Ich ging stundenlang am Strand spazieren, ich hatte keine Probleme mehr, mich zu orientieren. Ich lief so schnell, bis ich keine Luft mehr bekam. Ich kaufte mir eine Schwimmbrille und schwamm parallel zum Strand. Manchmal kam ich kaum vom Fleck, so stark war die Strömung, doch ich hörte erst auf, wenn meine Muskeln brannten und ich so viel Salzwasser geschluckt hatte, daß mir mal wieder schlecht war.

Wenn ich am Strand lag, bewegten sich meine Gliedmaßen wie von allein, und so gewöhnte ich mir an, Beinübungen zu machen, Situps und Liegestütze, um der Rastlosigkeit zu

begegnen, und kaum lag ich ein paar Minuten still, hatte ich das Bedürfnis, aufzustehen und wieder zum Wasser zu laufen oder in den *Shack*, wo ich mir einen Fruchtsalat bestellte und mit den Fingern auf die Tischplatte trommelte.
Als ob sich über Jahre der Starre ein Bewegungsdrang aufgestaut hätte, der sich nun Bahn brach. Ein wenig fühlte ich mich an Mona erinnert, die ebenso von einer unstillbaren Unruhe erfüllt war, die so weit ging, daß sie selbst abends beim Essen mehrmals aufsprang, einmal um den Tisch hetzte, um sich dann wieder zu setzen, mit wippenden Beinen und heftig blinzelnd.
Ich hatte den Eindruck, daß sie nur deshalb so viel und laut lachte, weil auch das eine Art Bewegung war. Die anderen schenkten ihren Zappeleien keine Aufmerksamkeit, vermutlich, weil sie genau wußten, daß sie sich nach einigen Gläsern Bier und *Feni* und Whiskey beruhigen würde.



Die Beziehung zu Jack kühlte sich immer mehr ab. Ich wußte nicht, was ich dagegen tun sollte. Als würde er mir vorwerfen, was ich in ihm zutage gefördert hatte. Er ging mir aus dem Weg, und nur wenn ihn das Verlangen überkam, für das er sich schämte, schlich er in meine Hütte.
Ich trug einen kalten Stein im Bauch, der sich bewegte, sobald ich Jack sah. Ich wollte diesen Stein loswerden. Er rieb mein Inneres ab. Höhlte mich aus, und alles, was blieb, war unterdrückte Wut. Meine Starre hatte sich vollkommen aufgelöst und war ins Gegenteil umgeschlagen. Was vorher kalt war, fühlte sich jetzt nach Fieber an. Aus Ruhe wurde Lärm. Aber es lärmte nur in mir, wie schallgedämpft, nichts drang nach außen.
Eines Morgens stand ich auf dem kleinen Balkon, mein Blick bei seiner Lieblingsbeschäftigung. Auf der Suche. Ich

sah, wie er sein Boot ins Wasser zog. Seine Muskeln arbeiteten präzise und so selbstverständlich, daß mir ein wenig schwindlig wurde.

Seine gestammelte Entschuldigung nach dem ersten Mal auf unserer Bootstour hatte ernsthafter geklungen als jede Liebeserklärung. Hinterher hatte er mich mit einem streng riechenden, heilenden, ayurvedischen Öl eingerieben.

Was er damit wohl heilen wollte.

Danach aber hatte er nicht mehr das Bedürfnis, etwas zu heilen. Sobald eine Art Gewohnheit daraus geworden war, schien er keine Schuldgefühle mehr zu haben. Als würde allein die Wiederholung einer Tat dafür sorgen, daß es gar keine mehr war. So wie man Überzeugungen verlieren kann, weil sie einem so vertraut werden, daß man sie nicht mehr bemerkt.

Ich eilte die Leiter hinab und lief zum Wasser. Als er mich erblickte, reagierte er mit seiner seit einiger Zeit üblichen Gereiztheit. Er gab mir das Gefühl, daß ich kein Recht hatte, hier bei ihm zu stehen, das Gefühl, ihn zu verfolgen. Aber ich lächelte ihn an, als wären mir diese Gedanken fremd.

»Jack.« Ich legte meine Hand auf seinen harten Oberarm, der sofort noch härter wurde. »Sei mir nicht böse.«

Er ächzte leise. »Err, warum sollte ich dir böse sein?« Er drehte sich weg, den Blick auf sein Boot geheftet.

»Ich weiß nicht, warum, aber du bist es, das merke ich doch.«

»Unsinn. Ich habe überhaupt keinen Grund, verstehst du das nicht? Kannst du das nicht verstehen?« Das war das zweite Mal, daß ich ihn wütend erlebte.

»Gut.«

Neben uns sprang ein siebenjähriger Junge von einem kleinen Felsen ins Wasser. Als er prustend wieder auftauchte, schrie er: »Mama, hast du das gesehen? Mama?«
Ein paar Meter weiter sah ich eine Frau mit großer Sonnenbrille und noch größerem Hut im Sand liegen. Sie schaute kurz von ihrem Buch hoch, ohne eine Miene zu verziehen, und winkte ab. 
»Jaja«, rief sie und las weiter.
Der Junge krabbelte wieder auf den Felsen. »Das mußt du sehen!« brüllte er. »Schau, ich kann eine Rolle! Schaust du?«
Die Frau seufzte. »Klar.«
Ich sah, daß sie weiterlas, während der Junge Anlauf nahm.
Vorsichtig habe ich Jacks Hand vom Bootsrand gelöst. Langsam, um ihn nicht zu erschrecken, habe ich sie nach oben gezogen. Seine Finger streiften kurz meinen Bauch, meine rechte Brust, mein Schlüsselbein, und ich erschauerte, bis ich sie an meinen Hals legte.
Er hat seine Hand weggerissen wie von einer heißen Herdplatte.
Ich richtete meinen Blick auf seine verwaschenen Khaki-Shorts, und was sich darunter abspielte, verriet ihn.
Der Junge klatschte aufs Wasser. Seine Mutter las. Der Himmel war wie aus weißglühendem Metall, die Hitze blies mir ihren Atem ins Gesicht.
Der kleine Junge tauchte auf. »Mama? Mama? Hast du gesehen?«
Ich rannte los. Ich brauchte nur wenige Schritte und war bei ihr. Ich riß ihr den blöden Hut vom Kopf. Sie starrte mich entgeistert an, ihre Augen konnte ich nicht sehen hinter den schwarzen Gläsern.
»Kannst du nicht ein einziges Mal hinschauen?« schrie ich sie an. »NUR EIN EINZIGES MAL?«

Ich fiel neben ihr auf die Knie. Der Sand war rot und bewegte sich wie in Wellen. Ich zog ihr die Sonnenbrille ab. Sie setzte sich mit einem kleinen Schrei auf.
»Nur einmal kurz hinschauen, HIMMELHERRGOTT! IST

DAS DENN ZUVIEL VERLANGT?«
Ich war so aufgebracht, daß ich mich am liebsten auf der Stelle übergeben oder ihr eine runtergehauen hätte. Doch sie war schneller und sprang auf, lief zu dem Jungen und zerrte ihn aus dem Wasser. Dann ging sie, das Buch unter den Arm geklemmt und Handtuch und Kind hinter sich herziehend, kopfschüttelnd weg.
Ich blieb einen Moment sitzen, und als ich hochschaute, sah ich, daß Jack fluchend sein Boot ins Wasser schob, mich beschimpfte und dabei war, mich zu verlassen.
»Jack! Er hätte ertrinken können.«
Er hat nicht reagiert. Also bin ich zu ihm gegangen und habe mal wieder gewartet. Die Zehen in den feuchten Sand gegraben, die Augen zu Schlitzen zusammengekniffen, habe ich darauf gewartet, daß er sich umdrehte. Sein sandfarbener, gerader Rücken rührte sich nicht, und ich habe mich gefragt, ob er mich wirklich zwingen würde, ein zweites Mal seinen Namen zu rufen.
Sein Boot hüpfte ungeduldig auf den Wellen. Als er sich umdrehte, sah er nicht mehr gereizt aus. Vielleicht unentschlossen. Oder traurig. Sofort flog ihm mein Herz zu.
Er hatte keine Ahnung, wie bereit ich war, ihn glücklich zu machen.
Er blieb stumm, blickte fragend zu mir, ein schwarzer Umriß direkt vor der blendenden Sonne.
»Wollen wir nicht mal wieder zu dieser Halbinsel fahren?«
»Keine schlechte Idee«, antwortete er überraschend schnell.
»Bald. Bestimmt.«

Meine Augen leuchteten. So sehr, daß ich kurzerhand die Sonnenbrille über sie schob. Obwohl ich wußte, daß er log. Daß er nur so schnell wie möglich von mir wegwollte.
»Und heute nachmittag?«
»Ich verstehe dich nicht«, hat er durch den Lärm der Wellen gerufen.



Micha preßte sein heißes Fell gegen ihre Beine, als Jack davonpaddelte. Einige Meter entfernt sah sie Milind, der ihr zuwinkte und dann die Machete über seinen Kopf schwang. Sie setzte sich hin. Die Wellen umspülten ihre Beine wie eine böse Ahnung.
Milind ließ die Klinge mit aller Wucht nach unten sausen, zwischen seinen angespannten Oberschenkeln hindurch. Es knackte, dann riß er die Arme erneut nach oben.
Als wollte er jemandem den Schädel spalten.
In ihrem Bauch explodierte es. Lauter kleine Explosionen. Behutsam legte sie den Kopf auf die angezogenen Knie.
Micha legte sich ins seichte Wasser und stützte sein Kinn auf ihrem rechten Fuß auf. Als es ihr wieder besserging und sie erneut in Milinds Richtung schaute, stand er auf. Er winkte ihr zu, diesmal zum Abschied. Sie wunderte sich darüber, daß er so genau wußte, wann sie ihn um sich haben wollte und wann nicht.
Er lief mit leichten Schritten den Strand hinauf, am *Shack* vorbei, und verschwand hinter den Dünen. Ausnahmsweise nahm er weder einen Sack mit Kokosnüssen noch die Machete mit.

Mit Micha dicht auf den Fersen bin ich zum *Shack* zurückgelaufen, um mir ein Bananen-*Lassi* zu bestellen.
Sie saßen alle nebeneinander vor der Hütte auf ihren Stüh-

len mit Blick aufs Wasser. Die Anderen. Wenn sie gelegentlich ein Wort miteinander wechselten, drehten sie sich nicht einmal das Gesicht zu. Satja und Pete und Karoline und Daniel und Jette und Erwin, alle trugen Sonnenbrillen und sahen entweder aufs Wasser oder auf mich, wie ich auf sie zuging. Ich konnte es nicht erkennen.

Doch irgend etwas sagte mir, daß sie mich beobachteten. Jule saß aufrecht ganz rechts außen auf dem letzten Stuhl, die Arme wie immer in die Höhe gereckt, es sah so aus, als würde sie anklagend auf mich zeigen, und als ich hektisch von einem zum anderen sah, versteinerten sie alle gleichermaßen. Die Gesichter völlig ausdruckslos. Die gebräunten Glieder gelangweilt und ohne Regung von sich gestreckt.

Der Weg zum *Shack* nahm kein Ende. Der Sand war tief und machte meine Schritte schwer, zog meine Beine nach unten wie ein Sumpf. Ich schnappte nach Luft. Micha überholte mich, rannte voraus und jagte dann mit angelegten Ohren zurück zu mir. Er hatte Angst um mich. Wenigstens er.

Als ich es geschafft hatte, als ich so nahe bei ihnen war, daß ich mich endlich nicht mehr in ihrem Blickfeld befand, es sei denn, sie hätten ihre stocksteifen Hälse in meine Richtung bewegt, würgte ich ein kleines Hallo hervor. Und bekam ein ebenso kleines Hallo aus mehreren Mündern zurück.

Ich stieg an ihnen vorbei die Stufen hinauf zum *Shack*, da sprang Mona auf und folgte mir. Sie legte mir eine Hand auf die Schulter, dann die andere, krallte sich an mir fest, um nicht zu stürzen.

»Romy, endlich!« rief sie viel zu laut. Sie stolperte und landete in einem Plastikstuhl. Dort brach sie in unbändiges

Gelächter aus, das ihren geschmeidigen Körper durchschüttelte.
»Du bist die einzige Normale hier.«
Sie zog mich auf den Stuhl neben sich und hielt mich lange in einer betrunkenen Umarmung gefangen. 
»Wir lassen uns von denen doch nicht die Laune verderben, oder was meinst du?« lallte sie in mein Ohr, ihre Lippen hinterließen eine kitzelnde Spur, sie roch gut, sogar durch den Alkoholatem hindurch.
Sie trug ein sehr teures, weißes Kleid, das aussah, als könnte es niemals schmutzig werden oder knittern. Eine schmale Perlenkette lag um ihren Hals, die größte Perle ruhte direkt in der Halsbeuge, wo ihr Puls klopfte. Finger- und Zehennägel waren perfekt gefeilt und brombeerfarben lackiert. Ihre blonden, glatten Haare glänzten und dufteten. Nie zuvor hatte ich eine Frau gesehen, der es gelang, zugleich betrunken und unfaßbar schön zu sein.
»Diese Langweiler!« schrie sie und riß ihren Arm herum, um auf die anderen zu zeigen, wobei ihr ganzer Körper mitschwang und sie fast aus dem Plastikstuhl gekippt wäre. Ich habe sie festgehalten.
»Danke!« Sie strahlte und versprühte ein wenig Speichel auf meinem Gesicht.
Da ich sie nie nüchtern gesehen habe, vermute ich, daß das Betrunkensein geheimnisvoller Bestandteil ihrer Schönheit war.
»Du bist meine Freundin. Eine echte Freundin.« Und dann laut: »Die einzige hier! Ihr gönnt mir ja nichts. Nicht mal einen kleinen Schluck *Cola!*«
Außer mir hat niemand auf sie geachtet. Stumm besahen die anderen weiter das Meer, als würde alles, was sich hinter ihnen abspielte, nicht geschehen, wenn sie es nur lange

genug ignorierten. Mona sprang auf und wankte nach hinten Richtung Küche.
»Sanjay«, kreischte sie, »zwei *Feni*-Cola. Für meine Freundin und mich.«

Dann eilte sie zu mir zurück. Ihre Fußkettchen klimperten. So kam es, daß ich mich zum ersten Mal in meinem Leben anständig betrunken habe. Mit billigem *Feni*. Mittags in der größten Hitze. Mit einer Frau, die mich ständig anfaßte und die ich gar nicht kannte. Das war mir aber egal. Jack paddelte mit seinem Boot herum. Die Anderen waren nichts weiter als Puppen, die jemand vor der Hütte aufgereiht hatte, die nur zum Leben oder zu einer Art Leben erwachten, wenn sie die Zigaretten in gleichmäßigem Takt an ihre Lippen führten.
Zum ersten Mal seit Wochen fühlte ich mich auch ohne Jack gut. Es war mir egal, wann er zurückkommen würde, ob er in meine Hütte käme oder nicht, ob Jack seine Hände um meinen Hals legte oder nicht.
Wir haben Glas um Glas geleert, die Cola hinterließ einen klebrigen schwarzen Film auf meiner Zunge, der *Feni* wühlte in meinem Bauch, und ich konnte nicht aufhören zu lachen.
Als die Frau, die ich zuvor so angeschrien hatte, den *Shack* betrat, winkte ich ihr freundlich zu. Sie sah mich verblüfft an und schob dann schnell ihren Sohn an mir vorbei. Als müßte sie ihn vor mir schützen, und nicht vor sich selbst.
Alles war so klar. Keine Fragen waren offen, es gab nichts, was ich begreifen wollte, nichts, nach dessen Sinn ich suchte, nichts, was mich entsetzte oder wütend machte.
Es war gut. Ich begriff, daß alles genau so, wie es war, richtig war. Daß ein Leben so gut wie das andere war. Ich

erkannte, daß die größten Tragödien keine waren, wenn man erst einmal *verstanden* hatte.
Ich verstand alles. Worum es ging, was das Leben war oder vielmehr, was es *nicht* war. Ich schlug mir mit der Hand vor die Stirn, weil ich zu blöd gewesen war, das Rätsel zu lösen, und das, obwohl die Lösung denkbar simpel war.
Es war ein phantastisches Gefühl, mehr als Glück, mehr als Dankbarkeit, es war das Wissen, endlich aufgenommen worden zu sein in das Ganze. Nicht mehr außerhalb des Bildes zu sein, wie eine Tube Farbe, die unbenutzt in einer Ecke liegt und langsam austrocknet. In die völlig unvermutet ein Pinsel hineingetunkt wird. Man fühlt sich an seinem Platz, und es kann gar nicht anders sein.
Vorausgesetzt, der Maler verstand etwas von seiner Profession, und davon bin ich in diesem Moment ausgegangen und prustete schon wieder los. Es war wirklich komisch.
Mona hat mindestens genauso haltlos gelacht wie ich, sie schrie und tobte und bäumte sich auf.
»Ich weiß, ich weiß«, hat sie atemlos hervorgepreßt. »Ich weiß es doch.«
Wir hielten uns an den Händen und warfen die Köpfe nach hinten, Tränen liefen über unsere Wangen. Das Lachen stürmte durch meinen Körper, hob ihn aus dem Stuhl, drückte ihn gegen Mona, wir lagen uns in den Armen und tanzten über den Sandboden, gelegentlich warf ich den leblosen, armen Gestalten vor dem *Shack* aufmunternde Worte zu und lud sie ein, mit uns zu trinken.
Ich versuchte, ihnen mein eben entdecktes Wissen weiterzugeben. Sie hörten gar nicht hin. Aber auch das hatte seine Richtigkeit und mußte so sein. Nichts, habe ich gedacht, würde mich jemals wieder bis ins Mark erschüttern können, keine Erinnerungen würden mir jemals wieder das Leben

schwermachen, es spielte keine Rolle, was meine Mutter getan hatte oder Jack, es war unwichtig, wer mein Vater war und wer mein Urgroßvater. Und Großvater. Was scherte es mich, ob meine Mutter meine Schwester oder meine Großtante war. Oder so ähnlich oder etwas ganz anderes.



Als Kind hatte ich mir nie Gedanken darüber gemacht, daß es für mich nur diesen einen Mann gab. Für uns. Das, was man kennt, ist selbstverständlich. Zumal ich ihn mehr liebte als jeden anderen Menschen auf der Welt. Vielleicht, weil ich die Liebe nicht aufteilen mußte unter Vater und Großvater und Urgroßvater. Sie traf ihn mit voller Wucht. Und als er tot war und ich die Wahrheit erfuhr, war es zu spät, ihm böse zu sein. Versucht hatte ich es.

Ich wollte noch weiter nachdenken. Alles war ziemlich wirr. Dann kam mir der Boden entgegen, der sandfarbene Boden, von der Farbe wie Jacks Haar und Haut, kam immer näher, und ich begrüßte ihn mit einem Lachen.

Die nächsten Stunden kreisten Gesichter um sie, lächelnde und freundliche Gesichter. Jack hielt ihren Kopf, während sie sich ausgiebig in einen Eimer übergab, und strich ihr das verschwitzte Haar, an dem ein paar Brocken Erbrochenes klebten, aus dem Gesicht. Sie hatte alles ausgespuckt, was jemals in ihrem Körper gewesen war.

Und Milind streichelte beruhigend ihre verkrampften Waden.

Ihr Urgroßvater war auch da, drückte seine ausgefransten Lippen auf die Stelle zwischen ihren Augenbrauen. Vielleicht wollte er sagen, daß es ihm leid tat, aber eigentlich glaubte sie das nicht.

Satja legte ein nasses Tuch über ihre Augen, und als sie das Tuch stöhnend wieder hinunterzog, war das Gesicht

ihrer Mutter ganz nah. Sie lächelte. Sie lächelte, und das ohne Hintergedanken.
Entzückt schloß ihre Tochter wieder die Augen.
Alle kamen sie besuchen. Alle Menschen, die ihr etwas bedeuteten, lebende oder tote, und auch einige, die sie gar nicht kannte. Sie alle kamen in ihre kleine klapprige Hütte an einem Strand in Goa, trotz der Hitze, legten die Hände an ihre Wange, berührten ihr Haar und kosten sie, schlossen sie ein in eine wohlige Umarmung.



Auch ihr Klassenlehrer aus der Grundschule kam, obwohl sie ihn lange schon vergessen hatte.
Genausowenig wie an ihren ersten Liebhaber, obwohl Liebhaber ein viel zu kraftvolles Wort für ihn war. Franz hieß er, ausgerechnet Franz, das fiel ihr jetzt wieder ein, und entgegen allen Behauptungen, daß eine Frau sich ein Leben lang an ihren ersten Mann erinnert, war ihr sogar seine bloße Existenz völlig entfallen. Die Nachmittage in seiner Wohnung, in die sie eigentlich nur gegangen war, weil sie dachte, in ihrem Alter müsse das so sein. Franz kniete neben ihrer Matratze, und sie freute sich, ihn zu sehen, seine unbeholfene Art, mit ihr zu schlafen – obwohl er schon jede Menge Erfahrung hatte –, fand sie mit einemmal so rührend, daß sie sich an ihn lehnte.

Als ich das nächste Mal aufgewacht bin, war ich allein. Der Eimer neben meinem Bett war ordentlich ausgespült.
Ich habe mich vorsichtig aufgesetzt, schon hob sich mein Magen. Viel kam über den Eimer gebeugt nicht mehr, was den Würgreiz aber keineswegs verringerte. Außer Atem und mit tränenden Augen ließ ich mich wieder zurücksinken.
In meinem Schädel spielte irgendwas verrückt, es tat höl-

lisch weh, doch ich war trotz allem guter Dinge. Versuchsweise zog ich die Mundwinkel nach oben, lächelte, kicherte und mußte mich erneut übergeben.

Es hat mir nichts ausgemacht, so dazuliegen, zwar habe ich die Schmerzen gespürt, aber es kam nur darauf an, welche *Bedeutung* man den Dingen gab.

Und in diesem Fall war es in Ordnung, daß mein Körper sich so benahm, daß er versuchte, den Alkohol loszuwerden – eine absolut folgerichtige Reaktion –, und somit ging es mir nicht eigentlich schlecht. Zumal mich noch immer dieses einmalige Gefühl wärmte, endlich alles verstanden zu haben.

Der Boden unter meiner Matratze zitterte. Jemand kletterte die Leiter zu meiner Hütte hinauf. Schnell trank ich einen Schluck Wasser, gurgelte, schluckte alles hinunter und legte dann meinen schmerzenden Kopf wieder aufs Kissen. Dabei stöhnte ich nicht einmal.

Mona stand vor mir, strahlend und frisch wie immer. Als sie mich sah, lachte sie da weiter, wo wir vor ein paar Stunden aufgehört hatten – wobei ich nicht die geringste Ahnung hatte, wieviel Zeit inzwischen vergangen war.

»Romy, du siehst herrlich aus«, lallte sie und drehte sich einmal um sich selbst. Als sie das Gleichgewicht verlor, ließ sie sich auf meine Matratze fallen. Sie knallte mit dem Kopf gegen mein Knie, was mir weit mehr weh tat als ihr. Und sie warf den Eimer um.

Mit letzter Kraft stand ich auf, stellte den Eimer wieder hin – viel war ja ohnehin nicht drin gewesen.

»Wie spät ist es?« habe ich Mona gefragt, nicht sicher, ob sie mich hören konnte, denn sie hatte die Augen geschlossen, die dunkellila getuschten Wimpern flatterten.

»Es müßte gegen drei sein.«

Fünfzehn Uhr. Viel Zeit war nun wirklich nicht vergangen, ein, zwei Stunden vielleicht, doch mir kam es vor wie ein ganzes Leben.

»Und wie bin ich hierher gekommen?«

»Das war vielleicht was!« Sie prustete schon wieder los. 
»Stehst einfach auf, guckst mal nach links, mal nach rechts und fällst um. Einfach so. Kerzengerade. Die perfekte Slapstick-Nummer.«

Sie setzte sich auf, fuhr sich einmal durch ihr zerzaustes Haar, das umgehend aussah wie frisch gekämmt. Erst da habe ich bemerkt, daß sie eine Flasche *Feni* in der rechten Hand hielt. Mir wurde schon wieder schlecht.

»Hast du keine Cola da? Na, egal, wer braucht schon Cola. Geht auch so.« Sie hat den Deckel abgedreht, zwei Schlucke genommen, sich geschüttelt und mir die Flasche hingehalten.

»Besser nicht.«

»Ach komm, allein trinken ist öde. Aber egal. Jedenfalls, Sanjay hat dich dann einfach hochgehoben, über die Schulter geworfen und in deine Hütte getragen. Hätte ich ihm gar nicht zugetraut. Der ist doch so klein und schmächtig. Aber er hat dich nicht ein einziges Mal absetzen müssen.« Sie betrachtete mich prüfend. »Kein Wunder, so dünn wie du bist.« Noch ein Schluck *Feni.* »Ich bin dann bei dir geblieben. Du meine Güte, du hast dir wirklich die Seele aus dem Leib gekotzt.«

Die Seele.

»Und ziemlich wirres Zeug geredet. Komm, trink. Du weißt doch, daß man damit anfangen soll, womit man aufgehört hat.«

Ich drehte mich weg. Mir war klar, daß ich in den nächsten Stunden nicht in der Lage wäre, meine Hütte zu verlassen.

Mona würde mir keine große Hilfe sein. Offenbar hatte sie die ganze Zeit weitergetrunken.
Irgendwann mußte selbst sie ohnmächtig werden. So, wie sie unter halb geschlossenen Lidern lächelte, konnte es nicht mehr lange dauern. Es war also sinnlos, sie zu bitten, heißes Ingwerwasser zu holen oder irgend etwas anderes. Wasser war sowieso das beste.
Ein wenig bedauerte ich, daß die anderen uns allein ließen. Daß sie nicht einmal vorbeikamen, um nach dem Rechten zu sehen, ihnen mußte doch klar sein, daß Mona viel zu betrunken war, um sich um mich zu kümmern.
Seufzend habe ich mich neben sie gelegt. Die Augen geschlossen.
Und erst da ist es mir aufgefallen.
Ich hatte es vergessen.
Ich hatte die Lösung vergessen.
Weg.
Aus und vorbei.

## 16. Kapitel



Als ich das nächste Mal aufwachte, war es dunkel und Mona verschwunden. Mein Kopfkissen roch noch nach ihr, und die *Feni*-Flasche lag auf dem Boden, halb ausgelaufen. Ich kippte den Rest in den Eimer, den ich vor die Tür stellte. Dann suchte ich Handtuch und Shampoo zusammen und kraxelte die Leiter hinunter.

Es war erstaunlich kühl. Als ich festen Boden unter den Füßen hatte, drehte ich mich halb um und sah, daß in dem hell erleuchteten *Shack* kaum Menschen waren. Es versetzte mir einen Stich, daß Jack mit den Anderen wahrscheinlich bei Pete saß, Spaghetti mit Meeresfrüchten aß und Rotwein trank, während ich allein war, in verschwitzten, schmutzigen Klamotten und einem müffelnden Eimer in der einen und Waschzeug in der anderen Hand.

Mona war bestimmt bei ihnen, betrunken und funktionstüchtig wie immer.

Zu mir war niemand gekommen. Außer ihr. Sie waren nicht einmal in der Nähe geblieben, im *Shack*. Sie waren auf ihren Motorrädern und Rollern verschwunden, viel zu schnell an Kühen und Hunden und Menschen vorbeigefahren, um weit von mir entfernt zu lachen und zu reden, als ob es mich gar nicht gäbe.

Aber wenigstens hatte ich so den Duschraum ganz allein für mich. Ich ließ mir Zeit. Schüttete eimerweise das abgestandene, lauwarme Wasser aus der Tonne über mich. Guckte dem kleinen Frosch in die Augen, der auf dem Rand hockte und zitterte und sich nicht fortbewegte. Ich wusch mir die

Haare und atmete den absonderlich fruchtigen Geruch des Shampoos ein.
Es war egal, wo ich allein war. Es tat nicht weniger weh.
Und als ich nicht aufhören konnte, Jack herbeizusehnen und mich darüber zu ärgern, wurde die Tür aufgestoßen.



Milind stand vor ihr. Er musterte sie einmal von oben bis unten, nahm das Handtuch vom Haken und begann, sie abzutrocknen. Er rubbelte ihr Haar wie früher ihr Urgroßvater, wenn ihre Mutter nicht da war und es nicht ändern konnte. Sofort war sie wieder ein Kind.
Dann wischte er über ihre Schultern und Arme, über ihre Brüste und den Bauch, die Beine hinunter zu den Füßen, trocknete jeden einzelnen Zeh ab und zog ihr die Badelatschen an. Er drehte sie um und nahm sich sehr gründlich ihres Rückens an. Es war herrlich für sie, so umsorgt zu werden wie ein Säugling. Mit geschlossenen Augen ließ sie sich gegen ihn sinken.
Milind schien zu spüren, was in ihr vorging, ohne daß sie darüber sprechen mußten, und er hat immer wieder versucht, sie mit seinen Händen zu besänftigen und mit seinen Blicken. Der Gedanke schmerzte sie, daß er stundenlang diesen Sack über den brüllend heißen Sand schleppte, frische Wunden in seine Oberschenkel schlug, auf die sie abends, wenn er sie ließ, Wundsalbe schmieren würde.

Es fiel mir nicht leicht, auf Jack zu verzichten. Er ging mir aus dem Weg. Nicht, weil ich etwas falsch gemacht, sondern weil ich ihn auf eine Idee gebracht hatte. Weil er sich meinetwegen einer anderen Vorstellung von sich stellen mußte. Weil er nicht länger der Jack war, der er sein wollte.

Aber ich gab nicht auf, zu hoffen, daß er zurückkehren würde.
Hanna hat mir oft genug erklärt, daß ich die Realität jederzeit, quasi von einer Sekunde auf die andere, verändern könnte. Fast habe ich Hanna vermißt, die inzwischen mit ihrem Guru abgereist war. Sie war immer am nettesten zu mir. Mona einmal ausgenommen, aber die zählte nicht, weil sie sich denen anschloß, die gerade verfügbar waren oder sich am meisten nach Nähe sehnten.
Das Tuch, das ich über meine Augen legte, klebte vor Schweiß, der Schweiß sammelte sich in der Lidfalte und den Augenwinkeln und machte alles naß wie von Tränen.
Ich hätte mich zu Tode schlafen können.

Trotzdem fand ich dieses Leben nicht schlecht, zumindest hatte es wieder Farben bekommen, die von Tag zu Tag greller wurden, kontrastreicher, lauter. Anders als das dumpfe Grau, das mich vor meiner Zeit an diesem Strand umgeben hatte, das sich niemals veränderte, das keine Zukunft hatte und keine Vergangenheit, sondern einfach immer da war, immer gleich.
Jedenfalls hat mich das Wissen getröstet, daß ich es jederzeit wieder würde zurückholen können, innerhalb weniger Stunden zurückholen würde, das Grau. Dieses Mal wollte ich den Zeitpunkt aber selbst bestimmen, deswegen habe ich ihn immer wieder hinausgezögert. Mir war klar, daß ich auf dem Vulkan tanzte, ich habe die Gefahr einkalkuliert, habe mit ihr kokettiert. Es spielte ja keine Rolle.
Ich kannte beide Seiten meines Lebens – das hatte ich den Anderen voraus.
Die wußten doch gar nichts.
Weiter ging ich davon aus, daß Satja versuchte, einen Keil

zwischen uns zu treiben. Ich war überzeugt, daß es nur eine Möglichkeit gab, das zu verhindern, nämlich indem ich versuchte, Jack gedanklich zu erreichen und dazu zu bringen, endlich wieder auf mich zuzugehen.
Und wie ich an ihn gedacht habe. Ich habe lange Gespräche mit ihm geführt. Ungehaltene, zärtliche, laute, hysterische. Habe ihm alles gesagt, was er nicht wußte.
Sobald ich mir vorstellte, wie es wäre, ihn direkt zu konfrontieren, flatterte mein Magen, doch je mehr Tage vergingen, ohne daß er die Leiter zu meiner Hütte hochkam, desto wütender wurde ich.
Ich habe diese Wut gepflegt, auch sie war farbenprächtig und sollte mich stark machen und mein Wissen – das nicht mehr war als eine vage Ahnung – noch länger unterdrücken. Milinid schien zu spüren, was in mir vorging. Doch uns war beiden klar, daß wir es nur aufschoben.
Ich habe gewußt, daß ich ihn eines Tages aus meinem Leben entfernen würde. Ihn auslöschen. Einfach so. Sobald es genug war. Ich hatte das Gefühl, daß er jederzeit damit rechnete. Obwohl das nicht der Fall sein konnte, denn wie sollte er auf eine Idee kommen, die ich ihm nicht gab?

An einem Dienstag saß ich genau in jenem Moment mit ihnen am Tisch im *Shack*, als sie zu Pete aufbrachen, und bevor ich es mir noch anders überlegen konnte, habe ich Jack gebeten, mich auf seinem Motorrad mitzunehmen. Er nickte, ohne zu zögern. Wieder raste ich mit ihm über die unbeleuchtete Straße, durch gewaltiges Hupen hindurch und an Taxis und Rikshas und Fahrrädern vorbei, Kühen und Hunden und Ziegen und gelegentlich einem Elefanten ausweichend, vorbei an Fußgängern, die auch auf der

Straße liefen, weil es keine Gehwege gab, und sich in besonders brenzligen Situationen wenig aufgeregt an Hauswände preßten.
Ich habe mir eingeredet, daß Jack ein äußerst erfahrener Motorradfahrer sei und keine unnötigen Risiken eingehen würde. 
Wir kamen lange vor den Anderen bei Pete an, setzten uns an den üblichen Tisch, und Jack bestellte wie immer für alle Spaghetti mit Meeresfrüchten, Rotwein und mehrere Flaschen Wasser.
»Ich würde gern einen Blick in die Karte werfen«, sagte ich.
Pete sah mich überrascht an und machte sich dann auf die Suche. Nach ein paar Minuten kam er zurück und drückte mir eine abgegriffene, klebrige Mappe in die Hand. Ich schlug sie auf und las auf der ersten Seite: »Those who have been in his place have tasted Enlightenment in his Spaghetti (Osho 1989)«.
Ich fixierte ihn. »Osho hat bei dir gegessen?«
»Klar. Möchtest du jetzt bestellen?«
»Ich hätte heute lieber Pizza«, sagte ich, und Pete guckte, als könnte er sich nur mit Mühe an die Bedeutung dieses Wortes erinnern, dann zuckte er die Schultern. »Mit Pilzen«, fügte ich hinzu. »Und eine Cola. Pepsi.« Da erschauderte er ein bißchen, sagte aber nichts weiter.
Etwa eine Viertelstunde saßen wir allein am Tisch, ohne allzuviel zu sprechen. Außer über das, was einen Tag am Strand ausmachte. Etwa, daß es tagsüber ungewöhnlich windig gewesen war, daß Jack ausnahmsweise nicht mit seinem Boot hatte rausfahren können. Und daß in dieser Nacht Vollmond sei.
»Es gibt eine Full-Moon-Party am Strand.«

»Ach ja?« Ich tat so, als ob ich kein Problem mit Strandpartys hätte.

»Was passiert da?«

Er dachte kurz nach. »Eigentlich nichts anderes als sonst auch. Man schaut sich den Sonnenuntergang an. Und tanzt.«

Die Vorstellung, endlich mal wieder gute Musik zu hören, gefiel mir. Doch Jack wischte meine entsprechende Äußerung mit einer Handbewegung weg. »Nein, keine Musik. Trommeln.«

»Aber getrommelt wird doch jeden Abend.«

»Sag ich doch.«

Ich habe noch darüber gegrübelt, warum man etwas, das man jeden Abend tat, mit einemmal anders nannte, nur weil Vollmond war, als die Anderen ankamen, Satja und Hanna und Daniel und Jette und Erwin und Mona und Wim und Jule und Jules Schwester.

Mona riß Pete in ihre Arme, als hätte sie ihn seit Wochen nicht mehr gesehen, und dann, als Antwort auf etwas, das er sagte, lachte sie schallend, woraufhin er sie ratlos ansah. Wim zog sich das Fernglas über den Kopf und legte es vor sich auf den Tisch.

Satjas schöne Lippen waren tiefrot angemalt, passend zu ihrem Kleid, und wenn sie sprach, tanzte ihr Mund in ihrem Gesicht, als führte er sein eigenes Leben.

Jule ließ sich von ihrer Schwester den Stuhl zurechtrücken. Jette und Daniel begannen umgehend, sich einen Joint anzuzünden. Erwin saß mit humorloser Gleichgültigkeit am Tisch, als wäre er eigentlich lieber woanders und wisse nicht wo, und Jack erzählte von dem Zeitungsartikel, in dem er gelesen hatte, daß nur einen Kilometer von uns entfernt ein Leopard eingefangen worden war. Über dreißig Hunde hätte er in den vergangenen Wochen gerissen, doch niemand hätte es für nötig befunden, die Bewohner zu warnen, solange er noch nicht dingfest gemacht worden war. Ich bestellte mir ein *Kingfisher*.



Wir waren noch nicht ganz mit dem Essen fertig, als ich einen Mann auf unseren Tisch zusteuern sah. Er war in einen weißen Kaftan gehüllt, unter dem ebenso weiße, dünne Hosenbeine hervorschauten, passend zu seinem langen, weißen Bart, der erheblich dichter war als sein Haupthaar, das er dessenungeachtet zu einem dünnen Zopf zusammengebunden hatte.

Er steuerte direkt auf Jette zu, die kurz hinter sich schaute, wie auf der Suche nach einem Fluchtweg, doch dann offenbar beschloß, gar nichts zu tun und abzuwarten.

»Darf ich?« hat der Weißhaarige gefragt, während er sich bereits einen Stuhl heranzog. »Hallo«, hat er dann in die Runde gegrüßt, und noch mal »hallo« an Jette gewandt.

»Hallo Satish«, hat sie gemurmelt.

Peter, habe ich gedacht. So hieß er bestimmt einmal, Peter oder Friedrich. Ich mußte grinsen und beschloß, es bei einer Flasche *Kingfisher* zu belassen.

»Ich habe dich gesucht«, fuhr Satishpeter fort, offenbar fest entschlossen, dieses Gespräch auf jeden Fall zu führen, ungeachtet der Tatsache, daß alle am Tisch ihn neugierig beäugten. Alle außer Daniel. Der hat nur unbeeindruckt an seiner Zigarette gezogen.

»Kann es sein, daß du mir aus dem Weg gehst?«

Jette antwortete nicht, aber ihren Blick hätte ich ihm jederzeit übersetzen können. Er hingegen war entweder blind oder einfach nicht willens, sich aufhalten zu lassen.

»Es ist schade, daß du dich nach unserer gemeinsamen Nacht so zurückziehst.«

Ich habe ihn angeschaut. Und dann Daniel. Sie haben mich gar nicht beachtet.



Hanna zog die Beine an, machte es sich im Lotussitz gemütlich und blies sich interessiert den Pony aus der Stirn.

»Ich weiß, es war nur eine Nacht, aber ich habe viel darüber nachdenken müssen. Und mir ist klar geworden, daß da zwischen uns eine ganz außerordentliche *energy* ist.«

Jette schien es mit einer Antwort nicht eilig zu haben. Mona kicherte überraschend leise.

Dann richtete Jette sich auf. »Satish, hör mal, es tut mir leid. Aber ich empfinde das nicht so. Meine *energy* führt mich eher von dir weg.« Sie lächelte sehr freundlich. »Es gibt einfach *vibrations* zwischen zwei Menschen, die manchmal nicht passen, und bei uns ist das so.«

Es entstand eine sehr lange Pause. Satishpeter ließ sie nicht aus den Augen, ich bewunderte seine Hartnäckigkeit.

»Aber diese Nacht, du und … und ich, das war irgendwie auch spirituell, hast du das nicht gespürt?«

Ich war mir nicht sicher, ob ich dieses Kauderwelsch richtig verstand, aber, dachte ich, vielleicht verstehen sie es ja selbst nicht. Und daß es um das ging, worum es immer ging. Beziehungsmüll.

»Ich glaube, du mußt erst mal lernen, loszulassen.« Jettes Augenaufschlag erschien mir reichlich überheblich.

Jetzt war Satishpeter doch etwas beleidigt. Seine Stimme zitterte ein wenig. »Loslassen, klar, das kann ich doch, aber wieso, was meinst du denn damit?«

Mona sprang auf, umrundete den Tisch und ließ sich wieder auf ihren Stuhl fallen.

»Damit meine ich, daß du einfach noch viel zu sehr am Materiellen hängst. Das weiß doch jeder. Du wärst doch gar

nicht hier, wenn du nicht so viel Kohle geerbt hättest und dir keine Sorgen um gar nichts machen müßtest. Und das ist nun wirklich *bad energy*. So von Kohle abhängig zu sein.«
Ich habe sie maßlos bewundert. Dafür, wie sie das eigentliche Thema völlig ignorierte, den Spieß umdrehte und ihn dazu brachte, sich zu rechtfertigen. 
»Ich brauche das Geld nicht.« Petersatish zog die Augenbrauen zusammen. »Aber Osho sagt ...«
»Ich weiß.«
»Oh.«
Daniel kam von der Toilette zurück. Er hatte ungewöhnlich lang gebraucht.
»Entschuldige uns jetzt bitte«, sagte er zu Petersatish.
Ich warf Jack einen Blick zu, doch der hatte sich in die Speisekarte vertieft. Ich konnte nicht glauben, daß ich dieses Gespräch wirklich gehört hatte, und suchte in den Gesichtern der Anderen nach Bestätigung.
Satjas roter Mund unterhielt sich mit Mona, die den Kopf in den Nacken warf und kreischend lachte, dann aufsprang, um den Tisch rannte und sich wieder hinsetzte.
Daniel musterte Satishpeter schweigend, dann Jette, schließlich schüttelte er den Kopf, unternahm aber nichts weiter. Jule hielt die Arme in die Höhe gereckt wie immer. Wim schaute kurz prüfend durch sein Fernglas. Und Erwin legte unauffällig einen Arm um Monas Schulter.
Ein Tollhaus, habe ich gedacht. Oder vielleicht sogar gesagt. Ich habe noch überlegt, ob ich mir nur einbildete, daß alles immer verrückter wurde. Oder ob ich einfach einen Weg gefunden hatte, genauer hinzuschauen.
Mich überkam ein zügelloses Bedürfnis, zu lachen. Wie konnte es Jack tagein, tagaus mit diesen Menschen aushalten?

Satishpeter stand dann doch auf, die weißen Kleider wehten um seinen dürren Körper, dann nickte er ein paarmal, lächelte angespannt und verzog sich grußlos.
Daniel reichte Jette einen Joint.

»Das ist nur eine Erfahrung«, murmelte Hanna, an niemand Bestimmtes gewandt. »Die Wahrheit ist tiefer.«
»Die Wahrheit ist tiefer!« schrie Mona und hob ihr Glas. Zwei Männer, Inder aus Bombay vermutlich, prosteten ihr zu.
»Jetzt ist Romy dran, finde ich.« Satja hat mich angelächelt. »Wir wissen gar nichts von dir.«
Sie hat dabei ihre Hand auf die von Jack gelegt, um dieses »wir« zu unterstreichen.
»Jack sagt, daß du deinen Urgroßvater gepflegt hast.«
Ich sah ihn bestürzt an, und Jack blickte freundlich zurück. Ich trank einen großen Schluck Bier und entschied, daß nun sowieso alles egal war. Ich saß mit Wahnsinnigen an einem Tisch.
»Urgroßvater, cool!« brüllte Mona, sprang dann hoch, flitzte um den Tisch und warf sich auf den Stuhl, den Satishpeter gerade geräumt hatte und der näher an meinem stand.
Erwin lehnte sich beleidigt zurück.
»Der muß ja jung angefangen haben. Ich habe nicht mal meinen Großvater kennengelernt«, sagte sie.
Ich holte nur einmal tief Luft. »Ich schon. Das war er nämlich auch. Und mein Vater.«
Jetzt war alle Aufmerksamkeit auf mich gerichtet, sogar Wim hob seinen trägen Blick und schaute mich verständnislos an.
»Wie jetzt«, hat Hanna gesagt.
»Er war alles in einem.« Ich mußte nicht lange nachdenken, so oft habe ich die Zusammenhänge schon erklärt.

»Meine Mutter ist im Grunde meine Schwester und meine Oma. Sozusagen.« Ich gewann Gefallen an ihren Blicken.
»So ein Quatsch«, zischte Satja.
»Dein Urgroßvater hat also seine Tochter geschwängert, deine Oma, und dann seine Enkelin, deine Mutter?« fragte Jule, ich glaube, es war überhaupt das erste Mal, daß sie das Wort an mich richtete. 
Ich nickte. Und wenn er später nicht schon zu alt gewesen wäre, habe ich gedacht und dann aufgehört zu denken.
»Es gab nur einen einzigen Mann in deiner Familie?« Das kam von Pete.
»Ich glaube dir kein Wort«, sagte Jette und sah mich an, als ob ich sie irgendwie gekränkt hätte. »Wie kannst du so was behaupten?«
So, wie sie den Mund verzog, erinnerte sie mich sehr an meine Mutter, die genauso aussah, wenn ich ihr Fragen stellte.
»Moment mal, ganz langsam.« Erwin richtete sich auf. »So was kann es doch geben, wieso nicht? Ich glaube, ich habe das schon mal irgendwo gelesen.«
So, habe ich gedacht.
»Wenn das stimmt, dann hat dein Urgroßvater seine Tochter und seine Enkelin vergewaltigt.«
Ich zuckte mit den Schultern. »So würde ich es nicht bezeichnen. Es ist nicht immer so einfach.« Ich zögerte. »Da war auch Liebe im Spiel. Ich habe ihn auch geliebt.«
Was machte eigentlich Jack? Ich wandte mich um, und sein Blick traf mich, als würde er mich wegschieben.
»Ich habe es von Anfang an gesagt«, meldeten sich Satjas dunkelrote Lippen. »Sie spinnt. Keine Frage.«
»Das ist nicht fair, Satja«, ereiferte sich Hanna. »Fair ist das nicht.« Aber dann fiel ihr offenbar nichts mehr ein.

»Ich kann es jedenfalls nicht ändern.« Ich zuckte mit den Schultern, ich hatte das Gefühl, meinen Urgroßvater verteidigen zu müssen, zugleich hätte ich am liebsten laut losgeprustet.



Ihre Gesichter so entgeistert, der Abend so schwül, das Licht so merkwürdig.

»Meine Mutter war sechzehn, als sie mich bekam. Die ersten Jahre hat sie versucht, mich von ihm möglichst fernzuhalten. Wir haben alle zusammengelebt. Erst als er so alt war, daß keine Gefahr mehr von ihm ausging, hat sie zugelassen, daß ich mit ihm allein war.«

»Und du hast die ganze Zeit gewußt, daß er dein Vater ist?« fragte Jule und drehte sich ein wenig, so gut es eben ging.

»Natürlich nicht, sie hat es mir erst kurz vor seinem Tod erzählt. Als Kind wundert man sich nicht über die Verhältnisse, in denen man aufwächst. Es kommt einem normal vor. Ich habe nie einen Vater vermißt.«

Wim steckte sein Fernglas in die Tasche, als habe er für heute genug gesehen.

Ich wußte, daß sie mir nicht glaubten.

Jack begann zu husten. »Hat deine Mutter deshalb versucht, dich direkt nach deiner Geburt umzubringen, Err, und dich vergraben?«

Ich habe nicht geantwortet, die Anderen sahen Jack überrascht an. Ich mußte auch nicht antworten, denn plötzlich redeten alle weiter, als bräuchten sie mich nicht mehr.

»Kein Wunder«, sagte Jette schnippisch. »Bei dem Grad an Inzucht. Das erklärt überhaupt so manches.«

»Geisteskrank!« Mona, ausgerechnet Mona. »Keine Frage.«

Ich habe mich zurückgelehnt und sie reden lassen. Nichts von dem, was sie äußerten, war neu für mich. Und ich wollte auch gar nicht, daß sie mir glaubten.

Ich habe Bier getrunken und Satja betrachtet, die Jack vielsagende Blicke zuwarf. Jack wiederum vermied es, mich anzusehen.
Nach einigen Minuten hüpfte Mona auf die Beine und schrie: »Whiskey!«
»Nix da«, entgegnete Jack. »Du hast genug.«
Mona lachte und wiegte sich in den Hüften. »Noch lange nicht.« Die beiden Inder glotzten sie an.
Plötzlich saß Erwin neben mir. »Gute Geschichte«, lallte er. »Prost.« Er stieß gegen mein Glas, dann schlug er sich mit seinem gegen sein Auge. Ich hörte es klirren und erstarrte. »Glasauge«, murmelte er. »Wußtest du nicht?« Er ließ es in seine Hand fallen, wischte es mit seiner Serviette ab und setzte es wieder ein. »Damit ich besser sehe«, grölte er und schlug mir auf die Schulter.
Ich ging auf die Toilette.
Als ich zurückkam und zu meinem Stuhl wollte, schnappte Wim sich meine Hand. »Wollen wir nicht mal zusammen essen gehen? Du stehst doch auf ältere Herren, von wegen Jack und Urgroßvater und so.«
Inzwischen lachten alle, mehr oder weniger laut, an mir vorbei.
»Dann Wodka!« schrie Mona.
Da sprang Jack auf. »Das reicht für heute. Wir gehen.«
»O ihr Langweiler!« Mona klang wie ein kleines Kind und fuchtelte mit den Armen. »Ich will nicht gehen. Ich bleibe.«
Erwin packte sie an den Schultern. »Komm schon, Mona, ich bringe dich nach Hause.«
»Das hättest du wohl gern, was?« habe ich laut gefragt, worauf sie alle ziemlich betreten schauten.
Alle außer Mona. Die lachte ihm ins Gesicht und riß sich los. »Ich brauche euch nicht. Überhaupt nicht.«

Sie stand auf und begann mit erhobenen Armen zu tanzen. Alles an ihr klimperte. Ihre beiden Fußkettchen, ihre Bauchkette, ihre Ohrringe und ihre Armreifen. Sogar an einem ihrer Zehenringe waren kleine Glöckchen befestigt.

Und klimpernd, als hätte sie zuviel Kleingeld in der Tasche, torkelte sie auf die beiden Inder zu, die begeistert aufsprangen und ihr ein Glas in die Hand drückten. Das Glas in die Luft erhoben, den Kopf in den Nacken geworfen, ließ sie ihr Lachen erklingen und stürzte dann auf einen Stuhl. Die Männer zwinkerten sich zu.

Die anderen machten sich bereit, aufzubrechen.

»Wir können sie doch nicht einfach hierlassen«, protestierte ich.

»Doch«, hat Jack gesagt. »Jetzt ist sowieso nichts mehr mit ihr anzufangen.«

Als ich mich hinter ihn aufs Motorrad setzte, hörte ich Mona laut singen.

## 17. Kapitel



Wir rasten in halsbrecherischem Tempo über unasphaltierte Straßen zurück. Einmal mußte Jack eine Vollbremsung machen, weil eine Kuh gemächlich von einer Seite zur anderen trottete. Und einmal wich er einer kleinen Ziegenfamilie so unvermittelt aus, daß ich nur deshalb das Gleichgewicht nicht verlor, weil ich sowieso fest an ihn gepreßt saß. Er war wütend. Worauf, wollte ich gar nicht erfahren.

Als wir zum Strand liefen, sprach ich ihn noch mal auf Mona an. Ich war noch immer der Meinung, daß wir sie nicht hätten allein lassen dürfen.

»Ihr passiert schon nichts«, knurrte Jack. »Sie fällt sowieso immer wieder auf die Füße.«

Obwohl ich nicht widersprach, begann er, sich zu verteidigen. »Jetzt schau nicht so, Err. Du kennst sie doch. Wenn sie in diesem Zustand ist, hilft Reden nicht mehr. Und außerdem«, fuhr er fort, »solltest du dir keine Gedanken über Mona machen. Du hast selbst genug Probleme, meinst du nicht?«

Ich nahm seine Hand und betrachtete im Licht des Vollmondes sein Profil. Er sah aus wie ein zerknirschter Stammeshäuptling. Er erwiderte meinen Händedruck.

»Außerdem wurde heute schon genug Unsinn gesprochen.« Er sah mich an, als wäre ich damit gemeint.

Ich wußte selbst nicht mehr.

Die Full-Moon-Party schien auf ihrem Höhepunkt angekommen zu sein, obwohl sich höchstens zwanzig Leute versammelt hatten. Der Mond goß sein weißes Licht über die zuckenden Leiber aus, die sich wild zum Klang der Trommeln bewegten. Tücher schwangen und Haare flogen, die Frauen waren deutlich in der Überzahl, nur vier Männer bewegten etwas unbeholfen, aber nicht weniger enthusiastisch ihre Oberkörper, während sie ihre Füße fest in den Sand gegraben hatten, als wüßten sie nichts mit ihnen anzufangen. Sie wirkten ein wenig wie kleine Tarzane, es fehlte nur, daß sie sich auf die Brust schlugen, und da fiel mir ein, daß mein Urgroßvater mir im Kino einmal erklärt hatte, Tarzan hätte sich auf die Brust getrommelt, um seine Thymusdrüse anzuregen.

Ich begann zu kichern.

Zwei weitere Männer hockten im Sand neben den beiden Trommlern und schauten zu oder klatschten. Jack ließ sich seufzend nieder und zog mich mit sich. Die Trommler hatten ihre langen Haare zu Zöpfen geflochten, die im Takt mitschwangen. Ich wippte mit meinem ganzen Körper, ich konnte nicht anders, er bewegte sich wie ferngesteuert.

Jack zündete sich einen Joint an, nahm zwei tiefe, geräuschvolle Züge und reichte ihn mir. »Vielleicht solltest du dir das angewöhnen, Err. Dann wirst du etwas ruhiger.«

Das hatte schon lange niemand mehr zu mir gesagt, daß ich ruhiger werden solle, meine ich. Fast habe ich es als Kompliment empfunden.

Aus irgendeinem Grund fand ich es plötzlich etwas eklig, an der eingespeichelten Zigarette zu ziehen, aber dann habe ich mich zur Ordnung gerufen, schließlich war mir Jacks Speichel nun wirklich nicht fremd.

Völlig unerwartet – zumindest für mich – haben die Trommeln geschwiegen. Die Tänzer verharrten in ihren Bewegungen wie eingefroren. Oder als ob der Film gerissen wäre. Ich warf Jack einen fragenden Blick zu, doch dem schien nichts aufzufallen. Er kam gar nicht auf die Idee, daß man sich wundern könnte.



»Was machen die da?« habe ich ihn flüsternd gefragt.

»Weiß ich auch nicht so genau.« Er beugte sich zu mir.

Mehr wollte ich eigentlich nicht wissen. Es gab mir ein gutes Gefühl, über den vorangegangenen Abend nachzudenken und über das, was sich da gerade vor mir abspielte.

Ich habe mich plötzlich so normal gefühlt. Ich habe mich gefühlt, als wäre ich die normalste an diesem Strand.

Die Zeit zog sich quälend in die Länge. In meinen Zehen begann es zu kribbeln. Die verdrehten Körper aber rührten sich nicht. Ein Mädchen hatte den Kopf so weit in den Nacken geworfen, daß ihre Haare bis zu den Kniekehlen reichten. Ich fürchtete jeden Moment, daß ihr Hals mit einem dumpfen Knacken brechen würde.

Einer der Männer stand mit dem Rücken zum Wasser und hatte mich in dem Moment, in dem die Trommeln aussetzten, vermutlich aus Versehen angesehen. Jetzt ruhte sein Blick auf mir. Ich wurde immer nervöser.

Selbst der Mond schien den Atem anzuhalten.

Minuten vergingen. Gerade als ich dachte, es nicht länger ertragen zu können, haben die Trommeln eingesetzt, und die bleichen Geister sind wieder zum Leben erwacht, schreiend und jubelnd.

Dann kam Hanna über den Strand gerannt, sie stürzte sich regelrecht zwischen die Tanzenden, gefolgt von Satja und Jette.

»Du nicht?« fragte Jack.

»Heute nicht«, log ich, als ob meine Antwort einen Tag früher oder später anders ausgefallen wäre.

Satja schüttelte ihren Kopf mit den grauschwarzblonden Haaren, Jette beschränkte sich auf ihre Arme, die sie mit schlangenförmigen Bewegungen in den Himmel reckte. Hanna war außer sich, stampfte mit den Füßen auf, beugte sich tief nach vorne und ließ ihr langes, braunes Haar über den Boden peitschen, während sie sich mit geballten Fäusten auf die Oberschenkel schlug. Sie sah aus, als wollte sie einen Dämon aus ihrem Körper treiben.
Sie waren eine wildgewordene Horde am Strand zurückgebliebener Menschen.
Gestrandete Menschen.
Du meine Güte, wie haben sie mir leid getan.
Und dann konnte ich nicht anders, als laut zu lachen und mich auf den Rücken fallen zu lassen. Jack hat wahrscheinlich geglaubt, daß ich bekifft sei, und ließ mich machen.
Ich habe hinauf in den fetten Mond geguckt, und als die Trommeln wieder schwiegen und die Menschen erstarrten, sah ich gar nicht mehr hin.

Jack nahm mich mit in sein Haus, und wir liebten uns die ganze Nacht oder was davon noch übrig war. So richtig habe ich das nicht mitbekommen. Nur, daß Jack äußerst behutsam und ich fast ein wenig enttäuscht war. Ich wartete mit nagender Erregung darauf, daß er plötzlich hektisch und ungeduldig werden würde, mein Hals brannte schon, aber es geschah nicht.
Vor meinen Augen zerrann sein Körper, der Ventilator bewegte sich so schnell, daß er wimmerte wie eine singende Säge. Ich hörte mich immer wieder lachen, und Jack lachte mit und häufte runzlige Kondome auf dem Boden, während unsere braunen Körper sich umschlangen, und steckte mir

in regelmäßigen Abständen einen feuchten Joint zwischen die Lippen.

Am nächsten Morgen kletterte ich in meine Hütte. Schnell packte ich ein Handtuch, Sonnenmilch, Früchte, das kleine Stoffsäckchen und mein blaues Buch ein und suchte mir einen schattigen Platz unter einem Dach aus getrockneten Palmenblättern am Strand. Micha döste neben mir, eine Pfote auf meine Hand gelegt, als wollte er Händchen halten, er träumte von aufregenden Hundeabenteuern, sein ganzer Körper zuckte und seine großen Ohren flatterten.
Es war fast windstill und so heiß, daß ich innerhalb von Minuten schweißüberströmt war. Die Hitze verursachte mir leichten Schwindel. Ich habe mir vorgestellt, durch eine Eislandschaft zu stapfen, mich mit ausgebreiteten Armen nach hinten fallen zu lassen und meinen Mund mit Schnee zu füllen, der kalt gegen meine Zähne drückte und dann ganz schnell schmolz.
Ich war schon so lange hier, daß ich nicht mehr das Gefühl hatte, überrascht werden zu können. Womöglich hatte ich alles gesehen. Womöglich war es an der Zeit, zu gehen. Habe ich mir überlegt.
Als ich es nicht mehr aushielt, sprang ich so hastig auf, daß Micha aus seinen Träumen gerissen wurde. Ich rannte zum Wasser und Micha mit fliegenden Ohren hinterher. Es war wie immer aufgewühlt, ich konnte nicht bis auf den Grund sehen, eine ganz eigene Welt, unsichtbar für mich, die ich mit jedem Schritt völlig durcheinanderbrachte.
Dann schwamm ich los. Micha blieb am Strand stehen, wich dem Wasser aus, achtete peinlichst darauf, daß keine seiner Pfoten naß wurde, ließ mich aber nicht aus den Augen. Eine Weile spielte ich toter Mann.

Am Strand schwang Milind gerade seine Machete, er konnte nicht winken.



Sie brauchte länger als erwartet, um ans Ufer zu kommen, die Strömung war stark, es war plötzlich sehr windig geworden, die Wellen warfen sie hin und her, kein Wunder, daß Menschen nur wenige Meter vom Ufer entfernt ertranken. Zum ersten Mal sah sie wieder das Gesicht des toten Inders vor sich.

Milind hockte schon auf seinen Fersen neben ihrem Handtuch, als Micha und sie zurückkamen, und hatte ihr eine Kokosnuß hingestellt. Sie wand sich innerlich, gab ihm aber lächelnd Geld. Er hatte ihr in der ganzen Zeit nicht ein einziges Mal eine Kokosnuß geschenkt.

Dem Seufzen nach zu urteilen, als er sich in den Sand warf, war Micha froh, sich endlich hinlegen zu können, und verfiel umgehend in eine Starre, als wäre er bewußtlos geworden.

Sie zog an ihrem Strohhalm und trank so schnell als irgend möglich.

»Öffnen?« fragte Milind wie am ersten Tag und jedem folgenden, und sie schüttelte hoffnungsvoll den Kopf, behauptete, daß kein Fruchtfleisch mehr drin wäre, aber sie hatte sich geirrt. Strahlend hielt Milind ihr die beiden Kokoshälften hin. Es war sogar ziemlich viel wabbeliges weißes Zeugs darin.

Dann zog sie das Stofftäschchen hervor und reichte es Milind. Die Silberkette hatte sie vor einigen Wochen bei den Tibetern gekauft, dazu einen Anhänger mit einem hübschen, verschlungenen Muster. Es gab solche Ketten an jeder Ecke, aber Milind konnte sich so etwas nicht leisten. Das Silber sah auf seiner Teakholzhaut schön aus.

Milind sagte, er würde die Kette nie mehr ausziehen. Einträchtig schweigend saßen sie zusammen. Die Stunden vergingen, Milind schien es nicht eilig zu haben, seine restlichen Kokosnüsse loszuwerden.



Ich dachte über Mona nach und erschrak, als sie plötzlich neben mir stand. Sie trug ein einwandfreies, weißes Kleid und einen großen Sonnenhut. Von zwei blauen Augen abgesehen sah sie phantastisch aus. Sie hatte ihre Finger- und Fußnägel frisch lackiert und schwenkte eine dazu passende, teure pinkfarbene Tasche.
Sie setzte sich neben mich auf mein Handtuch, was mich etwas irritierte, und grinste mich an. Als ich sie auf die Blutergüsse ansprach, winkte sie ab.
»Ach, das«, hat sie in einem Ton gesagt, als wäre es eine ausreichende Erklärung.
Mehr war nicht aus ihr herauszubekommen. Sie bewegte sich so gelöst und zufrieden, sie lachte so überzeugend, daß ich es aufgab, herauszufinden, ob ihr das die beiden Inder angetan hatten oder ob sie einfach gegen eine Tür gerannt war.

Ein Sprung ging mitten durch den Spiegel. Ich konnte mich nur bis zu den Oberschenkeln betrachten. Ich war in den letzten Wochen sehr braun geworden, so braun, wie ich es nie für möglich gehalten hätte. Daß meine Haut überhaupt dazu in der Lage war.
Ich trug einen roten, kurzen Wickelrock und roten Lippenstift.
Tatsächlich.
Ich kann mich nicht daran erinnern, jemals eine solche Farbe getragen zu haben. Mein Urgroßvater hat mir einmal, als ich ungefähr elf war, so einen Schminkkasten für kleine

Mädchen geschenkt. Meine Mutter kam genau in dem Moment ins Zimmer, als er mir mit einem Miniaturlippenstift den Mund ausmalte, unbeholfen.

Erst hat sie gar nichts gesagt. Mein Urgroßvater, der vor mir



kniete, stand hastig auf. Er schwankte ein wenig und ächzte wegen der Schmerzen in seinen Gelenken. Es war nicht das erste Mal, daß ich mich über die Furcht in seinen Augen wunderte. Er hob beschwichtigend die Hände, seine altersfeuchten Lippen öffneten sich, um etwas zu sagen.

Doch dazu blieb keine Zeit mehr.

Meine Mutter hat nicht einmal sonderlich böse geschaut. Ganz ruhig machte sie einen Schritt auf ihn zu. Hob ohne Eile den rechten Arm. Und versetzte ihm eine Ohrfeige. Und dann noch eine. Wie in Zeitlupe sah ich, daß sein Kopf von einer Seite zur anderen flog und wieder zurück, die schlaffe Haut zitterte und zuckte. Dann nickte er und verließ mein Zimmer.

Ich erwartete, daß sie mich ins Badezimmer zerren und mir das Gesicht waschen würde. Doch die Mühe hat sie sich gar nicht erst gemacht. Sie hat mir auch nicht befohlen, den Schminkkasten wegzuwerfen. Das tat ich von ganz allein.

Milinds Gesicht tauchte hinter ihr im Spiegel auf. Erschrocken drehte sie sich um.

»Was hast du vor?« fragte er, sein Englisch war in den Wochen richtig gut geworden.

»Ich esse heute mal wieder im *Shack.*«

Er hat sich auf die Matratze gesetzt und geschwiegen.

»Wenn du Hunger hast, dann lasse ich dir etwas bringen.« Sie war ungeduldig. »Du weißt, daß ich dich nicht mitnehmen kann.«

»Ich weiß.« Er atmete tief durch. »Das ist mir doch egal. Aber was hast du vor?« Sein Blick hing an ihren Lippen.
»Keine Ahnung. Mal sehen. Ich brauche einfach mal wieder Leben um mich. Richtige Menschen.« Sie zuckte wegen der Wortwahl kurz zusammen. »Und Musik«, fügte sie schnell hinzu und drehte sich zu ihm um. »Außerdem muß ich mit Jack sprechen.«



Milind nickte. »Ich weiß«, sagte er wieder. »Sei vorsichtig.«
»Was weißt du denn schon. Laß mich einfach in Ruhe.«
Auf dem kleinen, wackligen Tisch suchte sie nach den Ohrringen, die sie auf dem Nachtmarkt gekauft hatte. Dann zog sie die Tür auf, schlüpfte in die davor stehenden Turnschuhe, kletterte die ersten Stufen der Leiter hinunter, schenkte dem alltäglich gewordenen Anblick der festgenagelten Krähe keine Aufmerksamkeit.
Ihr Herz raste. Sie hielt an. Kletterte hastig wieder hinauf. Verfehlte dabei eine Stufe und schrammte mit dem Schienbein über das Holz. Tat nicht mal weh, obwohl sofort Blut hervorquoll. Das würde nicht leicht zu stoppen sein, war eine blöde Stelle, die kannte sie vom Rasieren. Sie drückte die Tür nur einen Spalt auf und erwartete schon fast, daß er weg wäre, sich in Luft aufgelöst hätte. Aber er saß regungslos auf der Matratze, so, wie sie ihn eben verlassen hatte.
»Wirst du hier sein, wenn ich komme?« fragte sie schnell.
»Wenn du magst.« Milind verzog keine Miene.

## 18. Kapitel



Ich habe gespürt, daß alles auf ein Ende zusteuert. In meinem Kopf wurde die Musik wie in einem Film laut und eindringlich, die Streicher hatten jaulend eingesetzt, ich konnte sie hören, als ich auf den mit bunten Lichterketten nur mäßig erhellten *Shack* zulief, der mich feindlich anstierte.

Ich habe alle gleichzeitig wahrgenommen wie von einer Bühne in den Zuschauerraum, und deswegen konnte ich ihre Reaktionen sehen, die von Hanna, Wim, Karoline, Satja, Jack, Jule, Jules Schwester, Erwin, sie hatten ein Gesicht und ganz viele.

Hochziehen von Augenbrauen, Zucken von Mundwinkeln, verächtliches Blinzeln, und dazu die Geräusche, das Flattern von Wimpern, flapp, flapp, Brauen knistern, Mundwinkel knarren. Alle Aufmerksamkeit, alle Gedanken waren auf mich gerichtet, wie Fetzen flogen sie durch die schwüle Abendluft und trafen mich mit einem leisen Klatschen.

Obwohl mich keiner angesehen hat. Als hätten sie sich abgesprochen.

Satja konzentrierte sich auf ihr Essen, Haifisch in Zitronensoße. Die anderen waren schon fertig und hatten mit dem routinierten Trinken begonnen. Mona saß halb von mir abgewandt, zog an ihrer Zigarette und inhalierte so tief und lange, daß mir nur vom Zusehen schwindlig wurde. Den Kopf an Erwins Schulter gelegt, schaute sie mit schwimmendem Blick irgendwohin, jedenfalls nicht zu mir. Die Blutergüsse waren in dem Licht schwarz.

Erwin grinste glücklich. Entweder weil er wieder ein paar

seiner Schmuckstücke aus polierten Kokosnußschalen verkauft hatte, oder weil er seinen Arm um Monas Schulter gelegt und es geschafft hatte, seine Hand so in ihrem Ausschnitt zu plazieren, daß sie auf ihrem Brustansatz lag. Obwohl das anatomisch beinahe unmöglich war. An dieser Stelle bewegte er seine bangen Finger. 

Jette und Daniel saßen nach vorne gebeugt, bröselten und rollten und leckten, bis sie ein paar Joints auf Vorrat hatten und sich entspannt zurücklehnten. Pete glotzte mich mit seinen feuchten Olivenaugen an, dann sah er weg, als könnte er mich allein dadurch zum Verschwinden bringen. Wim spielte an seinem Fernglas.

Jack saß mit dem Rücken zu mir und redete auf Jule ein, die aussah wie eine herrliche Marmorstatue mit ihren festgefrorenen Armen und Händen, so wie ich stand, blieben mir ausnahmsweise die sorgenvollen Augen ihrer Schwester verborgen.

Es war unheimlich.

Das konnte mit jedem Horrorstreifen, den ich je gesehen habe, konkurrieren. Am liebsten hätte ich mich umgedreht und diese gespenstische Gesellschaft allein gelassen.

Aber da ist mein Blick auf Hanna gefallen und ihrer auf mich. Fast freute ich mich, sie zu sehen. Sie winkte mir zu, bedeutete mir, daß ich einen Stuhl nehmen sollte, und dann ist es mir auch endlich gelungen, mich in Bewegung zu setzen. Sie begann unverzüglich, auf mich einzureden.

Mir wurde immer wärmer.

Und dann habe ich vor dem *Shack* einen Jungen gesehen, beleuchtet von einem Mond, der Lichter auf seine Wangen malte. Er schaute in unsere Richtung mit seinen zerrissenen Hosen. Kurz sah er aus wie der Inder, den ich ertrinken sah. Ich machte eine verärgerte Handbewegung, als könnte ich

sein Bild einfach wegwischen, wie Kreide von einer Tafel, und Hanna schien zum ersten Mal Luft zu holen. Irritiert. Ich habe ihr zu verstehen gegeben, daß sie kurz warten solle, und bin aus dem *Shack* gestürmt. Mein Stuhl fiel dabei um. Natürlich konnte es nicht der Inder sein. Milind war es, er stand einfach da, sonst tat er nichts, seinen Gesichtsausdruck konnte ich nicht erkennen.
Ich war wütend, daß er nicht in der Hütte auf mich wartete, wie abgesprochen. Kühler Sand drang in meine Turnschuhe. Ich stolperte über einen schlüpfrigen Stein, und als ich mich erhob, war Milind verschwunden.
Ich blieb noch eine Weile am Strand stehen, mein Hals war schmerzhaft ausgetrocknet, und ich hatte das sichere Gefühl, daß alles dabei war, auseinanderzufallen.
Als ich wieder auf meinem Platz saß, reichte Hanna mir eine Serviette, damit ich mir den Schweiß abwischen konnte. Dabei war es gar nicht so heiß.
»Was ist los?« fragte sie.
»Nichts, ich habe nur mal was klarstellen wollen«, sagte ich ohne nachzudenken.
»Klarstellen?« Ihre Augen waren ganz rund vor Unverständnis.
»Laß mal.«
Als ich meinen dritten Drink bestellte und Hanna was von Erleuchtungserfahrung und *Kundalini*-Energie erzählte, hat sich Jule langsam aufgerichtet. Ihre Schwester sprang eifrig auf, um sie zu stützen. Ohne sich zu verabschieden verließen sie den *Shack*, beide so steif und aufrecht, daß nicht mehr zu erkennen war, wer von ihnen eigentlich unter dieser Krankheit litt.
Ich setzte mich auf Jules Platz. Das Leben war sekundenlang perfekt. Ich meine, immerhin. Weil ich neben Jack saß,

berechtigt durch sein Lächeln, das liebevoll war. Und ernst.
»Das war eine Nacht, gestern, was?« hat er gesagt, während ich mich auf seine Lippen konzentrierte wie eine Taubstumme. »Alles klar bei dir, Err?«
Alles war sogar so klar, daß ich meine Hand auf seine legte, eine entschuldigende Geste. »Ich bin froh, daß wir uns wieder verstehen. Ich wollte das alles nicht«, habe ich leise gesagt, und er ließ seine Hand, wo sie war.
»Was?« hat er gefragt.
»Daß es so wird, zwischen uns. Tut mir leid.«
»Du entschuldigst dich immer, und ich weiß gar nicht, wofür. Ich weiß nicht, was das ist, Err. Was soll das?«
Das verstand ich nicht. Ich dachte, daß ich vielleicht zu abgelenkt wäre, weil ich Satjas Blick im Nacken spürte wie klamme Finger.
»Ich meine, daß ich mich so zurückgezogen habe. Das war nicht richtig.« Ich hatte zuviel Zeit mit Milind verbracht, das wurde mir auf einmal klar. Zu viele geteilte Stunden. Mit einem Jungen und einem Hund.
Jack schüttelte den Kopf.
»Wirklich …«
»Ich habe mich schon gefragt, was du da immer tust, auf deinem Balkon, so …«
Ich unterbrach ihn. »Du hättest kommen können. Immer. Das weißt du doch. Ich habe auf dich gewartet.«
Er seufzte ein wenig ungeduldig. »Wie soll ich es sagen, Err, ich will nicht grob sein. Ich habe keine Ahnung, was in dir vorgeht. Aber ich hätte schon viel früher Klartext reden müssen … Du mußt einfach begreifen …!« Jetzt zog er doch die Hand weg. »Wie ist es eigentlich so weit gekommen?«
»Was meinst du?« fragte ich, obwohl ich genau das auf keinen Fall fragen wollte.

»Satja hat mich gewarnt, von Anfang an. Mit dieser Romy stimmt was nicht, hat sie gesagt, sei vorsichtig, laß dich nicht mit ihr ein. Sie ist …«
Vielleicht war es mein Blick, der ihn zum Schweigen brachte. Ich stelle mir vor, daß es ein ganz entsetzlicher Blick war, ein völlig entblößter Blick.
»Was hast du ihr von uns erzählt?«
»Ich mußte ihr nichts erzählen. Sie hat es doch sowieso alles mitbekommen. Jeder hier hat es mitbekommen. Und alle haben mich gewarnt. Vielleicht bist du zu nett zu ihr, haben sie gesagt, du mußt viel deutlicher werden.«
Ich habe ganz viel Speichel hinuntergeschluckt. Aber es sammelte sich immer neuer, ich wünschte nur, daß Milind hier wäre, und dann wünschte ich mir, jeden einzelnen von seinem Plastikstuhl zu stoßen.
Jeden außer Jack.
»Du mußt ihr Grenzen setzen, haben sie gesagt, und daß du so merkwürdig bist und, na ja, es ist ja nicht so, daß ich das nicht auch bemerkt hätte. Aber ich mag dich ja auch, weißt du? Weißt du?«
Als mein Mund dann doch wieder leer war, habe ich gefleht.
»Nicht hier«, sagte ich. »Nicht vor all den anderen. Laß uns in meiner Hütte reden. Bitte. Das bist du mir schuldig.«
»Ich bin dir gar nichts schuldig«, entgegnete er.
Es war, als trieben Eisschollen in meinen Adern, ich war bis aufs Mark vereist.
»Dieses Gespräch wird nicht schön«, hat er dann gesagt.
Im Aufstehen umfaßte er meinen Ellbogen und dirigierte mich an ihnen vorbei, an ihnen, die uns nachstarrten. Doch dann rief Satja uns etwas hinterher, ich konnte es zwar nicht verstehen bei dem Dröhnen in meinem Kopf, aber ich habe gedacht, daß hier etwas schrecklich schieflief, und des-

wegen änderte ich meine Meinung und ging einen Schritt zurück, zu Satja.

»Nicht so.« Ich wußte, daß es meine Stimme war, ich wußte nur nicht, wer ihr die Worte gab. »Dann laß es uns hier klären. Vor allen. Hier. Sie sollen es wissen.« 

»Was?« fragte Satja und stand ebenfalls auf.

Einen Moment lang habe ich befürchtet, alle würden aufstehen und langsam auf mich zugehen wie Zombies mit verdrehtem Blick.

Und wieder hörte ich diese Musik, die Streicher wurden immer lauter und quietschten.

Doch keiner hat sich gerührt.

»Von unseren Nächten in Jacks Haus. Von den Nachmittagen in meiner Hütte. Erzähl ihnen davon, Jack, mach schon.«

»Ich hatte dich gewarnt«, sagte Satja tonlos. Nicht zu mir. Zu ihm. »Ich habe die ganze Zeit befürchtet, daß so was passieren würde.«

»Sie hat die ganze Zeit befürchtet?« Ich packte ihn am Arm. »Sie hat befürchtet? Was für ein Recht hat sie dazu?«

»Also gut, Err, ich bringe dich jetzt zurück. Du weißt ja nicht, was du redest.«

»Hast du ihr auch von deiner kleinen Vorliebe erzählt? Von deiner kleinen, gefährlichen, perversen Vorliebe?« Da sahen ihn alle an. »Oder hast du sie auch darum gebeten?« Ich warf Satja einen prüfenden Blick zu. »Nein, ich glaube nicht. Dafür hast du mich ganz sorgsam ausgewählt, nicht? Soll ich es ihr erzählen? Worauf du wirklich stehst?«

Jack war blaß. Seine Stirn glänzte. So sehr, daß ich mich am liebsten entschuldigt hätte, aber ich konnte nicht zurück, weil mein Herz hämmerte wie eine Nähmaschine und keine Ruhe geben wollte.

»Mach dich auf etwas gefaßt, Satja. Ihr alle. Ich werde euch ein Geheimnis verraten. Über Jack. Über euren sauberen, geschätzten Jack.« Ich riß meinen Schal vom Hals. »Da, ihr könnt es euch ansehen. Das war er.«

»Sie ist verrückt. Sie ist sogar verrückter, als ich dachte.« Satja setzte sich wieder. »Hau ab«, zischte sie, Höllenfunkeln in den Augen. »Hau einfach ab.«

»Du willst es gar nicht hören, oder? Du kannst die Wahrheit nicht ertragen. Euer toller Jack ist nichts als ein kleiner Perverser. Macht er das mit dir auch, Satja? Oder mit dir, Mona?«

Mona stand auf und setzte sich wieder hin.

Ich habe laut gelacht, ohne es zu wollen, doch jetzt war sowieso alles egal.

Zögernd drehte sich Satja zu Mona um. Als wollte sie eine Frage stellen. Oder ganz viele. Hast du auch? Hat er auch? Hat sie etwa recht, die Verrückte ...? Sie schien nach der Gewißheit zu suchen, daß sie sich nicht getäuscht hatte. Daß ihre Wahrheit unbeschädigt blieb. Keine Fragen. Sie blieb stumm. Und wirbelte dann wieder zu mir herum. »Du machst mir das nicht alles kaputt, du nicht, du ...« Satja suchte nach Worten, Hanna legte ihr beschwichtigend eine Hand auf die Schulter. »Die lügt doch, wenn sie den Mund aufmacht.« Nun sah sie mich nicht einmal mehr direkt an, sie sprach mit den anderen, als wollte sie sie von etwas überzeugen. »Nächte in Jacks Haus, daß ich nicht lache. Wo war ich wohl die ganze Zeit?«

»Na, bei Jack«, murmelte Pete wie auf Knopfdruck.

»Ganz richtig. Bei Jack. Und jeder hier weiß das. Und diese alberne Anspielung auf Mona. Wage es nicht, Lügengeschichten zu verbreiten.«

Mona kicherte schon wieder, als wisse sie nicht, wer sie war und wozu. Sie warf dabei den Kopf so in den Nacken, daß es Erwin gelang, seine Hand wie aus Versehen noch tiefer gleiten zu lassen, er nutzte die Gunst der Stunde, weil keiner außer mir bemerkte, daß sein Daumen auf Monas Brustwarze ruhte, am wenigsten Mona selbst.



Ich habe gedacht, ich muß mich konzentrieren.

Ich darf nicht zulassen, daß sie mir meine Gedanken wegnehmen.

Sie mir einfach entziehen.

Mein Denken sperren.

Nicht jetzt.

»Du willst die Wahrheit nicht sehen«, fauchte ich in Satjas Richtung, die mir demonstrativ den Rücken zuwandte. »Daß er dir schon lange nicht mehr gehört.«

»Es gibt keine Wahrheit …«, begann Hanna, verstummte aber schnell.

Ich drehte mich zu Jack um. Er stand völlig ausdruckslos da. Kein einziger Muskel bewegte sich in seinem Gesicht.

»Jack«, habe ich gesagt, weil da immer noch Hoffnung war.

»Kein Mensch hier wird dir glauben, Err. Hör also auf. Nichts von dem ist je geschehen. Und jetzt komm.«

Irgendwie mußte sich das alles aufklären. Es mußte einen Grund für das geben, was da geschah, alles andere war unmöglich. Und er würde ihn mir geben, diesen Grund, wenn wir endlich allein waren. Wenn ich wieder Luft bekam. Wenn sich die Splitter wieder zusammengesetzt hatten, die so wild durch die Luft schossen.

Ich mußte weg. Und Jack kam mit mir. Um alles wieder in Ordnung zu bringen.

Er ging voraus, und ich folgte ihm. Kleine Blitze explodierten in meinem Kopf, es war etwas Ähnliches wie Wut.

Er schritt weit aus, die Arme entschlossen angewinkelt, seine Hände boxten in die träge, warme Nachtluft.
Der schwere Sand zügelte sein Tempo. Er kletterte die wacklige Treppe hinauf in meine Hütte, ich wartete, bis er auf dem kleinen Balkon angekommen war, erst dann folgte ich ihm. Ich bezweifelte, daß die Leiter uns beide gleichzeitig aushalten würde.
Jack machte Licht, die nackte Glühbirne flackerte, und ich stellte erleichtert fest, daß Milind nicht hier war, vielleicht war er ja noch am Strand.
»Zieh dir was an«, hat Jack gesagt, und ich verstand erst nicht, weil ich mich angezogen fühlte, doch dann fuhr er fort: »Wir fahren in den nächsten Ort und trinken etwas, vielleicht können wir uns mal ganz in Ruhe unterhalten. Und ein paar Dinge klären.«
Er wollte mich außer Reichweite bringen, das habe ich begriffen, und ich hatte auch nichts dagegen. Ich suchte meine Kapuzenjacke und einen Schal, den ich mir um den Kopf binden konnte, und sah, wie er eine schnelle Bewegung machte, und da habe ich sofort gewußt, daß ich es nicht mehr verhindern konnte, obwohl er die Bewegung noch nicht vollständig ausgeführt hatte.
Vielleicht, weil ich erstarrte, hatte ich das Gefühl, daß auch er kurz wie festgewachsen dastand, vorgebeugt, die Hand ausgestreckt. Kurz habe ich noch überlegt, ob es helfen würde, den Papierkorb wegzutreten, ihn umzutreten und dann irgend etwas zu sagen, um ihn abzulenken. Aber ich habe mich nicht gerührt, mein Fuß schien gar nicht zu mir zu gehören, also blieb der Papierkorb stehen, wo er war.
Und Jack hat sich tiefer gebeugt, hineingegriffen und die Schachtel herausgenommen, die ich vom ersten Tag an dort

aufbewahrt hatte, nicht in der Lage, sie wirklich wegzuschmeißen.
»Was ist das?« fragte Jack neugierig.
Ich habe mich auf die Matratze gesetzt und mein Glück versucht: »Vitamintabletten.«

Es hatte keinen Zweck. Seine Stimme klang, als würde er ein Lachen unterdrücken oder vielleicht auch nur ein Räuspern.
»Err, sind das die Tabletten, die du geschluckt hast?«
Ich schaute auf sein Gesicht wie auf eine Kinoleinwand, auf der sich hintereinander verschiedene Regungen abspielten – Überraschung, Nichtbegreifen, Begreifen und dann eine Art Erleichterung. Als hätte er nach langem Rätseln endlich das Lösungswort gefunden, durch das der Hauptpreis zumindest in greifbare Nähe rückte.
»Das sind die Tabletten, die du geschluckt hast«, sagte er dann ohne Fragezeichen. »Als du hier angekommen bist, im *Shack*, an dem Tisch.«
Ich habe genickt, mir blieb ja nichts anderes übrig.
»Und du hast aufgehört, sie zu nehmen?« Er überlegte kurz. Dann packte er mich an der Schulter und schüttelte mich. »Mein Gott, du hast aufgehört sie zu nehmen, weil ich sagte, das letzte, was du hier brauchst, sind Vitamine?« Er wartete gar keine Antwort ab, er sagte nur immer wieder: »Ach du meine Güte, ach du meine Güte. Haldol!«
Er richtete die Schachtel auf mich wie eine Pistole. »Hast du das selbst wirklich geglaubt, das mit den Vitaminen? Hast du dir das so eingeredet?«
Aber das wußte ich nun auch nicht mehr, weil mein Kopf ausgetrocknet war wie eine Wüstenlandschaft, kein Gedanke überlebte darin, ich habe mir nur gewünscht, daß er

diese verdammte Schachtel endlich weglegte und mich womöglich in den Arm nähme.
Das hat er dann auch getan. Er hat mich in seine Arme gezogen, und ich tauchte in seinen Geruch ein, eine Mi-

schung aus Schweiß und Alkohol, er mußte mehr getrunken haben, als mir aufgefallen war. Er hielt mich so, als erwartete er, daß ich in Tränen ausbrechen würde, bereit, mir die Augen trockenzuwischen, aber mir war nicht nach Heulen zumute.
Ich habe mich sogar überraschend gut gefühlt, keine Vitamintabletten mehr, nie mehr, und keine Papierkörbe, in die ich sie werfen mußte.
Jack drückte seine Lippen auf die Stelle zwischen meinen Augenbrauen und murmelte: »Jetzt verstehe ich das alles«, direkt durch meine Stirn hindurch. »Deshalb bist du so. Deshalb sagst du Dinge, Err. Du glaubst das dann, ja?« Ich konnte an meiner Haut spüren, daß er lächelte. »Du glaubst das wirklich.«
Natürlich ahnte ich, daß er nun tatsächlich das Lösungswort gefunden hatte und daher seine Erleichterung rührte. Mit sanften Händen hat er meine Wangen gestreichelt wie die eines Kindes.
»Du mußt sie wieder regelmäßig nehmen, verstehst du? Am besten fängst du sofort damit an. Hörst du mir zu, Err?«
Er hat mir eine Tablette zwischen die Lippen geschoben und mir dann die Wasserflasche gereicht. Ich schluckte artig.
»Und morgen«, fuhr er fort, und als er mich ansah, wurden die Fältchen um seine Augen tiefer, »rufen wir deine Mutter an. Das ist mir eindeutig zu viel Verantwortung. Ich muß doch jemanden informieren. Deine Mutter, ja? Du gibst mir ihre Telefonnummer. Err?«
Inzwischen war mir sogar das egal. Vielleicht fand ich die

Idee auch gar nicht so schlecht, weil ja irgend etwas geschehen mußte. Nur nicht jetzt.

»Morgen.« Ich habe mich aufgesetzt, weil ich seine väterliche Fürsorge nicht länger ertrug. »Morgen können wir sie anrufen. Aber jetzt«, habe ich gesagt und bin aufgesprungen, »jetzt gehen wir etwas trinken.« 

Jack zögerte zwar, aber vielleicht dachte er, daß es auf einen Abend nun auch nicht mehr ankam, oder womöglich wollte er mich bei Laune halten. Denn unter seine Erleichterung hatte sich Vorsicht gemischt. Wenn nicht sogar ein leiser Anflug von Angst.

Warum nicht, habe ich gedacht.

»Gut.« Entschlossen folgte er mir zur Tür. »Kann ja nicht schaden.«

## 19. Kapitel



Wir liefen zu seinem Haus, vorbei an der toten Krähe, die inzwischen aussah wie ein staubiges, löchriges Stück Stoff, zwar nicht Hand in Hand, aber in einvernehmlichem Schweigen. Trotzdem hatte ich das Gefühl, daß er sich mit einemmal vor mir fürchtete, jederzeit einen Gewaltausbruch erwartete. Ich dachte auch kurz darüber nach, wie befreiend es wäre, einmal richtig durchzudrehen, aber sobald man darüber nachdenkt, ist es sowieso zu spät. Jack startete das Motorrad, der Motor lärmte durch die Nacht, der Scheinwerfer schnitt eine Schneise durch die dicke Dunkelheit.

Ich band den Schal unterm Kinn fest, und Jack raste los, noch bevor ich mich richtig setzen konnte. Er fuhr zu schnell, wie immer, doch jetzt schien er entfesselt. Wir schossen über den Sandweg, vorbei an achtlos weggeworfenen Plastikflaschen und anderem Müll, eine Schweinefamilie stob kreischend auseinander, ich krallte mich in seine Taille und starrte wie gebannt in den Lichtkegel des Scheinwerfers, als könnte ich kraft meiner Gedanken ein Unglück verhindern.

Sand staubte in die Luft, und Jack jagte auf eine Kurve zu. Und hinter dieser Kurve hat es gewartet, das Unglück, vor dem sie sich die ganze Zeit gefürchtet hatte, ohne sich eine Vorstellung davon zu machen.

Auf einmal hatte es ein Gesicht.

Das Gesicht von Milind.

Mit aufgerissenen Augen, wie hypnotisiert, stand er vor

ihnen, festgefroren, die dünnen, vernarbten Beine steif durchgedrückt. Er rührte sich einfach nicht. Sein Gesicht war bleich in dem grellen Licht, Jack bremste und Milind hielt die Arme vor das Gesicht, als könnte er es noch abwenden.

Das Motorrad schleuderte zur Seite.

Sie hat die silberne Kette mit dem Anhänger an seinem Hals aufblitzen sehen wie einen letzten Gruß, und dann war da dieser dumpfe Schlag.

Kein Geräusch hätte grauenvoller sein können als dieser dumpfe Schlag, der viel zu harmlos klang für das, was er bedeutete.

Und dann rutschten sie noch ein Stück über den Sand, sie knallte mit der Schulter gegen einen Stein, mehr nicht, sie wurde nicht bewußtlos, also blieb ihr nichts anderes übrig, als auf Knien zu Milind zu rutschen und ihn an sich zu ziehen, ihn zu halten, bis er wieder aufwachte.

Sie wußte, daß er es nie mehr tun würde.

Still war es geworden mit einemmal, kein Mensch weit und breit, außer Jack, der auf sie zutaumelte. Blut rann von seiner Stirn.

»Scheiße«, flüsterte er. »Scheiße, Scheiße, Scheiße. Ich habe ihn nicht gesehen.« Und dann wie ein Irrer: »Das ist nicht passiert!«

»Wir müssen ihn hier wegbringen. Einen Arzt. Polizei. Wir brauchen einen Arzt.« Sie hat gehört, daß sie schrie, aber nicht gespürt, sie spürte gar nichts, jedenfalls solange nicht, bis Jack ihr den Mund zuhielt.

»Bist du verrückt?« Er schnaubte vor Wut.

Die Ironie der Frage fiel ihm wohl deshalb nicht auf.

»Sei verdammt noch mal still. Wir müssen hier verschwinden, und zwar schnell.«

»Verschwinden?« Sie warf das Wort zurück, fassungslos, aber seine Hand war noch immer auf ihrem Mund, und es prallte an ihr ab.
»Wir können nichts mehr für ihn tun, das siehst du doch. Es tut mir leid. Das war ein blöder Unfall, keiner hat schuld. Wir müssen jetzt schnell weg.« Er blickte sich hektisch um. »Verdammt, ich habe zuviel getrunken, das weißt du doch. Ich kann mir das nicht erlauben. Komm jetzt. Los!«
Natürlich hatte sie gehört, was er sagte, aber zugleich hörte sie es nicht, weil er sie losgelassen hatte und es nur noch ein einziges Wort in dieser Welt gab.
Und das war Mörder.
Das kreischte sie ihm ins Gesicht, bis er ihr eine Ohrfeige gab.
»Du bist wahnsinnig, wahnsinnig bist du«, flüsterte er heiser, atemlos. »Du willst mein Leben ruinieren. Das war von Anfang an dein Plan. Halt jetzt endlich die Klappe!«
Er schlug noch einmal zu, obwohl sie den schlaffen Körper längst losgelassen hatte.
Endlich umfing sie das, was sie herbeisehnte, Schwindel und Übelkeit und dann ganz viel Stille.

Das Wort war nach wie vor in meinem Kopf, als ich aufwachte. Der Schlaf hatte mich nicht abgelenkt, hatte nicht vorübergehend meine Erinnerung gelöscht, wie er es meistens – gnädig – tut. Wenn man aufwacht und zunächst gar nichts spürt, und dann die Erleichterung kommt, weil man für den Bruchteil einer Sekunde glaubt, nur einen Alptraum gehabt zu haben.
Doch so ein Erwachen war es nicht. Als hätten die Stunden dazwischen gar nicht existiert, wachte ich mit diesem Wort auf, Mörder, und das war das erste, was ich sagte, noch be-

vor ich Jack sah. Und dann, als mein Blick tatsächlich auf ihn fiel, sagte ich es wieder und wieder.

Jack wirkte erschöpft und ein wenig ratlos.

»Ich weiß nicht, was ich tun soll.«

Grelles Sonnenlicht versprenkelte Goldflecken auf seinem Haar, es war schon kurz vor Mittag. Daß Jack nicht mit mir gesprochen hatte, ist mir erst klargeworden, als ich Satjas eisige Stimme hörte. 

»Mensch Jack, das hast du nun davon. Warum konntest du auch nicht die Finger von ihr lassen! Ich habe dich doch immer wieder gewarnt.«

»Das hilft mir jetzt auch nicht weiter. Besten Dank, Satja.«

Sie stöhnte auf und trat dann in mein Blickfeld. Ihr großer, schöner Mund hat gelogen und mich angelächelt.

»Also, Romy, jetzt krieg dich mal wieder ein. Es ist genug jetzt. Vielleicht hast du ja einen Schock, das könnte ich sogar verstehen. Aber so langsam reicht es auch.«

Sie hat sich neben Jack auf meine Matratze gesetzt und ihm besitzergreifend eine Hand auf die Schulter gelegt. »Das war ein dummer Unfall. Und euch ist nichts passiert!«

»Bis auf das da«, hat Jack gesagt und auf die Wunde auf seiner Stirn gedeutet.

»Und vergiß außerdem mal nicht, daß du es warst, die ihn überredet hat, noch zu fahren. Obwohl er zuviel getrunken hatte. Also mach ihm jetzt keine Schwierigkeiten.«

Der kurze Anflug von Freundlichkeit war wieder vollkommen verschwunden.

»Was habt ihr mit ihm gemacht?« habe ich nur gefragt. »Wo habt ihr ihn hingebracht? Kann ich ihn noch mal sehen?«

Jack sah mich ein wenig scheel an. »Also bitte ... und außerdem habe ich ihn bereits begraben.«

Ich konnte nicht glauben, was er da sagte. Ich habe mich aufgesetzt und ihn angestarrt.
»Ich habe keine Geduld für so etwas«, rief Satja schrill und verzog den Mund, als hätte sie am liebsten ausgespuckt. »Tut mir leid, Jack, aber kapier doch endlich mal, daß dein ewiges Verständnis nicht funktioniert.«
Sie packte mich am Arm und schüttelte mich. Nicht sehr fest. Aber ich ließ meinen Kopf trotzdem hin- und herrollen.
»Nun hör auf, so ein Theater zu machen, Romy. Wegen einem Hund. Es ist nicht schön, das sehe ich ja ein, aber es war eben doch nur ein Hund. Ein Hund, der niemandem gehört! Und soll ich dir mal was sagen? Soll ich?«
Sie machte eine Pause, sprach dann aber weiter, obwohl ich gar nicht reagiert hatte.
»Weißt du, was mit denen am Ende der Saison passiert? Erschossen werden sie, da wird nicht lange gefackelt. Also hat ihn im Grunde sein Schicksal nur ein wenig früher ereilt.«
Sie ließ mich los, offenbar mit sich zufrieden, und ich sank zusammen.
»Das hat er dir erzählt?« fragte ich dann. Und an Jack gewandt: »Du hast behauptet, daß es ein Hund war?«
Jacks Blick schwappte über. Ich habe ihn genau beobachtet. Es war nicht ersichtlich, ob seine Überraschung echt oder gespielt war.
»Du hast Milind getötet. Mörder!«
»Wer ist Milind?« fragte Jack.
Ich antwortete nicht. »Warum lügst du, Jack?« fragte ich statt dessen.
»Ich?« fragte er zurück. »Ich? Wie kannst du dir da sicher sein?«

»Wer ist Milind?« Satja stellte die Frage dem Falschen, nämlich Jack, doch der zuckte nur mit den Schultern.
»Milind. Der Kokosnußverkäufer. MILIND!«
Ich war so wütend, weil ich mich unter gar keinen Umständen verständlich machen konnte. 
Als wäre ich in einer Welt, und sie in der anderen.
»Du hast ihn immer ignoriert. Ihr alle habt ihn ignoriert. War ja nur ein kleiner, indischer Junge. Nicht weiter wichtig.«
Was ich noch sagen wollte, habe ich nicht ausgesprochen, weil mich das Entsetzen packte. Für sie hat er nicht einmal existiert, dachte ich.
»Davon mal abgesehen«, mischte sich Satja wieder ein, »daß es hier schon lange keine Kokosnußverkäufer mehr gibt. Das ist nämlich verboten.« Sie stand auf. »Was ich übrigens schade finde.«
Ich sank zurück und versuchte, ihre Stimmen auszuschalten. Es gelang mir nicht.
»Nun gib ihr schon von den Tabletten«, hörte ich Satja sagen. »Am besten gleich ein paar.«
»So schnell wirken die nicht.«
»Ach so, klar, ich hatte ja ganz vergessen, daß du dich natürlich auch damit auskennst, Jack. Keine Frage. Unser Jack. Der immer alles im Griff hat. Dessen ganzes Leben nur eine Aneinanderreihung von entspannten Tagen am Strand ist. Der keine Gefühle zuläßt und jeden Menschen abhandelt wie eine Geschäftsbeziehung. Guter Jack.« Ihr Kuß war so zärtlich wie eine Ohrfeige. »Und jetzt sorge verdammt noch mal dafür, daß sie diese Scheißtabletten nimmt und dir die Telefonnummer ihrer Mutter gibt. Ich will, daß sie verschwindet. Und zwar so schnell wie möglich. Ich habe die Schnauze gestrichen voll.«

Als sie weg waren, habe ich erst mal überhaupt nichts getan. Saß nur auf der Matratze und weigerte mich, aus dem eben Geschehenen Schlüsse zu ziehen.
Ich hatte ihnen Namen und Telefonnummer meiner Mutter genannt, und sie waren gegangen, ohne sich noch einmal umzudrehen.
Ich war wieder zu einem echten Problemfall geworden.



Als es schon langsam dunkel wurde und sie die Fledermäuse durch die Palmen sausen hörte, zog sie sich langsam an. Jeans. Langärmliges T-Shirt. Socken und Turnschuhe. Packte den kleinen Rucksack, die Tablettenschachtel obenauf, und zog die Tür hinter sich zu. An der Leiter ließ sie sich hinunterrutschen und ging denselben Weg, den sie am Abend vorher mit Jack gefahren war. Richtung Hauptstraße.
Als sie an der Kurve um die Ecke bog, raste eine verstörte Ziege aus dem Busch, streifte sie und erschrak mehr als sie. Ansonsten konnte sie nichts Verdächtiges entdecken.
Auf mögliche Spuren hatte sich roter Staub gelegt.
An der Hauptstraße hielt sie ein Taxi an und ließ sich zum Bahnhof bringen. Es herrschte ungewöhnlich wenig Verkehr, der Taxifahrer fuhr langsam und bedächtig. Am Straßenrand leerten sich halbnackte Männer Wassereimer über den Kopf und putzten sich die Zähne. Für die vierzehn Kilometer brauchten sie etwas mehr als eine Stunde. Am Schalter kaufte sie eine Fahrkarte für den nächsten Zug, ohne sich darum zu kümmern, wohin er fuhr. Im Warteraum für Frauen hatte sich eine Frau quer über mehrere Stühle gelegt, sie schlief fest und kratzte sich dabei ununterbrochen im Schritt.
Sie konnte nicht wegsehen. Und auch nicht darüber nach-

denken, was sie eigentlich tat. Sie wollte nur unterwegs sein, sich bewegen, so wie in den letzten Tagen ihre Arme und Beine nicht richtig ruhig blieben, überall auf der Welt wollte sie sein, nur nicht in ihrer Hütte mit der Matratze und dem Laken, in das Milind seine schwarzen Füße vergraben hatte. 
Der Zug kam pünktlich, rollte gemächlich in den Bahnhof ein, durch vergitterte Fenster streckten sich Arme. Ein stechender, durchdringender Gestank breitete sich aus. Es roch nach Tonnen Fäkalien, nach Hektolitern Urin, ihr schossen eine Menge Gedanken durch den Kopf, und alle hatten mit Flucht zu tun.

Der Zug kam kreischend zum Stehen, ihr Abteil hielt mit erstaunlicher Präzision direkt vor ihrer Nase, und schon quollen Menschen aus der Tür, gleichzeitig begannen Leute von hinten zu schubsen, und in diesem Chaos blieb ihr nichts anderes übrig, als sich nach vorne schieben zu lassen. Weglaufen ging nicht mehr.

Das Abteil war voll und wurde immer voller. Nach einigem Suchen hatte sie ihre Platznummer gefunden und sich neben eine Familie gequetscht, Vater, Mutter und Kind, ihr gegenüber saßen ein altes Ehepaar und zwei junge Männer. Schwarze Glanzaugen staunten sie an. Die Männer strichen ihre Schnauzer glatt. Sie sah sich um und entdeckte zu ihrer Beruhigung ein paar weitere Touristen. Auf der anderen Seite des Ganges saß ein grauhaariger blasser Mann, der in einem englischen Buch las. Seine Beine waren von oben bis unten tätowiert und sahen wie bereits gestorben aus. An seinem rechten Ellbogen hatte er eine Schwellung, so groß wie ein Tennisball.

»Spinnenbiß«, sagte er, als er ihren Blick sah. »Wird immer größer.« Dann lächelte er zahnlos und las ungerührt weiter.

Eine alte Frau packte das Abendessen aus einer riesigen Tasche aus, Plastikschüsseln mit Reis und verschiedenen Currys, alles auf zwei Pappteller gehäuft. Einen reichte sie ihrem Mann, dann begannen beide, Reis und Soße mit der rechten Hand zu einem Brei zu verrühren und kleine Klöße zu formen, die sie in den Mund steckten. Die Familie zu ihrer Linken aß die ganze Zeit Schokoplätzchen.

Die beiden jungen Männer rührten sich nicht und schauten ihr beim Nichtstun zu. Fliegende Händler jagten durch die engen Gänge und priesen in brüllendem Sprechgesang ihre Waren an. Nüsse, Getränke, Parfüm, Brot, Schmerzmittel, *Chai, Samosa,* Spielzeug, Chips. Verkrüppelte Frauen und Männer robbten über den klebrig schwarzen Boden, zogen lahme Beine hinter sich her, streckten Armstümpfe aus und zwinkerten mit milchigen Augen.

Ein Junge, durch Kinderlähmung gezwungen, über den Boden zu kriechen, wobei er die nutzlosen, verdrehten Beine hinter sich herzerrte wie einen Sack, hatte sich Badelatschen über die Hände gestülpt. Die alte Frau reichte ihm ein Stück Brot, das er sich umgehend in den Mund stopfte. Noch kauend schleppte er sich weiter.

Der junge Typ ihr gegenüber kaufte zwei kleine Pappbecher mit *Chai* und reichte ihr einen.

»Take!« sagte er. Und daß sein Name Rob sei.

Der Tee war viel zu süß. Sie trank ihn in einem Zug aus. Rob nahm ihr den Becher aus der Hand und warf ihn aus dem Fenster. Das Ehepaar folgte seinem Beispiel, Pappgeschirr, Besteck, Wasserflaschen, Tüten und Papierservietten flogen auf die Gleise. Rob fragte, wohin sie fahren würde, und sie zuckte mit den Schultern. Daraufhin schwieg er, ließ sie aber nicht aus den Augen.

In den nächsten Stunden verscheuchte er aufdringliche

Bettler und Händler, die an jeder Station über den Zug herfielen wie ein Heuschreckenschwarm. Manchmal schob er sie einfach weg, löste in ihren Ärmel verkrallte Finger, gelegentlich streckte er ihnen eine Münze hin oder ließ sich vegetarische Kuchen einpacken, die sie für beide bezahlte. Inzwischen hatte sie sich an den Geruch gewöhnt, der ihr nur noch dann auffiel, wenn jemand vergessen hatte, die Klotür zu schließen.
Wie auf ein geheimes Zeichen hin sprangen plötzlich alle in dem Abteil auf, und ein grandioses Gewühle und Geschiebe und Gezerre begann. Sie quetschte sich in den Gang, wich von oben herabbaumelnden Füßen aus und auf dem Boden kauernden Körpern, die Liegen wurden heruntergeklappt, Gepäck angekettet, Schuhe ausgezogen, und dann kletterte jeder auf seinen Platz.
Drei Liegen waren auf jeder Seite übereinander angebracht. Der alte Mann hatte die oberste, und es dauerte ziemlich lange, bis er sich hinaufmanövriert hatte, mit Hilfe seiner Frau, die von unten nachschob. Dann zog sie sich erstaunlich elegant auf die oberste Liege auf der gegenüberliegenden Seite. Darunter legte sich der Familienvater, seine Frau verschwand mit dem Kind in einem Abteil extra für Frauen. Als alle lagen, wischte sie ein wenig hilflos mit feuchten Tüchern über ihre Liege, die unterste, doch es war sinnlos, sie kratzte nur an der obersten Schmutzschicht. Also legte sie den Kopf auf ihren Rucksack und machte sich so klein wie möglich.
Alle Lichter, bis auf die Notbeleuchtung, gingen aus. Der alte Mann auf der obersten Liege begann, sich in den Schlaf zu rülpsen. Er wälzte sich hin und her, während seine Frau bereits leise zu schnarchen begonnen hatte.
Rob lag ihr gegenüber auf dem Rücken ausgestreckt, den

Kopf zur Seite geneigt, sie konnte das Weiß seiner Augen sehen, das im Halbdunkel leuchtete, während er sie beobachtete. Es gab ihr ein seltsam beruhigendes Gefühl. Hinter seinem Kopf an der Wand krabbelten zwei Kakerlaken nach oben.



Sie unterdrückte den Drang, zur Toilette zu gehen, so lange es irgendwie ging, dann gab sie auf und stieg über auf dem Boden liegende Menschen, trat gelegentlich auf eine Hand oder einen Zeh, doch niemand beschwerte sich. Vor der Toilettentür stand ein Mann und pinkelte gegen die Wand. Daß sie ihm dabei zusah, störte ihn nicht. Vorsichtig stakte sie über den nassen Boden, zog mit einem Taschentuch in der Hand die Tür auf, um festzustellen, daß direkt neben dem in den Boden eingelassenen stinkenden Loch in einer Pfütze aus Urin und Wasser ein Mann schlief.

Als sie sich wieder auf ihre Liege legte, war sie vollkommen ruhig. Das Schütteln des Zuges machte sie müde, das Husten und Schnarchen und Rülpsen schaukelte sie in einen willenlosen Zustand.

Da spürte sie eine Bewegung neben sich. Wortlos schob sich Rob neben sie auf ihre Liege. Er nahm sie in die Arme, sie drückte ihr Gesicht an seinen Hals, spürte seine weiche Haut und atmete seinen Geruch ein, der eine Wohltat war für ihre Nase.

Sie fragte sich, wie er unter diesen Umständen so unglaublich sauber, frisch und unschuldig riechen konnte.

Er drückte seine Lippen auf ihre Stirn und zog sie eng an sich, wobei er so lautlos atmete, daß sie selbst das Bedürfnis verspürte, die Luft anzuhalten. Sie blickte über seine Schulter zu seinem Freund, der gegenüber in der Mitte lag. Er beobachtete sie unverwandt und bewegte seine Hand über der Hose hektisch auf und ab.

Sie fühlte sich in der Umarmung und feuchten Enge geborgen wie schon lange nicht mehr. Seine Hände wanderten vorsichtig und hielten sofort erschrocken inne, wenn sie sich nur ganz leicht bewegte. Sie überließ sich dem befreienden Gedanken, daß dies hier vielleicht geschah. 
Vielleicht aber auch nicht.
Wenn Milind nicht existiert haben soll, dachte sie, dann gibt es Rob vielleicht auch nicht. Oder ihren Urgroßvater. Keine Erdklumpen. Wie sollte sie jemals herausfinden, was real war und was nicht, und gab es so eine Unterscheidung überhaupt, wenn sich alles doch gleich anfühlte?
Sie erinnerte sich an die Nächte mit Jack, in denen er sich in ihr versenkt hatte ohne Erlösung, in denen sie begonnen hatte, Hände und Mund einzusetzen wie ein Waffe, um endlich, endlich das zu gewinnen, was sich mit der Zeit zu einer Art Krieg ausgewachsen hatte, in dem ihr eigener Körper ihr fremd geworden war, unwichtig, weil es nur noch um seinen ging, und sie anfing, diesen kläglichen, häßlichen Kondomhaufen neben seinem oder ihrem Bett mit spitzen Fingern aufzuheben und in den nächsten Mülleimer zu versenken, möglichst tief, um nicht immer diesen Beweis des Versagens vor Augen zu haben.
Und wußte, daß sie sich doch noch an ihm rächen konnte.
Sie ließ ihre Hand tiefer rutschen, öffnete den Reißverschluß, sagte sich immer wieder, daß sie es womöglich nicht wirklich tat, und sie hatte kaum nackte Haut berührt, als sie schon die klebrige Flüssigkeit auf den Fingern spürte und triumphierend lächelte.
Rob hielt sie noch fester, doch sie unterband weitere Zärtlichkeiten, schmiegte nur ihr Gesicht an seinen Hals und schlief ein.
Als sie Stunden später von schreienden Händlern geweckt

wurde, war es taghell, und sie lag allein auf ihrer Pritsche. Um sie herum wurden die Bänke hochgeklappt, Tücher eingepackt, die Gepäckstücke losgekettet. Sie hätte gerne noch eine Weile gedöst, sich an die Dunkelheit erinnert, an seinen kleinen, schweigenden Krampf.

Wenn Jack das hätte sehen können, dachte sie und stand auf.

Rob und sein Freund halfen ihr, die Bank hochzuklappen. Mit einigem Bedauern wusch sie in der inzwischen sauberen Toilette die Hände, betrachtete ihr dunkel gebranntes Gesicht in dem fast blinden Spiegel, spritzte sich Wasser ins Gesicht und übers Haar. Als sie zurückkam, saßen wieder alle auf ihrem Platz. Das ältere Ehepaar, die Frau des Familienvaters war nebst Kind wieder aufgetaucht, Rob hielt ihr einen kleinen Pappbecher mit *Chai* hin, sein Freund strich sich nachdenklich über den Schnurrbart.

Die Zugtüren wurden geöffnet, die Landschaft flog vorbei, heiße und feuchte, aber gut riechende Luft drang ins Abteil. Sie achtete nicht auf das Zerren der Händler und die Angriffe der Bettler, die Rob von ihr wegschob, sie verschloß nur ihren Kopf gegen den Lärm.

Und wo wäre überhaupt der Ausgang gewesen?

Keiner richtete das Wort an sie, weder Rob noch sein Freund, ihre Mienen waren undurchdringlich, kein anzügliches Grinsen, nicht mal ein freundliches Lächeln, sie saßen nur da und sahen sie an, bis sie plötzlich aufstanden und ihre kleinen Taschen schnappten. Sie waren seit sechzehn Stunden unterwegs. Der Zug wurde langsamer. Und auch das ältere Ehepaar erhob sich. Die Familie wollte offensichtlich weiterfahren.

Im Gang drehte sich Rob noch einmal um. Es war etwas in seinem Blick, das sie kurz darüber nachdenken ließ, was geschehen könnte, wenn sie ihm einfach folgte. Diesem jungen Mann, der vermutlich verheiratet war, zumindest aber verlobt, und in einem Haus wohnte, in dem es nur ein paar Stunden am Tag Strom gab, wenn überhaupt.

Und deswegen lächelte sie ihm zu. Er sah sie mit einer alten Traurigkeit an und drehte sich weg. 

Es war ein großer Bahnhof. Der Zug hielt lange. Menschen stiegen ein und aus. Verkäufer schrien durch die vergitterten Fenster und streckten ihre Waren hindurch.

Da stand sie langsam auf, schulterte ihren Rucksack und trat in die zähe Hitze.

## 20. Kapitel

Zurück nahm ich ein Taxi. Das dauerte etwa genauso lange. Ich hatte noch reichlich Geld und habe gedacht, daß ich es sowieso nicht mehr brauchen würde. Der Taxifahrer hat mich zuerst ungläubig angesehen und dann überglücklich gegrinst. Vermutlich hat er noch nie so viele Scheine auf einmal in der Hand gehabt.

Ich bezahlte ihn im voraus. Er holte noch einen Bruder oder Onkel oder Neffen oder Schwager ab, mit dem er sich die Fahrt aufteilen konnte, und ich saß auf dem Rücksitz, wachte und schlief abwechselnd. Wir hielten öfter an, ich stieg nur aus, wenn ich dringend auf die Toilette mußte, und zog es vor, das hinter Gebüschen zu erledigen. An den Raststätten herrschte reger Betrieb, sobald das Taxi hielt, standen Trauben von Männern um den Wagen, klopften gegen das Fenster und lachten mich an. Ich weiß nicht, was es immerzu zu lachen gab.

Der Taxifahrer stieg aus, sein Bruder oder Neffe oder Schwager paßte auf mich auf, und wenn er zurückkam, drückte er mir ein Sandwich in die Hand oder irgend etwas anderes. Ich habe meine Tabletten geschluckt und mich gefragt, ob meine Mutter schon da sein würde, wenn ich zurückkäme.

Doch nur Jack stand vor meiner Hütte und schaute mir entgegen.

»Wo warst du?« fragte er. Er hatte dunkle Schatten unter den Augen.

»In Kerala«, sagte ich.

»Klar. In Kerala. Ach Err.« Er ließ seinen Blick über mich

wandern. »Obwohl, so wie du aussiehst, könnte man dir das fast glauben. Deine Mutter kommt morgen früh an.«
»Gut.« Was sollte ich auch sonst dazu sagen. Vielleicht war ich sogar ein klein wenig froh darüber.
Er nahm mir den Rucksack ab. Kletterte hinter mir die Leiter hinauf. Sah mir dabei zu, wie ich mich auf die Matratze fallen ließ. In meinen verschwitzten Klamotten und mit den schwarzen Füßen. Doch er kommentierte das nicht. Er war überhaupt ziemlich schweigsam. 
»Du mußt nicht auf mich aufpassen. Ich laufe schon nicht weg.«
Ich stand wieder auf, suchte nach einem T-Shirt, sah, daß eines an einem Nagel an der Wand hing, legte mich wieder hin und bedeckte meine Augen damit.
Jack blieb und hielt meine Hand. »Es tut mir wirklich leid.« Vielleicht hat er geweint. Ich konnte es ja nicht sehen.
»Schon gut.«
»Du weißt es wirklich nicht, oder?«
Ich drehte mich auf die Seite, das Gesicht von ihm abgewandt.
»Ich meine, was geschehen ist und was nicht. Du kannst es nicht unterscheiden. Stimmt das, Err?«
Ich habe es mir erspart zu antworten. Dann schlief ich ein.

Als ich erwachte, sah ich direkt in ihre grünen Augen. Meine Mutter versenkte ihren Blick in meinem. Sie hatte sich nicht verändert seit dem letzten Mal. Sie hat sich überhaupt nie sehr verändert. Sie trägt ihr Haar immer halblang, gerade geschnitten, keine Stufe, keine Locke, keine Farbe, die von ihrem ruhigen Gesicht ablenkt. Auch keine Grübchen, keine Sommersprossen, keine Augenschatten. Und ihr Blick ist ruhig und glatt.

»Was hast du dir nur dabei gedacht, Romy?« begann sie. Von wegen Ruhe. »Was soll das alles? Du hast mir vielleicht einen Schrecken eingejagt!«
Sie legte ihre kräftige Hand, die so große Erdklumpen hochheben und auf mich häufen konnte, oder auch nicht, an ihre Brust, sie war tatsächlich etwas blaß, das muß ich zugeben.
»Oh, einen Schrecken eingejagt«, habe ich gemurmelt.
Das Sonnenlicht brannte in meinen Augen, aber ich fühlte mich im Liegen wohl, obwohl da die Gedanken noch mehr durcheinandergeraten, als ob man eine Schublade zur Seite kippt und alles darin wild umeinanderfliegt.
Sie haben einfach nicht aufgehört zu reden.
»Danke, daß Sie mich benachrichtigt haben. Jack, nicht wahr?«
»Ja. Eigentlich Jakob.«
Er nickte, das konnte ich an seiner Stimme hören. Ohne ihn anzusehen lauschte ich seinen Worten von unten. Seine Stimme klang jung, spielerisch, ein wenig vernuschelt.
»Es war gar nicht so leicht, Sie ausfindig zu machen. Err, also Romy, hat nie besonders viel von Ihnen erzählt. Abgesehen von … nun ja …« Er stockte. Es war das vorletzte Mal, daß er mich Err nannte.
»Was?« fragte meine Mutter. »Was hat sie Ihnen erzählt? Was?«
Diesen Satz habe ich von ihr schon so oft gehört, daß mir zum Kichern zumute war.
Jack schwieg. Ich fixierte seine sandigen Füße, um die Knöchel hatte sich eine Salzkruste gebildet. Was für Schuhe er wohl trug, wenn er einmal in die Verlegenheit kam? Blitzende, spitz zulaufende schwarze Halbschuhe? Oder eher die sportliche Variante?
Vorsichtig habe ich seinen Fuß berührt, die dicken Adern

auf dem Fußrücken, durch die sein erhitztes Blut pumpte, doch er zog ihn zurück, als wäre eine Riesenameise darübergekrabbelt. Vermutlich dachte er das auch, denn er hob den Fuß an und kratzte sich.

Dann stellte er ihn fest wieder neben mir auf, Staub und Sand wirbelten hoch. 

»Was hat sie Ihnen erzählt?« wiederholte meine Mutter. Und dann: »Ach, vergessen Sie's. Ich kann es mir gut vorstellen.«

»Es war gar nicht so einfach, aus Romy herauszubekommen, wo Sie jetzt leben, Ihren Namen und alles. Ihre Adresse.«

»Das kann ich mir gut vorstellen. Romy? Romy! Steh endlich auf. Ich bitte dich!«

»Es ging so einfach nicht weiter.« Jack legte kurz seine Hand auf meinen Kopf. »Ging nicht ...«

Ich habe an meinen ersten Tag an diesem Strand gedacht, während Jack und meine Mutter sich über mich unterhielten, als ob ich nicht existierte. Ich hörte nur einzelne Satzfetzen.

»Ich nehme sie mit nach Hause.« – »Tut mir leid, daß ich Sie nicht eher benachrichtigen konnte.« Und so etwas wie: »Es ist wirklich eine Schande.«

Ich weiß nicht mehr, wer von beiden das gesagt hat.

Mein Hirn weigerte sich, über den Sinn ihres Gesprächs nachzudenken.

»Sie, Jack«, hat meine Mutter dann mit fester Stimme gesagt. »Sie und Romy – sind Sie, ich meine ... sind Sie ein Paar?«

Ich hörte den Zweifel heraus, mit ihren Worten hob sie sozusagen die Augenbrauen, ohne es natürlich, wie alles andere, wirklich zu tun.

Da habe ich begonnen, ein wenig zu zittern. Nur ein wenig.
»Nein«, antwortete Jack sehr schnell. »Nein, nein. Keineswegs. Sie verstehen das jetzt falsch. Nein. Romy ist … einfach hier.«

Wenn ich hingeschaut hätte, hätte ich vielleicht Gänsehaut auf meinen Armen entdeckt.
»Ach so.«
Meine Mutter lachte leise. Erleichtert.
»Verstehen Sie mich nicht falsch. Aber Sie könnten ihr Vater sein. Oder sogar ihr Großvater.«
Wenn nicht gar der Urgroßvater, dachte ich.

Sie sind schon einige Stunden geflogen. Romys Mutter hat sich einen Tomatensaft nach dem nächsten bestellt, damit keine Zeit zum Nachdenken bleibt.
Jetzt kommt auch Romy alles nicht mehr schlimm vor. Sie kannte früher jemanden, der jede Karikatur in der Lokalzeitung auf sich bezog. Einen, der glaubte, daß tibetische Lamas seine Gedanken lasen. Der glaubte, daß er Botschaften durch Filme, Bücher und Songs übermittelt bekam. Der überzeugt war, daß Nummernschilder an Autos Nachrichten von Außerirdischen enthielten.
Es gibt Völker mit Wahnvorstellungen, die andere gar nicht kennen. Zum Beispiel, daß der Penis schrumpft und sich in den Körper zurückzieht. *Koro* nennt sich das und befällt in der westlichen Welt niemanden. In Singapur aber gab es einst eine regelrechte *Koro*-Epidemie, Hunderte von Männern mußten behandelt werden.
Es gibt die arktische Hysterie, die nur Eskimos kennen. Sie beginnt damit, daß sie sich die Kleidung vom Leib reißen und sich im Schnee wälzen. Sie sprechen wie Maschinen die Worte der anderen nach, imitieren deren Bewegungen, nicht selten essen sie ihren eigenen Kot.
Worüber soll sie sich also aufregen?
Romy geht auf die Toilette und probiert das Haarspray und das Mundwasser aus, das für die Fluggäste bereitsteht. Als sie zum Platz zurückkommt, hat ihre Mutter das kleine Päckchen von Jack geöffnet. Ob sie auch den Artikel in der *Navhind Times* gelesen hat, weiß Romy nicht.
»Wirklich nett von Jakob«, sagt die Mutter zu ihr.

Romy betrachtet die Silberkette und den Anhänger mit dem hübschen, verschlungenen Muster, die sie zuletzt an Milinds Hals gesehen hat.
Sie lehnt sich zurück und beschließt, zunächst nichts zu tun. Sich auszuruhen. Wieder still zu werden und schön brav die Tabletten zu schlucken.
Und sie beschließt, es das nächste Mal, wenn sie wieder auftaucht, besser zu machen.